DELIUS KLASING

Gus Leodas

Hafen der Angst

Roman

Delius Klasing Verlag

Titel der amerikanischen Originalausgabe: Unsafe Harbor

Bibliografische Information der Deutschen Nationalbibliothek
Die Deutsche Nationalbibliothek verzeichnet diese Publikation
in der Deutschen Nationalbibliografie; detaillierte bibliografische
Daten sind im Internet über http://dnb.d-nb.de abrufbar.

1. Auflage
ISBN 978-3-7688-2616-7
Die Rechte für die deutsche Ausgabe liegen beim Verlag
Delius, Klasing & Co. KG, Bielefeld

Aus dem Englischen von Klaus Berger
unter Mitarbeit von Susanne Berger
Umschlaggestaltung: Buchholz/Hinsch/Hensinger, Hamburg
Druck: Bercker Graphischer Betrieb, Kevelaer
Printed in Germany 2009

Delius Klasing Verlag, Siekerwall 21, D-33602 Bielefeld
Tel.: 0521/559-0, Fax: 0521/559-115
E-Mail: info@delius-klasing.de
www.delius-klasing.de

EINLEITUNG

Nipptide – bei Halbmond ist der Tidenhub besonders gering.

Montag, 2. Mai
Pinelawn Memorial Park
Long Island, New York

Wie eine geknickte Blume stand er an ihrem Grab.

Er hörte weder das Weinen einer Mutter und ihrer Tochter, die fünf Grabstellen weiter links an einem frischen Grab knieten, noch das Privatflugzeug über ihm, das gerade auf dem nahen Republic Airport gestartet war. Auch den milden Südwestwind, der den Blumenduft von Grabschmuck herantrug, beachtete er nicht. Er war in Trauer versunken. Nichts konnte ihn davon ablenken.

Er tröstete sich mit der Vorstellung, dass er tief in seiner Seele bei ihr sein, ihre Nähe spüren und wieder gemeinsames Lachen und glückliche Augenblicke erleben könne.

Schon bevor er den Friedhof betreten hatte, hatte er feuchte Augen bekommen, jetzt konnte er die Tränen kaum noch zurückhalten. Er wandte sich von den trauernden Grabnachbarn ab, um ungehört und unerkannt zu bleiben.

Einige tiefe Atemzüge holten ihn in die Normalität zurück und gaben ihm die Kraft, mit schneller werdenden Schritten zum Wagen zurückzukehren, wobei er das Gesicht mit einer Hand bedeckte. Er musste von hier fort, um seine Ziele zu verfolgen, um seine Träume und Fantasien ohne seine Geliebte, die ermordete Renata, zu leben.

Die Ungeduld war da und forderte einen Preis für seinen Verlust.

* * *

Eine Woche später

Arthur Dryden kauerte verängstigt in der achteren Steuerbordecke des Bootscockpits. Mit auf dem Rücken gefesselten Händen spürte er das Vibrieren der beiden kräftigen Dieselmotoren unter dem Plichtboden. Angst und Schrecken zwangen ihn, widerspruchslos den Befehlen zu gehorchen und sich weder zu bewegen noch aufzustehen. Alles Flehen hatte nichts genützt. Weinend hatte er sich auf die Knie geworfen, um sein Leben gebettelt und seinem Freund, der ihn »gekidnappt« hatte, versprochen, diese Nacht zu vergessen.

Er versuchte, trotz des Lärms nachzudenken, suchte nach einer Möglichkeit zu entkommen, nach einem Argument, den Entführer von seinem tödlichen Vorhaben abzubringen.

Die Motoryacht wurde langsamer, stoppte und trieb dann mit ausgekuppelten Motoren auf dem dunklen Long Island Sound. Nachdem der Skipper sich vergewissert hatte, dass im Umkreis einer Meile keine Boote oder Schiffe zu sehen waren – keine roten, grünen oder weißen Positionslichter in der mondlosen Nacht –, verließ er das Steuerrad. Mit einem etwa 15 Zentimeter langen Stück grauem Klebeband und der Waffe in der Hand trat er an seinen Gefangenen heran.

Arthur Drydens Augen weiteten sich, als der Lauf auf sein Gesicht gerichtet wurde. Er fand keine Argumente mehr und konnte nur noch in Panik schreien: »Das kannst du nicht tun! Nein!« Als der Bootsführer näher kam: »Ich habe nichts damit zu tun!«

Der Gefangene bewegte heftig den Kopf, um dem Klebeband auszuweichen. »Du bist wahnsinnig!«

Das Tape ließ ihn verstummen. Der Skipper kehrte ans Steuerrad zurück und beobachtete vom Steuerstuhl aus mit vorgehaltener Waffe Drydens Martyrium.

* * *

Sonnabend, 21. Mai
Huntington Harbor

Um 6.00 Uhr morgens steuerte Luke Samuel, ein breitschultriger Student von der Stony-Brook-Universität, sein 3,70 Meter langes Boot mit Außenbordmotor durch das schmale, gewundene Fahrwasser des Hafens von Huntington, zu dessen beiden Seiten Hunderte von Segel- und Motorbooten an Muringbojen lagen. Eine siebenköpfige Schwanenfamilie bevölkerte die flache Bucht nördlich des renommierten Eastern-Shore-Yachtclubs und zog beim Schwimmen keilförmige Heckwellen hinter sich her.

Am Horizont umgaben Wolken in silbrigen und cremefarbenen Pastelltönen die aufgehende Sonne – ein starker Gegensatz zu den heftigen Gewittern vor zwei Tagen, die mit 50-Knoten-Böen den Sund gepeitscht und Schaumkämme aufgeworfen hatten. Luke liebte es, bei Morgengrauen auf dem Wasser zu sein, weil die Welt dann noch in Ordnung war.

Er steuerte zum Nordrand von Lloyd Neck, wo der Meeresgrund bei der roten Fahrwassertonne steil abfällt und eine Felsbank bildet. Das war eine seiner Lieblingsstellen, um bei Niedrigwasser mit dem drei Pfund schweren Magneten zu fischen, den er bei einem Versandgeschäft für Schiffsausrüstung gekauft hatte. In der Werbung hieß es, dass man mit dem Magneten gut 80 Kilo heben könne. Um sich auf dem Wasser mehr Abwechslung zu verschaffen, hatte Luke begonnen, mit dem Magneten Schrott zu fischen. Bis jetzt hatte er ein Messer, eine Zange, einen Schraubenzieher, Autoteile und eine zerstörte Armbanduhr erbeutet – wertloses Zeug.

Luke fand das Fischen mit dem Magneten spannender als normales Angeln, denn man wusste nie, welche metallenen Schätze aus versunkenen Schiffen die Tiefe barg. Vielleicht hatten die Gewitterstürme das Wasser so aufgewühlt, dass sich in der Nähe des Felsenriffs neue Beute angesammelt hatte – eine gute Gelegenheit, um hinauszufahren.

Luke ließ den Magneten an einer zehn Millimeter starken Leine ins Wasser. Das Boot bewegte sich langsam über den Grund hinweg. Unten prallte der Magnet ab und zu von Felsen ab. Das Boot kroch in Richtung Morris Rock voran – ein in den Seekarten verzeichnetes

Unterwasserhindernis. Luke schleppte den Magneten über den Grund, zog ihn hoch, ließ ihn wieder runter, schleppte weiter und zog erneut. Das hielt er für die beste Methode, mit dem Magneten auf dem felsigen Grund zu arbeiten. Beim Hinaufholen merkte man, ob etwas Schweres am Magneten hing.

Ohne etwas zu finden, machte Luke auf diese Weise bis knapp 100 Meter vor Morris Rock weiter. Als er dort an der Leine zog, rührte sich nichts. »Der Magnet hat sich zwischen Steinen verklemmt«, dachte Luke.

Er packte fester zu und zog kräftiger. Der starke Gegenzug blieb aber auch dann unverändert, als Luke mit dem Boot im Kreis fuhr in der Hoffnung, den Magneten auf diese Weise frei zu bekommen. Aber es nützte nichts. Er musste anders vorgehen.

Luke gab etwas mehr Gas und hielt die Leine noch fester. Der Magnet bewegte sich ein kleines Stück, hing aber irgendwo fest. Der junge Mann schleppte die Leine mit der Last zehn Meter weiter. Ein schwerer Metallgegenstand, dachte er. War es schon wieder ein Autoteil oder etwas von einem Schiff? Vielleicht eine Schatztruhe? Das war durchaus möglich, denn es gab Erzählungen, dass Käpten Kidd, der berühmte Seeräuber, den Sund befahren und an verschiedenen Stellen Schätze vergraben habe. War davon vielleicht etwas über Bord gefallen?

Luke stützte sich ab und nahm beide Hände zu Hilfe, um den Magneten mit der Beute heraufzuholen. Das gelang ihm anfangs auch, aber als er gut einen Meter Leine eingeholt hatte, löste sich die Beute vom Magneten. Luke hob ihn aus dem Wasser und prüfte ihn auf Schäden. Da keine Beschädigungen zu sehen waren, ließ er den Magneten wieder hinab und manövrierte so lange, bis er wieder gefasst hatte.

Er musste den Fund ins flache Wasser bringen. Wenn er es schaffte, den Fang über die Felskante zu heben, würde er ihn vorsichtig näher ans Ufer schleppen und dann ganz heben können. Der Magnet hatte den Gegenstand über einen Meter anheben können und würde ihn auch noch höher hieven, wenn man nur behutsam zog. Am Rand des Unterwasserfelssockels holte Luke die Leine Hand über Hand ein, bis er spürte, dass das Fundobjekt über die Felskante hinweg war. Dann fuhr er vorwärts und stoppte. Der Magnet und das, was er gefangen hatte, hingen über der Felsbank. Der Student bemühte sich, den Grund zu erkennen, doch man konnte in dem drei Meter tiefen Wasser nur anderthalb Meter tief sehen.

Vorsichtig hielt er auf das Ufer zu, um flaches Wasser zu erreichen, und zog dabei die Leine hinterher. Der Magnet und das, was daran hing, bewegten sich durchs Wasser, ohne an Felsen zu stoßen. Da Luke keine Lust hatte, seinen Schatzfund mit anderen zu teilen, musterte er das Ufer mit der Steilküste und den Bäumen, um sicherzugehen, dass ihn niemand beobachtete. Der Fund sollte geheim bleiben. Als er niemanden sah, lächelte er habgierig, rief sich aber gleich selbst zur Ordnung.

In knapp zwei Meter Tiefe sah er einen langen dunklen Gegenstand am Magneten hängen. Was war das? Wie eine Schatzkiste sah es nicht aus. Unter Wasser sieht man alles verzerrt. War es eine britische Kanone aus dem Unabhängigkeitskrieg? In Huntington Harbor hatte es damals einen britischen Stützpunkt gegeben. Die Kanone hatte bestimmt einen Sammlerwert, weil sie historisch bedeutsam war.

Aufgeregt und neugierig starrte Luke ins Wasser, um zu erkennen, was er da ins Flache schleppte.

Als das Wasser nur noch knapp einen Meter tief war, stockte Luke der Atem.

Seine vor Schreck geweiteten Augen erblickten die mit Ankerkette umwickelte Leiche eines Mannes, dessen Hände auf dem Rücken gefesselt waren.

1

Samstag
Das Memorial-Day-Wochenende (Ende Mai)
An Bord der Motoryacht COYOTE

»Letzte Woche hat ein Student mit einem starken Magneten die mit Ketten umwickelte Leiche eines Mannes aus dem Sund gefischt. Der Tote war Arthur Dryden, ein Funktionär meines Yachtclubs und bekannter Anwalt«, erzählte Professor Josh Trimble von der New York University, Eigner der 47-Fuß-Chris-Craft-Motoryacht COYOTE, die an ihrer Privatmuring in Lloyd Harbor lag.

»Wer war der Täter?«, fragte sein Gast, der nicht dem Club angehörende Enthüllungsschriftsteller Mitchell Pappas, beim Frühstückskaffee auf dem Achterdeck.

»Die Polizei weiß es nicht.«

Mitchell richtete sich verblüfft auf: »Ist es nicht unwahrscheinlich, dass dieser Student einfach so die Leiche findet? Wer fischt überhaupt mit einem Magneten? War der Tote erschossen worden?«

»Ertrunken. Drydens Frau hatte ihn schon zwei Tage vorher als vermisst gemeldet. Die Polizei hatte Mitglieder und Angestellte des Clubs vernommen und keinen Verdächtigen gefunden. Drydens Wagen war beim Club geparkt. Die Polizei nimmt an, dass der Mörder ihn dort getroffen und dann entführt oder weggelockt hat. Das ist in diesem Monat schon der zweite ungelöste Mordfall im Yachtclub.«

Mitchell schüttelte den Kopf. »Nichts als gute Nachrichten heute Morgen«, sagte er sarkastisch. »Was geht da vor sich?«

»Meine Liegeplatznachbarin Renata Tredanari ist an Bord ihrer Motoryacht erstochen und möglicherweise vergewaltigt worden. Der Kommodore des Clubs hat außerordentliche Mitgliederversammlungen einberufen, um die verängstigten Vereinsmitglieder zu beruhigen. Polizeibeamte bewachen den Club rund um die Uhr – ein

Streifenwagen auf dem Parkplatz, ein Polizeiboot vor dem Yachthafen.

Kriminalbeamte haben mich und Renatas Nachbarn am Nordsteg, die in der Tatnacht an Bord übernachtet hatten, vernommen. Wir sind die Hauptverdächtigen.« Josh beugte sich vor. »Ich weiß, wer es gewesen ist, aber ich verrate es der Polizei nicht.«

Schweigen. Mitchell konnte nicht glauben, was er gehört hatte.

»Was fällt dir ein?« Er sprach sehr entschieden. »Es waren Mitglieder deines eigenen Clubs, keine Fremden.«

Ungerührt wies Josh den Vorwurf zurück:

»Ich kann meine Haltung rechtfertigen.«

Mit erhobener Hand bat Mitchell Josh abzuwarten, bis er sich noch einen Kaffee eingeschenkt hatte. Er musste erst einmal über Joshs beunruhigenden Standpunkt nachdenken.

Dann sagte er: »Das bezweifle ich. Ich kann dir aber nur dringend dazu raten, mein lieber Professor, denn sonst zerre ich dich eigenhändig zur Polizei und dort zu meinem Freund Lieutenant Mullins.«

Josh trug eine randlose Brille, war schmächtig, sein Haar hatte sich schon gelichtet, und er besaß gepflegte Manieren – alles in allem war er mehr ein Gelehrter als ein Sportler. Er trug ein weißes Designer-T-Shirt und blaue Shorts – die ganze Erscheinung ein starker Gegensatz zu dem 1,85 Meter großen Mitchell, der zu seinen blauen Shorts ein buntes Hawaiihemd trug und dunkelbraunes, an den Schläfen angegrautes Haar hatte.

Josh Trimble und Mitchell Pappas waren alte Freunde. Sie hatten einige Jahre zusammen bei der Firma J. Walter Thompson, einer führenden Werbeagentur in New York, gearbeitet. Nachdem Mitchell dort aufgehört hatte, um Schriftsteller zu werden, war Josh noch zwei Jahre als Werbetexter in der Kreativabteilung der Agentur geblieben, bevor er begonnen hatte, an der New Yorker Universität Englisch und kreatives Schreiben zu lehren.

Mitchell war ab und zu Gastdozent bei ihm. Die Studenten waren begeistert, dass ein Enthüllungsautor, der Bestseller schrieb, bei ihnen Vorlesungen hielt.

Josh nahm einen Schluck Kaffee und erzählte: »Renata war eine liebe Freundin und Nachbarin, eine Witwe von etwa 42 Jahren, kinderlos, wohlhabend, attraktiv, eine lebenslustige, wunderbare Frau, die ich anbetete. Ich hatte mich damit abgefunden, dass unsere Freundschaft nur platonisch war, und machte mir keine Hoffnungen auf mehr. Gewünscht hätte ich es mir allerdings.«

Mitchell bemerkte aufsteigende Wut in Joshs Gesicht und sagte: »Dann schuldest du es ihr erst recht, Lieutenant Mullins zu informieren.«

»Ja, aber ich kann es nicht.«

»Warum nicht?«

»In schlaflosen Nächten fahre ich mit der COYOTE oft lange auf dem Sund herum. Häufig sitze ich auch nur hier an Deck und blicke über den Yachthafen. Manchmal habe ich beobachtet, wie Renata ein oder zwei Trinkkumpane mit an Bord genommen hat, nachdem die Yachtclubbar geschlossen hatte. Sie konnten mich dort, wo ich saß, nicht sehen. Nach etwa einer Stunde kamen sie dann meist wieder heraus, oder ich wurde vorher müde und ging schlafen. Einer von ihnen war der Mann, dessen Leiche in Ketten gefunden wurde – Arthur Dryden.«

Mitchells Gesichtsausdruck und Haltung änderten sich. Er formte mit den Händen ein T und richtete sich auf.

»Stopp! Das soll ein Roman werden, und du probierst an mir aus, wie die Geschichte wirkt. Stimmt's? Ist das der Anfang deines ersten Romans?«

»Ich schwöre, das soll kein Roman werden. Es ist die Wirklichkeit.

Dryden hat eine fantastische Frau, Valerie, und zwei heranwachsende Töchter hinterlassen. Valerie hat wahrscheinlich nichts von seiner Freundschaft zu Renata gewusst. Vielleicht aber doch«, zuckte Josh mit den Schultern, »und sie hat dann beschlossen, den Status quo beizubehalten. Manche Frauen schaffen es, sich mit der Untreue des Ehemannes zu arrangieren, um die Ehe zu erhalten. Valerie ist Lehrerin an der Highschool, sie unterrichtet englische und amerikanische Literatur. Weil wir aus demselben Fach kommen, unterhalten wir uns häufig.«

»Was meinst du zu Dryden?« Mitchell nahm sich mit der Papierserviette noch eine Zimtschnecke.

»Ich weiß auch, wer Dryden umgebracht hat. Die beiden Morde

hängen zusammen.« Mitchell stockte der Atem. Er saß mit offenem Mund da, die Zimtschnecke noch in der Hand.

»Und dann willst du nicht aussagen, was ist los mit dir?«

»Immer langsam, ich muss es der Reihe nach erklären. In dieser Tragödie kommen noch mehr Darsteller vor. Es ist kein gewöhnlicher Krimi.«

Mitchell begriff noch immer nichts, lehnte sich zurück und behielt äußerlich die Ruhe. »Dann schnüre dein Paket mal weiter auf, und wir werden sehen, ob ich derselben Meinung bin.«

»Zu Renatas trinkfreudigen Bekannten gehörten der ebenfalls verheiratete Vizekommodore des Clubs und der Kommandant der örtlichen Küstenwachstation in Eaton's Neck, auch verheiratet. Der vierte, allerdings unverheiratete Mann ist Edward Marlowe, ein CIA-Direktor. Er ist Clubmitglied und wohnt hier in der Nähe.«

Mitchell wiegte erstaunt den Kopf.

»Das wird ja immer schlimmer! Was kommt jetzt noch?«

»In der Nacht, als Renata umgebracht wurde, sah ich Direktor Marlowe gegen 2.00 Uhr morgens von Bord ihrer Yacht gehen. Arthur Dryden, der Kommandant und der Vizekommodore des Clubs haben eidesstattliche Erklärungen unterzeichnet, dass sie von 22.00 Uhr bis 5.00 Uhr am Freitagmorgen zusammen mit Marlowe auf dessen Yacht zu viert Binokel [ein Kartenspiel] gespielt hätten. Diese Hunde lügen, um Marlowe zu decken.« Josh schlug heftig auf den Tisch und rief: »Sie lügen!« Dann rückte er seine verrutschte Brille zurecht. »Sie sind genauso schuldig wie Marlowe!«

»Ganz ruhig, Professor.« Nachdenklich begann Mitchell zu analysieren. »Wann hat Marlowe Renata aufgesucht?«

»Ich sah ihn nur von Bord gehen. Marlowe hatte sich die falsche Zeit ausgesucht, denn ich war gerade an Deck gekommen.«

»Du weißt also nicht, ob er fünf Minuten, zehn Minuten, eine halbe Stunde oder länger an Bord gewesen ist?«

»Genau.« Josh atmete einige Male tief ein und aus, um seine Wut zu unterdrücken.

»Die Ermittlungen wegen Renata kommen nicht voran. Marlowe ist hier in Suffolk County hoch angesehen und hat Beziehungen. Ohne Beweise wird ihn niemand verdächtigen oder mit der Tat auch nur im Entferntesten in Verbindung bringen. Außerdem waren Marlowe, Dryden und der Vizekommodore Teilhaber einer Anwaltskanzlei hier in Huntington. Seine ehemaligen Partner schützen auch sich selbst und die Sozietät.«

Mitchell verdaute jedes Wort zusammen mit der Zimtschnecke. Konzentriert und neugierig stützte er sich auf den Tisch, sehr viel stärker interessiert, als ginge es nur um eine gute Geschichte.

»Wie passt der Kommandant zu dem Juristentrio? Führt die Verbindung zur CIA und zur Coast Guard?«

»Weiß nicht. Vielleicht waren die Freundschaft zu Renata und das Clubleben das, was sie gemeinsam hatten. Sex war vielleicht gar nicht im Spiel.«

»Und du bist überzeugt, dass die Polizei hinhaltend taktiert?«

»Sie wird die öffentliche Meinung zufrieden stellen und sonst gar nichts. Dass ein Sohn Huntingtons, auf den der Ort stolz ist, ins Zwielicht gerät, weil er ein Nachbar des Mordopfers ist, kommt nicht infrage.«

»Geh an die Öffentlichkeit, zum Teufel mit Marlowe. Tu es für Renata.«

Mitchells inständige Bitten beeindruckten Josh nicht. »Ich bin Professor, kein Guerillakämpfer. Wenn Marlowe seine Macht und sein Amt missbraucht, bin ich ein toter Mann. Ich werde in Ketten gewickelt und wie Dryden auf See bei Nacht und Nebel mit hinter dem Rücken gefesselten Händen lebendig über Bord geworfen. Hilflos und verzweifelt werde ich meine letzten Atemzüge tun. Nein danke. Vielleicht kannst du das folgende Rätsel lösen, das Hinweise auf den Täter geben könnte und das vor dem Mord an Dryden niemand entschlüsseln konnte.«

»Ein Rätsel?«

»Der Vorstand des Clubs hat bei seiner Sitzung im letzten Monat eine anonyme Mitteilung bekommen. Ich habe das Protokoll, das alle Mitglieder erhalten haben. Einen Augenblick.« Josh ging fort, um das Papier zu suchen.

Mitchell wartete gespannt. Vielleicht hatte Josh Recht, dachte er. Den CIA-Direktor konnte er sich einfach nicht als Mörder vorstellen, aber immerhin war Direktor Marlowe zur ungefähren Tatzeit am Tatort gewesen.

Josh kam mit einem hellbraunen Umschlag zurück, setzte sich, zog das Protokoll heraus und raschelte mit ein paar Blättern. »Hier ist es. ›An den Vorstand: Jetzt ist er an der Reihe, und ich sage euch: Verborg'ne Schuld durch Schweigen sich verrät.‹ Wenige Tage danach tauchte Arthur Drydens Leiche auf. Der Mörder hatte den Club und die Polizei mit seiner geheimnisvollen Botschaft gewarnt. Sadistisch und unverfroren, meinst du nicht auch?«

»Das ist mehr wie ein Katz-und-Maus-Spiel, ein wahnwitziger Wettbewerb mit einem Täter, der bereit ist, sich geschlagen zu geben, wenn er überlistet wird. Wenn die Morde miteinander in Verbindung stehen, dann gibt es einen Serienkiller mitten unter euch.« Mitchell erläuterte: »Verborgene Schuld verrät sich durch Schweigen: Arthur Drydens Mörder wusste, dass Dryden über Marlowe geschwiegen hatte. Ich habe einen seiner drei Karten spielenden Zeugen in Verdacht. Professor, hat Marlowe Leibwächter? Er muss welche haben.«

»Er hat zwei. Sie beobachten den Yachthafen und das Clubhaus, bis er das Gelände verlässt, dann fahren sie mit ihm weg. Wenn er auf seinem Boot ist, rechts von mir auf der anderen Seite des Stegs, dann überwachen sie den Zugang zum Nordsteg und den Eingang des Clubhauses.«

»Sie müssen gesehen haben, dass Marlowe auf Renatas Yacht ging und wieder von Bord kam.«

»Sie haben bestätigt, was die anderen gesagt haben: Marlowe sei die ganze Nacht auf seinem Boot gewesen, sie hätten nach Mitternacht weder jemanden auf dem Stegzugang noch auf dem nördlichen Bootssteg gesehen, denn von dort, wo sie saßen, um das Einfahrttor und die Hafenzufahrt zu überwachen, hätten sie den Steg und die Liegeplätze nicht im Auge gehabt.«

»Jetzt haben wir also noch zwei weitere Augenzeugen, die für Marlowe aussagen.«

»So, wie Marlowe von allen Seiten geschützt wird, würde ich mich mit meiner Aussage unglaubwürdig machen und in Gefahr bringen. Ich brauche deine Hilfe. Ich kenne deine Arbeitsweise, Mitchell. Wenn irgendjemand einen anderen Weg finden kann, Marlowe zu überführen, dann bist du es. Allerdings könntest du dich durch deine Nachforschungen selbst in Gefahr bringen.«

Mitchell zuckte die Schultern.

»Wenn du dir deswegen keine Sorgen machst, kannst du um Renatas willen schreiben und auf den Fall aufmerksam machen.«

Davon schien Mitchell nicht begeistert zu sein. »Professor Josh Trimble, ich interessiere mich für alles, was du erzählt hast, bin aber noch unentschieden, ob ich recherchieren sollte. Aber ich werde mit Lieutenant Mullins sprechen. Wenn er mich an diesen Fall nicht heranlässt, kann ich dir nicht weiterhelfen. Mullins ist schon mehrmals bereit gewesen, mit mir zusammenzuarbeiten, aber er kann auch einmal nein sagen.

2

Um 10.00 Uhr vormittags warf Josh die Boje los und fuhr mit Mitchell zur Danforth-Marina, wo ein Liegeplatz reserviert war. Unterwegs zeigte Josh Mitchell die Küstenwachstation und den Leuchtturm auf der Steilküste bei Eaton's Neck, wo Kommandant Douglas Deever wohnte. Gegen 17.00 Uhr kehrten die beiden zum Eastern-Shore-Yachtclub zurück. Dort machten sie am Steg fest und schlossen Trinkwasserschlauch, Telefon- und Stromkabel an. Josh spülte Deck, Aufbauten und Bordwände ab. Später sollte es Cocktails und einen kleinen Imbiss auf dem Achterdeck geben, danach würde man sich zum Abendessen im Clubrestaurant umziehen.

Renatas 46-Fuß-Silverton-Motoryacht, deren Name CHAMPAGNE LADY in blauer Schrift am Heck stand, lag gegenüber von Joshs COYOTE an sechs Festmachern und dümpelte leicht. Die Polizeiabsperrung, ein gelbes Flatterband, hielt die Neugierigen fern. Renatas Eignerflagge mit den blauen Umrissen eines Champagnerglases flatterte im Wind. Renata hatte diese Flagge nur gezeigt, wenn sie an Bord war. Josh beschloss, die Flagge zum Andenken an Renata wehen zu lassen.

Josh trank Rum-Tonic, Mitchell nahm nur Tonic mit einer Zitronenscheibe. Dazu gab es Cracker mit verschiedenen Käsesorten.

»Von hier aus entgeht mir kaum etwas, selbst wenn der seitliche Wetterschutz am Cockpit geschlossen ist. Ich kann in beiden Richtungen die Bootsliegeplätze einsehen. Die Yachten liegen mit dem Heck zum Steg, sodass man alles sieht, was sich auf dem Achterdeck oder im Cockpit abspielt«, erklärte Josh.

»Hast du ein Bild von Renata?«

»Ja, auf einer Gruppenaufnahme von einer Clubveranstaltung. Warum?«

»Damit ich weiß, wie sie aussah, und mir ein Bild von ihr machen kann.«

Josh ging fort und kam mit einigen Gruppenbildern zurück. Er zeigte Renata auf einem Foto, das sie neben ihm zusammen mit anderen Paaren bei einer geselligen Veranstaltung im Clubrestaurant zeigte.

»Das ist Renata.«

Auf dem Foto hob Renata Tredanari lächelnd ein Champagnerglas. Sie hatte langes schwarzes Haar, freundliche Gesichtszüge und trug ein grünes Kleid mit V-Ausschnitt.

»Jetzt hat die Champagnerlady für mich ein Gesicht«, sagte Mitchell.

»Das Foto wurde letzten März bei der Gala zum Saint-Patrick's-Tag aufgenommen.« Josh blickte traurig über den Bootssteg und zeigte auf eine 55-Fuß-Chris-Craft, die LEGAL TENDER. »Dieses Schiff neben der CHAMPAGNE LADY gehört Marlowe, dem Unangreifbaren, Marlowe, dem Schlächter!«

Um 19.15 Uhr gingen sie in die Kajüte, um zu duschen und sich zum Abendessen umzuziehen. Unter Deck öffnete Josh in der Gästekajüte eine Schranktür in der Nähe des Motorraums und nahm ein Ruger-M-16-Gewehr heraus, eine halbautomatische Waffe mit wegklappbarer Metallschulterstütze.

»Die Waffe habe ich gegen Piratenüberfälle an Bord. Es gibt auch Diebstähle auf dem Wasser. Yachten haben teure Elektronik an Bord, die mehr wert ist als Autoradios oder Fernseher. Fast alle Bootseigner haben eine Waffe an Bord. Ich habe meine immer griffbereit.«

»Wenn Marlowe erst einmal hinter dir her ist, wie du es befürchtest, könntest du sie brauchen.«

* * *

Mitchell schätzte Josh als Freund, der auch Trauzeuge bei seiner Hochzeit gewesen war. Der Schriftsteller redete ihn mit »Professor« an, sprach von ihm aber als Josh. Helene, Mitchells Frau, redete ihn lieber mit Josh an. Sie hielt viel von ihm. Josh war nicht nur ein gelegentlicher Gast beim Abendessen in der Stadt, Helene war auch seine Literaturagentin. Zwei seiner Texte über kreatives Schreiben hatte sie bei McGraw-Hill untergebracht, einige Kurzgeschichten im Magazin *New Yorker* und verschiedene Artikel in *Vanity Fair*.

Helene drängte ihn, etwas Längeres zu verfassen, seine Fantasie anzustrengen und einen Roman zu schreiben. Josh war zwar ein ausgezeichneter Grammatiker und Lektor, konnte sich aber nicht dazu aufraffen, selbst Belletristik zu schreiben, sich ein so zeitraubendes, anspruchsvolles Projekt vorzunehmen. Auch müsste er als Romanautor sozusagen auf die andere Seite wechseln und sich selbst den Verbesserungsvorschlägen eines fremden Lektors aussetzen. So weit war er noch nicht, aber er hatte versprochen, es eines Tages zu wagen. Wenn Josh einen Roman begonnen hatte, fiel es ihm schwer, konsequent dabeizubleiben. Wenn er nichts anderes zu tun hatte, dann schrieb er, aber immer nur so lange, wie er sich darauf konzentrieren konnte. Er wusste selbst, dass das nicht die richtige Einstellung war, um eine Geschichte zu Ende zu bringen. Als Zeugnisnote hätte Josh sich eine Fünf gegeben – ein Mangelhaft für mangelndes Interesse an der Sache. Wenn er sich nicht einmal selbst für seine Geschichte interessierte, wie konnte er es dann vom Leser erwarten? Bis jetzt hatte das Romanschreiben in seinen Zukunftsplänen keinen Platz. Er hatte aber vor, ein Anleitungsbuch für angehende Schriftsteller zu schreiben, auch für Verfasser von Bühnen- und Fernsehstücken, und seinen akademischen Ruf zu festigen.

* * *

Im vergangenen Monat, als die kalten Tage allmählich vorüber waren und der Aprilwind mit seinem Duft an die vorige Wassersportsaison erinnerte, hatte man unter Aufsicht von Josh, dem Hafenbeauftragten des Clubs, damit begonnen, den neuen Schwimmsteg zu montieren.

Mitchell und Josh gingen zum Clubhaus, vorbei an den reservierten Parkplätzen, die den Vereinsfunktionären als kleine Belohnung für ihre ehrenamtliche Tätigkeit vorbehalten waren. Sie betraten das moderne zweistöckige Gebäude, wandten sich dann nach links zur Treppe, die zum Speisesaal führte, und gingen auf den für Josh reservierten Tisch zu. Er begrüßte einige Mitglieder. Ein Kellner begleitete die beiden zu einem Zweiertisch an der Nordseite, von dem aus man den Yachthafen und das von Bojenliegern gesäumte Hafenfahrwasser im Sonnenuntergang überblicken konnte. Josh liebte das maritime Flair des Clubrestaurants und den großartigen Ausblick als idealen Rahmen für ein Abendessen. An der westlichen Wand waren zwei Schaukästen mit Regattapokalen angebracht, und ein fast zweieinhalb Meter großer blauer Anker, der als Intarsie in den Eichenfußboden eingelassen war, beherrschte die Tanzfläche. An der nördlichen Wand stand ein Klavier, dessen Musik zur gepflegten Atmosphäre beitrug.

»Die drei großen, runden Tische ganz vorn sind den drei Vorstandsmitgliedern vorbehalten, der mittlere dem Kommodore«, erklärte Josh.

Jeder dieser Tische bot zehn Personen Platz, und sie waren fast voll besetzt. Mitchell achtete aber nicht auf das Ambiente. Er blickte nachdenklich zur CHAMPAGNE LADY, stellte sich das Kommen und Gehen von Renatas Gästen vor und wie Marlowe von Bord geschlichen und zu seiner eigenen Yacht zurückgekehrt war.

Mitchell wandte sich an Josh. »Hast du irgendjemandem dasselbe erzählt wie mir? Oder weiß ich als Einziger davon?«

Josh zögerte. »Bevor du dich bereit erklärt hast zu helfen, wollte ich auch dir nichts erzählen.«

»Ich werde helfen, wenn Mullins bereit ist, mir Informationen zu geben.«

»Einverstanden, ich wette, dass er das tut – schon wegen eurer Freundschaft. Dass ich Marlowe gesehen habe, habe ich gegenüber Renatas Cousin Mario Colarossi erwähnt, der ebenfalls Clubmitglied ist. Erstens, weil er zu Renatas Familie gehört und zweitens, weil er auch einflussreiche Freunde hat. Er ist ein bekannter Geschäftsmann: Restaurants, Öllager, Frachtschuten und anderes. Mario ist ein wohltätiger Menschenfreund und sehr sympathisch. Ein Flügel des Huntington Hospital ist nach ihm benannt, weil er dem Krankenhaus fünf Millionen Dollar gestiftet hat.«

»Hört sich nach einem anständigen Kerl an. Wann hast du ihm davon erzählt?«

»Eine Woche bevor Dryden gefunden wurde.«

»Wie kann Colarossi dir helfen?«

»Mario ist auch der Pate von Long Island.«

Mitchell bekam große Augen: »Mafia?«

»Ja.«

»Unglaublich.« Er schlug sich aufs Knie.

»Dieses Etikett ist aber verblasst und spielt hier in der Gegend überhaupt keine Rolle mehr, weil er sich durch seine Spenden Achtung verschafft hat. Man nimmt seine Geschenke an und spricht das böse Wort nicht aus. Ihm gehört die 72-Fuß-Broward, die am Fahrwasser liegt. Ich brauchte jemanden als Gegenpart zu Marlowe. Ja, beides sind mächtige Männer, bei denen es ganz logisch ist, dass sie gemeinsam diesem Club angehören. Der Eastern-Shore-Yachtclub hat hier in der Umgebung die besten Liegeplätze für größere Yachten. Die anderen bedeutenden Yachtclubs sind reine Segelvereine ohne Steg- oder Pontonliegeplätze. Für Eigner großer Motoryachten ist der Eastern-Shore-Yachtclub genau die richtige Adresse. Daher sind im Club auch so gegensätzliche Charaktere wie Marlowe und Colarossi vertreten.«

»Professor, du hast Colarossi und mich gegen Marlowe eingespannt. Kommt noch jemand hinzu?«

»Sonst niemand. Mario weiß, dass Renata und ich befreundet waren. Mario hat Renata schon seine Liebe gestanden, als sie noch ein junges Mädchen war. Die beiden haben immer mal wieder zusammen auf dem Achterdeck gesessen, vielleicht eine Stunde oder so, dann sind sie gegangen. Manchmal haben sie auch gemeinsam im Club zu Abend gegessen. Wenn es um Sex ging, hatte Mario ebenso wenig zu melden wie ich. Renata hat mir erzählt, dass er ihr einen Heiratsantrag gemacht hätte. Sie wollte aber nichts mit seiner Welt zu tun haben. Auch Mario kommt als Verdächtiger infrage. Sein Motiv: Rache für Renata. Opfer mit schweren Gewichten zu ertränken ist in seinen Kreisen ein gängiges Verfahren.«

»Falls Marlowe Dryden getötet hat, würde er dann auch Kommandant Deever und euren Vizekommodore umbringen? Würde Colarossi das tun? Und sollten wir sie nicht warnen?«

»Dann wüsste Marlowe, dass ich ihn gesehen habe. Wenn Marlowe die beiden umbringt, haben sie es verdient, weil sie für ihn gelogen und ihn gedeckt haben.« Josh zögerte, bevor er weiter ausführte: »Kommandant Deever und der Vizekommodore Alvin Dean Horatio müssen sich sicher auch vor Colarossi in Acht nehmen. Im Grunde ist es mir ziemlich egal, ob sie am Leben bleiben. Ich denke nur an Renata und bin mit allem einverstanden, was Marlowe vor

Gericht bringt, ohne dass ich aussagen muss. Aussagen werde ich nur, wenn es gar nicht anders geht.«

Mitchell blickte wieder sehr nachdenklich.

»War Colarossi an Bord seiner Yacht, als Renata starb?«

»Ja, er schlief.«

»Und was ist mit denen, die in der Tatnacht auf den Booten am Nordsteg übernachtet haben?«

»Die haben alle geschlafen.«

»Du hast nicht gesehen, wann Marlowe bei Renata an Bord ging. Deshalb wissen wir nicht, wie lange er dort war. Vielleicht ist überhaupt nichts passiert. Vielleicht hat er sich nur eine Tasse Zucker geborgt oder so. Nehmen wir an, dass jemand anders Renata besucht hat, nachdem du unter Deck gegangen warst. Und jetzt nehmen wir einmal an, dass der zweite Besucher Colarossi war.«

Josh runzelte die Stirn.

»Eine erschreckende Hypothese.«

»Damit haben wir zwei hochverdächtige Kandidaten, die Renata getötet haben könnten. Möglicherweise hat Colarossi dann Dryden umgebracht, weil er annahm, dass dieser eine Affäre mit Renata hatte. Wohin die Liebe führt ... Wie lautet deine Prognose jetzt?«

»Dass die Liebe zu mancherlei führt.«

Josh schlug die Hände zusammen. »Ich weiß, dass es richtig war, dich einzubeziehen. Du hast den richtigen Spürsinn. Mario könnte es gewesen sein, aber er liebte Renata. Er würde höchstens *für* sie töten und alles *für* sie tun. Ich tippe eindeutig auf Marlowe. Ich habe ihn gesehen. Da seine Beamten gelogen haben, um ihn zu decken, könnten sie auch im Stande gewesen sein, Dryden für ihn zu töten.«

»Ich bezweifle, dass Regierungsbeamte jemanden aus rein privaten Gründen umbringen würden. Auch Colarossi hat seine eigenen Beschützer und ergebenen Hilfstruppen.«

»Marlowe ist mehr als verdächtig.«

»Colarossi und ich wissen, dass du Zeuge bist. Was, wenn Colarossi der Mörder ist? Kann er es riskieren, dass du ihn gesehen hast? Mir kannst du vertrauen, aber Colarossi?«

Josh wurde nachdenklich, begriff diese zusätzliche Überlegung und nickte. Noch während er nickte, begann er um sein Leben zu fürchten.

Die besorgte Miene entging Mitchell nicht, und er warnte: »Professor, hüte dich vor Marlowe und Colarossi – und vor allen, die in der Tatnacht auf ihren Booten übernachtet haben. Nimm dich in Acht, mein Freund, und sei deiner Sache nicht zu sicher. Irgendjemand könnte dich auf seiner Abschussliste haben.«

* * *

Die Gäste des Kommodore, darunter Mario Colarossi, hatten das Dinner beendet und steuerten die Bar an, um den geselligen Abend dort fortzusetzen. Der Vizekommodore und seine Gäste hatten sich schon einige Minuten vorher dorthin begeben.

Colarossi unterhielt sich gerade mit zwei Clubmitgliedern, als er Josh und dessen Freund bemerkte. Er kam an ihren Tisch.

»Josh, wie geht's, alter Junge?«, rief er, während er auf den Tisch zukam.

»N'Abend, Mario. Das ist Mitchell Pappas, der Schriftsteller, von dem ich dir schon erzählt habe.«

»Guten Abend, Mitchell, nett, Sie kennenzulernen.«

Colarossi war 49 Jahre alt, hatte welliges, schon weißes Haar, eine markante gebogene Nase, ausgeprägte Gesichtszüge, einen breiten Mund und makellose Zähne.

»Ich habe schon von Ihnen gehört, Mitchell«, sagte Colarossi, »aber noch nichts von Ihnen gelesen. Das werde ich jetzt nachholen. Die beunruhigende Angelegenheit muss ich mit Josh ein anderes Mal besprechen. Josh, ruf mich an, und wir verabreden uns mal zum Essen. Bis dann, Mitchell, ich freue mich auf eine Unterhaltung mit Ihnen. Guten Abend.« Danach ging er.

Josh wandte sich zu Mitchell: »Sollen wir nachher mit Mario an der Bar einen trinken?«

»Nein, ich will Colarossi erst einmal auf Abstand halten. Wir treffen uns später mit ihm.«

3

Donnerstag, 5. Juni

Valerie Dryden sah ihren Töchtern Tina und Elisabeth nach, die zum ersten Mal seit der Bestattung ihres Vaters wieder in den Bus stiegen, der sie zur Highschool brachte. Für die beiden Teenager musste das Leben weitergehen.

Das Schlimmste war vorüber – die Beerdigung, die polizeilichen Vernehmungen und die Aufdringlichkeit der örtlichen Presseleute vor dem Haus. Am Vorabend hatte Valerie sich mit einem Anwalt aus der Sozietät getroffen, um einen Überblick über den Nachlass und ihre wirtschaftliche Lage zu gewinnen. Das war für sie ein erster Schritt, über den Mord an Arthur hinwegzukommen. Diese und die letzte Woche hatte sie sich vom Dienst beurlauben lassen. Sie fühlte sich einer Schulklasse voller Heranwachsender noch nicht gewachsen. Der Vertretungslehrer würde seine Sache ebenso gut machen wie sie, darauf konnte sie sich verlassen.

Die Anrufe von Medienvertretern hatten aufgehört.

Am liebsten wäre es ihr gewesen, wenn sich all diese Leute in Luft aufgelöst hätten, denn sie wollte wieder ihr eigenes Leben führen, ihre Ausgaben einschränken und die wirtschaftliche Zukunft sowie die Ausbildung ihrer Töchter planen. Das Haus wollte sie bis zum Schulabschluss beider Töchter behalten, um das Leben der Mädchen nicht durch Umzug und Schulwechsel noch mehr durcheinander zu bringen.

Als Josh Trimble anrief, weil er sie gemeinsam mit seinem Freund Mitchell Pappas, dem berühmten Schriftsteller, besuchen wollte, vereinbarte sie ein Treffen am selben Vormittag um 10.00 Uhr. Die beiden hätten sich lieber für den nächsten Tag mit ihr verabredet, aber das ging nicht, weil sie dann den ganzen Tag in New York zu tun hatte. Valerie fragte mit keinem Wort nach dem Grund der Verabredung. Josh war ein Freund. Ein Aufwartungsbesuch von ihm war das

Normalste von der Welt. Dass er ein Buch schreiben wollte, kam ihr nicht in den Sinn.

Nachdem Valerie die Küche aufgeräumt hatte, in der ihre Töchter eilig gefrühstückt hatten, ging sie ins Obergeschoss des geräumigen Hauses, das auf einem über 16 000 Quadratmeter großen Grundstück im Ortsteil West Hills von South Huntington stand. Bevor der Besuch kam, wollte sie duschen, sich anziehen, frühstücken und die gerade eingetroffene *Newsday* lesen. Sobald ihre Töchter den Tod des Vaters überwunden hätten, wollte sie seine Kleidung zusammenpacken und einer wohltätigen Organisation oder einer Kirche spenden.

Sie musterte sich in einem großen Spiegel. Valerie Dryden war Anfang 40, hatte langes, dunkles Haar, war 1,70 Meter groß mit makelloser Figur. Sie hatte einen bräunlichen Teint und dunkle Augen in einem breitwangigen Gesicht mit vollen Lippen – eine eindrucksvolle, klassisch-römische Erscheinung, die ihre italienische Abstammung verriet. Sie lächelte ihr Spiegelbild an – die Besucher konnten kommen.

* * *

Mitchell wollte sich um 9.00 Uhr morgens mit Josh am Yachtclub treffen, um von dort aus zu Valerie zu fahren und später im Yachtclub Mittag zu essen. Außerdem verabredete Josh sich für den folgenden Abend mit Mario Colarossi zum Dinner im Club. Auch Mitchell würde dann wieder dabei sein.

Auf der Fahrt nach West Hills besprachen der Professor und der Schriftsteller, welche Fragen Mitchell Valerie stellen sollte. Josh wollte Valerie so kurz nach dem Tod ihres Mannes ein aufdringliches Verhör ersparen.

Die beiden bogen in die West Hills Road ein, eine zweispurige, von Bäumen gesäumte Straße, an der auf weitläufigen Grundstücken Häuser im ländlichen Stil mit Pferdeställen standen. An der Gabelung mit dem Stoppschild bogen sie nach rechts ab, sahen das Haus der Drydens und fuhren an einem weiß gestrichenen Weidezaun vorbei in die lange Auffahrt hinein, die zu dem weißen Gebäude mit roten Fensterläden führte. Die Drydens besaßen keine Pferde. Die Umgebung machte einen friedlichen Eindruck, ab und zu hörte man Vogelgezwitscher. Nichts deutete darauf hin, dass der Tod hier zugeschlagen hatte. Valerie sah den Wagen in die Auffahrt einbiegen und öffnete die Haustür, als er hielt.

Josh stellte Mitchell vor. Sie begrüßte ihn. Als Valerie Josh anlächelte, hauchte er ihr einen Kuss auf die Wange. Man saß im Wohnzimmer, das mit Glas, Metall, kräftigen Farben und weißen Möbeln modern eingerichtet war. Riesige Panoramafenster ohne Vorhänge oder Gardinen gaben den Blick auf die bewaldete Umgebung frei. Die Besucher sprachen ihr Beileid aus. Auf den angebotenen Kaffee mit Frühstück verzichteten sie.

»Valerie«, begann Josh, »ich weiß, dass die letzten beiden Wochen schwer für dich waren. Wir bleiben auch nicht lange. Ich habe Mitchell mitgebracht, weil er möglicherweise dazu beitragen kann, dass man Arthurs Mörder findet. Er hat dazu einige Fragen. Ich hoffe, es macht dir nichts aus, sonst verschieben wir das Gespräch auf später. Ich weiß, dass die beiden Wochen schwer für dich waren.«

Valerie lächelte: »Kein Problem, Josh«, sagte sie, während sie die Beine übereinander schlug. »Ich werde schon ganz gut damit fertig. Es ist mir eine Ehre, Sie kennenzulernen, Mitchell, und ich weiß Ihr Engagement zu schätzen.« Sie sah ihn neugierig an. »Haben Sie etwa vor, ein Buch über die Ereignisse im Club zu schreiben? Ich weiß, dass Sie zusammen mit Lieutenant Mullins schon über Fälle geschrieben haben, die sich auf Long Island ereignet haben.«

»Nein, ich will Josh dazu bringen, das Buch darüber zu schreiben. Er hat mich um Unterstützung gebeten, weil die Polizei im Dunkeln tappt. Manchmal finde ich etwas, was die Polizei übersehen hat, oder ich stelle Fragen, auf die die Polizei nicht gekommen ist. Nach meiner Erfahrung ist die Mordkommission von Suffolk die beste. Ich bin sicher, dass sie den Mörder findet. Macht es Ihnen etwas aus, über den Mord zu sprechen?«

Valerie bebte. »Die Worte Mörder und Mord klingen so furchtbar. Ich freue mich über jede Hilfe, ganz gleich, woher sie kommt. Was möchten Sie wissen?«

Mitchell rutschte auf seinem Stuhl nach vorn. »Fangen wir mit dem Einfachsten an. Wer könnte den Wunsch oder die Absicht gehabt haben, Ihren Mann umzubringen?«

Valerie schüttelte den Kopf. »Ich habe über alles Mögliche und

Unmögliche nachgedacht, aber es ergibt alles keinen Sinn ... Ich habe nicht die geringste Vermutung. Das habe ich auch der Presse und der Polizei gesagt. Ich habe keine Ahnung, warum irgendjemand Arthurs Tod gewollt haben sollte oder was er Böses getan haben soll, um auf diese grausame, sadistische Art sterben zu müssen. Auch seine Kanzleipartner konnten sich keinen Reim darauf machen. Sie kannten keine unzufriedenen Mandanten oder Gegner, die ein Motiv gehabt haben könnten. Arthur hat ein ehrliches, normales Leben geführt. Er hatte keine Feinde, war ein guter Familienvater und Ehemann. Er verdiente gut, und dank Edward Marlowes Aufstieg zum CIA-Direktor und seiner Verbindungen in Washington ging es geschäftlich bergauf. Wissen Sie schon, dass Edward und Arthur Sozien in der Kanzlei waren?«

Mitchell nickte. »Das weiß ich schon von Josh.«

»Edward ist durch Arthurs Tod am Boden zerstört. Die beiden waren ja eng befreundet.«

»Valerie, Mitchell hat ein paar Hypothesen – und ich möchte betonen – reine Hypothesen. Wenn es dich zu stark berührt, wird er das Thema wechseln. Um die Wahrheit herauszufinden und andere Möglichkeiten auszuschließen, muss er auch Fragen stellen, die dich verletzen könnten. Dieses Ausschlussverfahren dient dazu, eine brauchbare Theorie zu entwickeln. Das ist seine Arbeitsweise.«

»Einverstanden, Josh. Mit Theorien oder Hypothesen kann man vielleicht die Wahrheit herausfinden.« Sie lächelte und erwartete die erste Salve von Fragen. »Ich bin auf alles gefasst.«

Mitchell zögerte, er wollte mit den weniger verfänglichen Fragen beginnen.

»Valerie, der Clubvorstand hat eine verschlüsselte Botschaft als Warnung erhalten. Später wurde Arthurs Leiche gefunden. Es ist denkbar, dass die genau ausgeklügelte Nachricht Arthurs Tod angekündigt hat. Kennen Sie den Wortlaut?«

»Ja.«

»Sagt Ihnen der Inhalt irgendetwas?«

»Nein.«

»Ich frage, weil ›Verborg'ne Schuld durch Schweigen sich verrät‹ wie ein Zitat aus der englischen Literatur klingt und weil Sie als Lehrerin dieses Fachs das Zitat vielleicht kennen.«

»Die englische Literatur vieler Jahrhunderte ist sehr umfangreich, und es gibt zahlreiche große Dichter und Schriftsteller. Herauszufinden, woher dieser aus dem Zusammenhang gerissene Satz stammt, ist sehr schwer. Er könnte von Shakespeare sein, von Sir Francis Bacon, John Milton, Sir Walter Scott, Keats, Browning, Tennyson und, und, und. Vielleicht ist es auch ein Zitat aus der amerikanischen Literatur, die ebenfalls ein weites Feld ist.«

»Versuchen Sie, das Zitat zu finden, wenn Sie können. Es könnte uns voranbringen.«

»Ich werde meine Bibliothek zu Hause und in der Schule durchsehen, aber wo soll man anfangen? Fragen Sie weiter, Mitchell. Sie können jede Frage stellen, egal ob verfänglich oder unverfänglich. Viele Fragen verlangen nach Antworten. Ich will das Schwein finden, das Arthur ermordet hat.«

Josh ereiferte sich: »Richtig so!«

Mitchell fuhr fort: »Wann haben Sie zum ersten Mal bemerkt, dass Arthur verschwunden war?«

Sie lehnte sich zurück, die Beine nicht mehr übereinander geschlagen. »Schon in der ersten Nacht. Da nahm ich aber an, dass er im Club zu viel getrunken hätte und an Bord des Bootes eingeschlafen sei. Ich war zu Hause und rief an Bord an, es meldete sich aber niemand. Morgens rief ich in seinem Büro an und dann den ganzen Tag immer wieder. Sein Auto stand beim Yachtclub. Da ich ihn dort nicht ausfindig machen konnte, rief ich die Polizei an. Ein paar Tage später wurde zum Glück durch einen ganz unwahrscheinlichen Zufall seine Leiche gefunden. Sonst wüsste ich heute noch nicht, wo er geblieben ist. Immerhin beträgt seine Lebensversicherung über zwei Millionen Dollar. Es ist besser so, denn ich brauche jetzt nicht die Frist abzuwarten, bis er für tot erklärt wird, und bekomme das Geld schneller.«

»Hat Ihr Ehemann Binokel gespielt?«

»Ja, Arthur liebte dieses Spiel. Für Binokel hätte er alles stehen und liegen gelassen, er spielte es auf alle möglichen Arten, mit doppeltem oder einfachem Kartensatz, als Kreuzbinokel zu viert oder jeder gegen jeden. Er, Edward Marlowe, Alvin Horatio und Doug Deever haben auf Edwards Yacht in der Zeit, als Renata umgebracht wurde, Binokel gespielt. Ist Renata der Grund für Ihre Frage?«

Mitchell nickte.

Valerie sah ihn fragend an. »Suchen Sie nach einer Verbindung zu Renatas Tod? Die Polizei hat auch Arthur und die anderen schon in dieser Richtung befragt. Sie haben aber nichts gesehen und nichts gehört.«

»Kann sein.« Mitchell bat mit erhobener Hand um Geduld. »Zu Renatas Tod kommen wir noch. Erst einmal – wo waren Sie in der Nacht, als Renata getötet wurde?«

»Meine Töchter und ich haben an Bord unserer Yacht übernachtet. Die Mädchen liebten diese Abwechslung an den Wochenenden genau wie ich.«

»Haben Sie nach Mitternacht irgendjemanden auf dem nördlichen Bootssteg gesehen?«

»Wir sind so gegen 23.30 Uhr zu Bett gegangen. Am nächsten Tag waren wir gerade im Club beim Mittagessen, als Renatas Leiche von den Studenten entdeckt wurde, die auf ihrer Yacht sauber machten.«

»Valerie, jetzt möchte ich Ihnen einige sehr persönliche Fragen stellen.«

»Nur zu, ganz gleich, wie persönlich die Fragen sind. Ich tue alles, um Arthurs Mörder zu finden.«

»Haben Sie Ihren Ehemann geliebt?«

»Ich habe ihn sehr geliebt. Er war für mich der ideale Ehemann.«

»Hat er Sie geliebt?«

»Das würde ich sagen. Er hatte keinen Grund zu Seitensprüngen. Seine Töchter waren sein Ein und Alles, was sie auch für mich sind. Wir beide passten einfach gut zusammen. Arthur war der einzige Mann, den ich im Leben brauchte und wollte, und ich glaube, dass er umgekehrt dasselbe empfand.«

»Ich muss es aussprechen: Gibt es vielleicht eine heimliche Geliebte, die Grund hatte, ihn umzubringen?«

Über diese Bemerkung dachte Valerie eine Weile nach. »Ich habe nie an seiner Treue gezweifelt, dazu hatte ich keinen Grund. Ich wusste immer genau, was Arthur tat und wo er war – jedenfalls die meiste Zeit. Eine Ausnahme sind vielleicht die Stunden, die er ohne mich im Club verbracht hat. Ich muss immer denken, dass er noch am Leben sein könnte, wenn ich auch dort mit ihm zusammen gewesen wäre.« Sie nahm eine schuldbewusste Haltung an, dann richtete sie sich wieder auf. »Heute ist es zu spät.« Tränen traten ihr in die Augen.

»Valerie«, sagte Josh, »mach dir keine Vorwürfe. Der Mörder war zu allem entschlossen.«

»Mit der Zeit werde ich die Schuldgefühle hoffentlich los. Ich weiß, dass ich um meiner Töchter willen stark bleiben muss.«

»Nehmen wir an, dass Arthur mit einer Frau aus dem Club eine Affäre hatte. Sagen wir, mit Renata. Renata wurde ermordet. Auch Arthur wurde ermordet. Was denken Sie?«

»Eine Beziehung zwischen Arthur und Renata war ausgeschlossen, jedenfalls unwahrscheinlich.«

»Einverstanden. Denken wir uns eine dritte Person hinzu.«

»Die sprichwörtliche Dreiecksbeziehung?«

»Angenommen, Edward Marlowe hatte etwas mit Renata. Er hat sie getötet, dann haben Arthur und die anderen ihm mit der Binokelgeschichte ein Alibi verschafft. Marlowe könnte Arthur getötet oder töten lassen haben, falls Arthur gedroht hat, der Polizei reinen Wein einzuschenken. Dann hatte Marlowe ein Motiv.«

Valerie setzte sich anders hin. »Ein starkes Stück, aber ich akzeptiere diese hypothetische Annahme. Und was jetzt?«

»Die anderen stehen zu ihm. Wenn den anderen etwas zustößt, sieht Marlowe sich unangenehmen Fragen ausgesetzt. Jetzt nehme ich einen weiteren Mitspieler hinzu. Ich habe gehört, dass Mario Colarossi Renata liebte und sie heiraten wollte, dass sie ihm aber einen Korb gegeben haben soll. Sagen wir, Mario hat erfahren, dass Renata mit einem Clubmitglied oder mehreren etwas hatte. Mario könnte geglaubt haben, dass ein Liebhaber Renata umgebracht hat. Eventuell hielt er Arthur für den Täter. Es könnte sein, dass Mario ihn entführen, in Ketten wickeln und über Bord werfen lassen hat, wie es zu Leuten aus dem Umfeld der Mafia passt. Ich habe Gerüchte über seine mafiösen Verbindungen gehört. Jetzt sind theoretisch zwei Personen verdächtig. Könnten Sie sich vorstellen, dass Marlowe Arthur getötet hat?«

»Das ist ganz schön gewagt, Mitchell. Die Antwort ist nein, auf keinen Fall. Arthur und Edward sind zusammen aufgewachsen, haben dieselben Schulen besucht und gemeinsam die Kanzlei aufgebaut. Sie waren mehr als Brüder.« Sie schüttelte den Kopf: »Ausgeschlossen.«

»Und was ist mit Mario?«

»Mario kennen wir seit Jahren. Ein großherziger Mann, ein guter Freund, der Arthur einige wohlhabende Mandanten verschafft hat. Er selbst war auch gelegentlich Arthurs Mandant. Auch mit dem Club hatte Arthurs Kanzlei geschäftlich zu tun, andere aber auch, zum Beispiel Steuerberater, Immobilienmakler und so weiter. Ihre Theorien mögen spannend sein, sie gehören aber ins Reich der Fantasie. Ich kann mir einfach nicht vorstellen, dass Edward oder Mario in die Sache verstrickt ist. Vielleicht hatten Edward und Renata ja ein Verhältnis. Warum auch nicht? Sie waren beide ungebunden.

Wer meint, dass Mario Renata liebte, irrt sich. Mario hat ständig wechselnde Frauenbekanntschaften. Arthur und ich haben oft mit ihm und seinen immer anderen Freundinnen zu Abend gegessen. Solange ich Mario kenne, hat er nie ernsthaft darüber gesprochen, sein Leben völlig mit einer einzigen Frau zu teilen, auch nicht mit Renata. Die beiden waren Cousin und Cousine. Er hat einen ausgeprägten Familiensinn und Beschützerinstinkt. Das haben Außenstehende vielleicht mit romantischer Liebe verwechselt.«

Mitchell war mit dem Gespräch zufrieden.

»Valerie, ich danke Ihnen für Ihre Offenheit und weiß es zu schätzen, dass Sie meine neugierigen Fragen – Fantasie oder nicht – ertragen haben.«

»Ich freue mich schon darauf, meinen Schülern zu erzählen, dass wir uns kennengelernt haben.«

Auf dem Weg zur Tür sagte Valerie: »Verdächtigen Sie Edward Marlowe und Mario Colarossi tatsächlich?«

»Nur theoretisch – ohne Geständnis wäre ein Schuldbeweis sehr schwierig.«

»Wenn die beiden hinter den Morden an Renata und Arthur stecken, dann werden diese Taten unaufgeklärt bleiben. Halten Sie weiterhin die Augen auf, aber verfolgen Sie andere Theorien.«

Kurz vor der Tür drehte Mitchell sich zu ihr um: »Ach, eine Sache habe ich noch vergessen, Valerie.«

»Bitte, gern.«

»Was wäre gewesen, wenn Arthur eine Affäre gehabt hätte und Sie es gemerkt hätten – herausgefunden, dass er Ihr Vertrauen missbraucht und ihre vollkommene Ehe zerstört hätte. Was hätten Sie getan?«

Ohne mit der Wimper zu zucken, erwiderte Valerie: »So sehr ich ihn geliebt habe, ich hätte ihn verlassen, weil er mich, die Kinder und meine Liebe zu ihm verraten hätte. Er hätte eine Grenze überschritten, und es hätte für ihn kein Zurück mehr gegeben. Meine Entscheidung hätte festgestanden.«

»Und seine Geliebte?«

Sie zuckte mit den Schultern. »Wäre mir gleichgültig gewesen, nachdem er die Grenze überschritten gehabt hätte.«

»Jetzt muss ich die letzte Frage stellen, die mir am schwersten fällt.«

»Fragen Sie.«

»Haben Sie Arthur getötet?«

Valerie lächelte über seine Unverfrorenheit. »Sie packen den Stier bei den Hörnern. Nein. Wie ich schon sagte, Arthur war für mich der ideale Mann. Außerdem kann ich das Boot nicht aus dem Hafen manövrieren, und ich hätte ihn auch nicht überwältigen und über Bord werfen können, um ihn auf eine so brutale Art loszuwerden.«

»Vielleicht haben Sie jemanden damit beauftragt, oder Sie hatten Helfer.«

»Wäre möglich gewesen, war aber nicht so.«

»Haben Sie den Brief an den Vorstand des Clubs geschrieben? Immerhin kennen Sie sich ja von Berufs wegen mit Literatur aus.«

»Nein, auch das nicht. Sie drehen wirklich jeden Stein um, nicht wahr?«

»Ja, das versuche ich wenigstens, darauf beruht das Ausschlussverfahren. Ich hoffe, ich bin Ihnen nicht zu nahe getreten.«

»Nein. Wer von den beiden theoretisch Verdächtigen hat nach Ihrer Meinung meinen Arthur umgebracht?«

»Mario. Es passt zum Stil seines Umfelds, Leichen verschwinden zu lassen – in Beton oder in Ketten.«

»Sagen Sie lieber angebliches Umfeld. Das ist ein böser Vorwurf gegenüber Mario. Die Leute glauben, dass er dazugehört, nur weil er Italiener und wohlhabend ist. Das heißt aber gar nichts. Wegen meiner Herkunft nehme ich diese Etikettierung selbst übel. Er ist kein schlechter Mensch. Josh, kennst du jemanden, der eine gute Motoryacht kaufen möchte? Ich will auch nicht mehr Clubmitglied sein. Meine Töchter wollen nicht auf die COURTSHIP, weil das Boot sie an ihren Vater erinnert. Über den Preis lasse ich mit mir reden.«

»Ich kann für dich mit ein paar Händlern sprechen. Pass auf dich auf, Valerie. Lass es mich wissen, wenn ich sonst noch etwas für dich tun kann.«

Josh und Valerie umarmten sich zum Abschied.

»Ich danke dir und auch Ihnen, Mitchell, für den Besuch und die Anteilnahme.«

»Ich danke Ihnen auch, Valerie«, antwortete Mitchell. »Es freut mich, dass Sie uns in dieser schwierigen Situation empfangen haben.«

»Jetzt, nachdem Sie sich eingeschaltet haben, bin ich sicher, dass Arthurs Mörder gefunden wird. Vielleicht können wir drei später noch einmal zusammenkommen, um über Schriftstellerei und Literatur zu fachsimpeln. Oder kommen Sie einmal, um zu meinen Schülern zu sprechen.«

* * *

Valerie sah den beiden nach, als sie in den Wagen stiegen und wegfuhren, bis sie hinter den Bäumen verschwunden waren. Dann schloss sie die Tür, drehte den Schlüssel herum und eilte zum Telefon.

4

»Was meinst du, Mitchell?«, fragte Josh während der Rückfahrt.

»Valerie hat auf mich den Eindruck einer perfekten Ehefrau und Mutter gemacht, die voll und ganz zu dem geliebten Mann steht. Er muss ein Idiot gewesen sein, sie zu betrügen. Ich glaube, sie wusste nichts von der Sache mit Renata.«

Sie bogen nach rechts in die Schnellstraße ein.

»Warum machst du ihr nicht den Hof, Professor? Warte die Trauerzeit ab, und dann nichts wie ran.«

»Zwischen Valerie und mir stimmt die Chemie nicht. Wir sind Freunde, und ich helfe ihr, wo ich kann.«

»Du lebst schon zu lange allein.«

Joshs Frau war vor vier Jahren an einer Gehirnblutung gestorben. Seine Tochter Melanie hatte vor Kurzem ihr Studium an der Universität von Kalifornien in Los Angeles abgeschlossen und lebte jetzt dort.

»Morgen Abend gehen wir mit Mario essen. Was willst du ihm sagen?«

»Mit dem müssen wir anders umgehen. Warten wir mal ab, wie sich das Gespräch entwickelt.«

»Mario ist der geselligste Mensch im ganzen Club. Auf seiner Yacht ist jeder willkommen. Sie wird auch für Veranstaltungen genutzt, bei denen der Club Geld für wohltätige Zwecke in Huntington sammelt. Während der gemeinsamen Ausflüge, wenn die Boote vor Anker oder an einer Muringboje längsseits aneinander festmachen, ist auf seiner MARIO-NETTE immer am meisten los. Er kommt mit allen gut zurecht. Und wenn Mario erfährt, dass ein Mitglied in geschäftlichen Schwierigkeiten steckt, ist er der Erste, der seine Hilfe anbietet.«

»Irgendwann später sollten wir auch mit Marlowe reden.«

»Ich bin nicht sicher, ob das geht. Willst du ihm dann erzählen, dass ich gesehen habe, wie er Renatas Boot verließ? Ich bin dagegen.«

»Das würde ich natürlich weder ihm noch der Polizei erzählen, sonst könntest du schon am nächsten Tag tot sein.«

* * *

Ungeduldig wählte Valerie Dryden die Telefonnummer und klopfte dabei mit dem Fuß auf den Boden. Beim vierten Klingeln wurde abgehoben.

»Ich bin's«, antwortete sie. »Wir müssen uns sofort treffen. Es geht um Arthur. Es ist dringend. Ich hatte gerade ein furchtbares Erlebnis. Ich bin vollkommen fertig und brauche dich.«

Valerie legte auf, nahm ihre Handtasche und die Wagenschlüssel, schaltete die Hausalarmanlage ein, lief zu ihrem roten Lexus und fuhr weg.

Mit seinen bohrenden Nachforschungen konnte Mitchell Pappas gefährlich werden. Wenn die Presse Wind davon bekam, dass Pappas recherchierte, konnte die Geschichte eine andere Tendenz bekommen und zu Verdächtigungen mit einer ganz neuen, unerwünschten Richtung führen. Er meinte es gut, stellte aber eine explosive Bedrohung dar, die man unter Kontrolle halten musste. Mitchell Pappas hatte Valerie in Panik versetzt.

Schnell und zielstrebig lenkte sie ihren Wagen zu einer vertrauten Adresse. Nach 20-minütiger Fahrt parkte sie auf der naturnah angelegten Zufahrt einer großen, modernen Villa am Wasser in Northport. Von dort ging der Blick über den Sund nach Stamford in Connecticut. Wie sie es von vielen früheren Besuchen gewohnt war, sah Valerie sich um und hoffte, dass niemand sie gesehen hatte. Sie wurde schon erwartet – die Eingangstür war nur angelehnt. Durch die mit Marmor verkleidete Vorhalle eilte sie in seine wartenden Arme. Er hatte geduscht und trug nur einen weißen Bademantel.

Bevor er etwas sagen konnte, umarmte und küsste Valerie ihn, dann berichtete sie ihm von Pappas' Theorien. Seine Hände knöpften ihre Bluse auf und glitten über ihren Körper. Sie trug keinen BH. Valerie öffnete seinen Bademantel und schob langsam die rechte Hand hinein.

»Bitte sag mir, dass alles in Ordnung ist«, sagte sie, »dass dir nichts passieren wird.«

Mario Colarossi umarmte Valerie fester. Er genoss die Leidenschaft der besten Sexualpartnerin, die er je gehabt hatte. Vor drei Jahren hatte die heimliche, leidenschaftliche Beziehung an Bord seiner Yacht begonnen, während Valeries Ehemann mit Marlowe und anderen auf Marlowes Yacht zu viert Binokel spielte.

5

Freitag, 6. Juni

Als Josh und Mitchell eintraten, stand Mario Colarossi inmitten von Stimmengewirr, Gelächter und Musik an der Bar, wo sich die Besucher in drei Reihen hintereinander drängten. Er plauderte mit Clubmitgliedern und ihren Ehefrauen. Andere Gäste saßen an den Vierertischen, von denen aus man den südlichen Teil des Hafens überblicken konnte. Wie bei allen Geselligkeiten stand Colarossi mit seiner extrovertierten, gesprächigen Art und seinen Erzählungen im Mittelpunkt. Oft übertönte seine Stimme die anderen Gespräche. Im Sitzen wie im Stehen beherrschte er seine nähere Umgebung.

Colarossi begrüßte Josh und Mitchell überschwänglich. Sie bestellten sich etwas zu trinken und schlossen sich, bevor sie zum Essen gingen, etwa zehn Minuten lang Colarossis Gruppe an. Der legte seinen linken Arm um Mitchell und lobte dessen schriftstellerisches Können, als seien die beiden schon seit Jahren gute Freunde.

Im Speisesaal saß man an einem Vierertisch am Fenster.

Colarossi saß mit Blick zum Eingang, wie er es grundsätzlich vorzog. Er nannte es eine Angewohnheit – das Bedürfnis, ständig das Kommen und Gehen im Auge zu haben. Josh saß links von Colarossi, Mitchell rechts von ihm. In der nördlichen Ecke neben dem Eingang stand ein Klavier. Der Pianist machte gerade eine Zigarettenpause auf dem Balkon in der Nähe der Metalltreppe, die zum Swimmingpool führte. In der Zwischenzeit lief eine Musik-CD.

Colarossi eröffnete sogleich das Gespräch. »Ich besitze selbst einige Restaurants, Mitchell, aber ich muss zugeben, dass ich an den Wochenenden am liebsten hier esse. Dieses Lokal bietet etwas Besonderes – das Familiäre, das gute Essen, die Geborgenheit unter Freunden und eine sichere Zuflucht vor der Öffentlichkeit. Die Mitglieder werden aufmerksam bedient, wie es sich bei den hohen

Beiträgen auch gehört. Ich liebe den Wassersport mit allem, was dazugehört, und diese Menschen gehören dazu.« Dabei machte er mit dem rechten Arm eine raumgreifende Bewegung. Die lebhafte Gestik seiner Hände unterstrich seine Worte.

»Mario, ich kann dieses Gefühl der Vertrautheit und der familiären Geborgenheit allmählich nachempfinden, obwohl ich nur Gast bin. Auch von Josh höre ich viel über diesen Club und wie sehr er zu seinem Leben gehört.«

»Werden Sie doch Mitglied. Josh und ich würden für Sie bürgen. Sie brauchen auch kein Boot, um einzutreten und die Geselligkeit im Clubhaus zu genießen. Außerdem wäre es zum Vorteil für den Club, neben anderen Berühmtheiten auch Sie zu seinen Mitgliedern zu zählen.«

»Vielen Dank, aber ich wohne in New York. Das ist zu weit, um regelmäßig herzukommen, aber ich komme gern mit Josh, wenn ich Zeit habe.«

Die Bedienung kam bald, nahm die Getränkebestellungen entgegen und empfahl etwas von der Speisekarte. Dann wurde das Essen bestellt.

»Mitchell, Josh hat erzählt, dass Sie helfen wollen, Renatas Mörder zu finden. Ich bin dankbar, dass Sie sich darum kümmern. Renata gehörte zu meiner Familie. Ich betete sie an. Alles, was Sie unternehmen, begrüße ich. Aber eins müssen Sie wissen: Ich habe zu diesem Zufluchtsort, zu diesem sicheren Hafen, eine ganz bestimmte Einstellung. Nachdem wir uns kennengelernt hatten, habe ich Ihr Buch *Mord für Mord* gelesen. Daher weiß ich, wie genau Sie recherchieren und schreiben, und dabei könnten Sie – absichtlich oder unabsichtlich – Menschen verletzen.« Er sah Mitchell in die Augen, um ihm klarzumachen, dass das Folgende besonders wichtig war: »Meine Philosophie, mein Ehrenkodex für diesen Club ist ganz einfach: keine Nestbeschmutzung. Aber das Mitglied – wenn es eines ist –, das Renata getötet hat, hat unser Nest mit einem gewaltigen Haufen Dreck beschmutzt. Dasselbe gilt für den Mörder von Arthur Dryden.«

Langsamer, um das Gesagte besonders zu unterstreichen, fügte er hinzu: »Ich werde hier nie etwas tun, was diesen sicheren Hafen, dieses Nest, beschmutzen könnte.« Dann sprach er normal weiter. »Und um die Fragen vorwegzunehmen, die Sie heute Abend früher oder später stellen werden: Was Renata und Arthur betrifft, habe ich eine weiße Weste.«

Er blickte noch immer eindringlich, als wolle er ein dickes Ausrufezeichen setzen. Dann folgten seine Augen einer vorbeigehenden Serviererin und das Lächeln kehrte zurück. Er winkte sie heran und bat um die Weinkarte.

Colarossis Vorpreschen – dass er die erwarteten Fragen schon vorweggenommen hatte – hatte Mitchells Gesprächsplan durcheinander gebracht.

Colarossi lächelte gönnerhaft. »Ich habe Ihr Buch schließlich nicht umsonst gelesen.« Er beugte sich vor: »Ich habe Renata angebetet, und das nicht nur als Cousin – das gebe ich hier zum ersten Mal öffentlich zu. Ich spiele bei dieser Geschichte mit offenen Karten. Ich hätte ihr nie etwas antun können und habe es auch nicht. Wir drei können zusammenarbeiten, um zur Aufklärung dieser Morde beizutragen. Josh ist ein guter Freund. Er hat meine Hochachtung, weil er mir anvertraut hat, dass er jemanden gesehen hat, der Renatas Boot verließ. Dieses Vertrauen ehrt mich, und, Josh, ich möchte dir noch einmal versichern, dass ich dein Vertrauen niemals enttäuschen würde. Ich werde dich niemals in Gefahr bringen oder bloßstellen.«

»Ich weiß«, entgegnete Josh – erleichtert, dass seine Entscheidung, sich Colarossi anzuvertrauen, richtig gewesen war. »Ich hoffe, Mitchell und du, ihr könnt gemeinsam Lösungen finden. Ich habe Mitchell von Marlowe erzählt. Mitchell kann mehr erreichen, wenn er alles weiß.«

»Gut. Aber haben Sie sich schon Gedanken darüber gemacht, wie wir Marlowe beschuldigen können, ohne Josh zu gefährden?«, fragte Colarossi Mitchell.

»Noch nicht. Josh ist hier in Gefahr. Marlowe ist durch Alibizeugen geschützt, sodass man Josh kaum glauben wird, dass er ihn gesehen hat. Wer soll ihm denn glauben? Wie ist es mit Ihnen?«

»Sagen wir, ich arbeite daran. Die Angst vor italienischer Rache als wirklicher oder eingebildeter Gefahr wirkt am besten, wenn man am wenigsten damit rechnet. Und wenn sie lange genug anhält, löst sie oft die Zunge, weil die Bedrohung wie ein Dolch über einem hängt. Gottes Hand – und Gott ist Italiener – wird Marlowe strafen.«

Er lächelte verschmitzt. »Ich selbst werde es nicht tun, wenn der Herrgott aber Hilfe braucht, werde ich mein Bestes geben.« Sein Lächeln wurde breiter.

»Die Griechen haben die gleiche Rachephilosophie, aber bei ihnen ist der Dolch das Schwert des Damokles, das über einem hängt und jederzeit herabfallen kann«, sagte der Schriftsteller.

Jetzt, nachdem Colarossi jede Beteiligung an den Morden von sich gewiesen hatte, ergänzte Mitchell: »Ich glaube auch, dass Marlowe Dryden umbringen lassen hat, weil der gedroht hatte, die Polizei über das falsche Alibi aufzuklären.«

»Das klingt glaubhaft.«

»Was fällt Ihnen eigentlich zu Arthur Dryden ein, Mario? Ich möchte hinzufügen, dass Dryden eine Affäre mit Renata hatte. Wussten Sie das?«

»Das habe ich vermutet. Josh hat es bestätigt. Da hat sie einen Missgriff getan.« Er schüttelte den Kopf, als die Weinkarte kam. »Beide einverstanden mit kalifornischem Rotwein?« Sie stimmten zu. »Gut, wir nehmen Sutter Home Cabernet Sauvignon.« Die Bedienung ging. »Arthurs Tod ist ein völliges Rätsel. Obwohl ich es vermutet hatte, wollte ich nicht glauben, dass er ein Verhältnis mit Renata hatte. Valerie und er schienen sich so sehr zu lieben und so treu zu sein. Dass Marlowe ihn getötet hat, ergibt einen Sinn. Marlowe hat nicht nur dieses Nest beschmutzt, sondern auch Renata und Arthur in den Dreck gezogen. Edward Marlowe hält sich nicht mehr lange. Wissen Sie, warum?« Er zog die Augenbrauen hoch: »Weil er von der Polizei gefasst wird, natürlich.«

»Sie haben Beziehungen zu höchsten Stellen, Mario. Sollte Josh dort aussagen, dass er Marlowe gesehen hat, oder ist das Alibi wasserdicht?«

»Alibizeugen können widerlegt werden, aber die Behörden werden Marlowes Alibi nicht entkräften. Er ist schon zu mächtig für das System geworden. Wenn Arthur vorgehabt hatte, ihn zu verraten, dann hatte Marlowe Mittel und Wege – und die Ketten – zur Beseitigung des Problems.«

»Und was heißt das jetzt? Wie verhalten wir uns?«

»Geduld, mein lieber Mitchell, Geduld. Alles kommt, wenn man nur warten kann. Das hat Disraeli gesagt. Es ist so ähnlich wie beim

Sex, wenn man sich Zeit lässt. Der Höhepunkt ist dann der Lohn … oder die Siegesbeute.«

Er lachte, während er anderen Mitgliedern und dem Vizekommodore Alvin Dean Horatio zuwinkte, der auf dem Weg zu seinem Tisch war. Der Saal begann sich zu füllen, der Pianist war wieder da und begann sein Spiel mit *Feelings*.

Kommandant Douglas Deever und seine Frau kamen am Tisch vorbei, grüßten und begaben sich dann zu ihren Plätzen. Nach dieser Ablenkung sagte Mitchell zu Colarossi: »Wie es scheint, kennen Sie eine Menge Zitate. Fällt Ihnen zu der kryptischen Botschaft etwas ein? Haben Sie die Nachricht selbst geschickt?«

»Zum Teufel, nein, die Mitteilung ist verwirrend. Wie ich schon sagte, ich habe eine weiße Weste.«

»Mario, wie können wir zusammenarbeiten, um Marlowe zu überführen?«

»Wir können ein Team bilden«, antwortete Colarossi, während er sein Brot mit Butter bestrich. »Aber wir können nicht gemeinsam vorgehen. Ich kann den Mitgliedern keine bohrenden Fragen stellen, aber Sie. Es ist Ihr Beruf, Hintergrundinformationen zu sammeln, anders als die Polizei. Irgendwann macht jeder einen Fehler, irgendwo gibt es immer eine undichte Stelle. Möglicherweise finden Sie auch Arthurs Mörder. Ich will Renatas Mörder zur Strecke bringen. Josh hat mich davon überzeugt, dass es Marlowe war. Wegen seiner Leibwächter kommt man schwer an ihn heran, außer hier im Clubhaus, wenn seine Beamten draußen geblieben sind.

Noch einmal – ich mag keine Nestbeschmutzung. Wir können später am Abend mit ihm sprechen. Er kommt mit dem Flugzeug aus Washington, landet auf dem MacArthur-Flugplatz in East Islip, danach isst er an Alvins Tisch zu Abend. Heute Abend scheint er spät dran zu sein. Doch was wird er sagen? Was können Sie aus ihm herausbekommen? Er wird sich hinter seinen Alibizeugen verschanzen – ein schwieriger Fall, Mitchell. Es gibt da viele heimliche Arrangements, von denen Sie nichts wissen – noch nicht.«

»Du hast etwas über Marlowe in der Hand?«, hakte Josh nach.

»Aber noch nicht für die Öffentlichkeit. Ich habe Freunde, die gewisse Details kennen. Es kann sein, dass ich das brauche, um andere Informationen dafür einzutauschen, zum Beispiel ein Geständnis, dass er Renata besucht hat – aus welchem Grund auch immer. Deshalb Geduld, Mitchell. Mit Geduld werden wir gemeinsam das Haus zum Einsturz bringen, das Marlowe als Schutz um sich herum errichtet hat. Forschen und stochern Sie ruhig weiter, denn das wirbelt Staub auf und macht den Mörder so nervös, dass er Fehler macht. Arbeiten Sie wie geplant mit Polizei und Presse zusammen. Sorgen Sie dafür, dass die Morde im Gespräch bleiben. Achten Sie darauf, dass ich in den Gesprächen niemals vorkomme. Mit Ihrem Druck von außen und meinem Druck von innen werden wir Marlowe von seinem Sockel stoßen.«

»Die Presse und die Polizei zu informieren ist eine gute Taktik«, sagte Mitchell. »Ich werde das tun, wenn die Zeit dafür reif ist, Josh, einverstanden?«

»Das ist der richtige Plan. Halte auch mich aus der Sache heraus.«

»Und jetzt, Mitchell, erzählen Sie mir von Ihrem nächsten Vorhaben. Woran arbeiten Sie gerade?« Colarossi hatte das Thema beendet.

Mitchell empfand Colarossi als angenehmen und intelligenten Gesprächspartner, mit dem man gern zusammen war. In diesem sicheren, geschützten Hafen gehörte der Mann zu den Honoratioren – weit entfernt von dem Bild, das die Öffentlichkeit sich vom organisierten Verbrechen macht. Hier war er ein Biedermann unter seinesgleichen. Wenn das Gespräch auf Yachtclubfragen kam, abgesehen von den Morden, beschränkte Mitchell sich auf die Beobachterrolle und nutzte die Gelegenheit, Colarossi eingehender zu studieren – ein schwieriges Studium.

Als Mario Colarossi ging, lachte er in sich hinein, zufrieden mit seiner geschickten Gesprächsführung.

6

Als Josh und Mitchell sich an diesem Abend um 23.00 Uhr von Colarossi trennten, war Direktor Edward Marlowe noch nicht im Yachtclub eingetroffen. Josh wusste, dass er dann auf jeden Fall am nächsten Tag kommen würde, außer bei einer weltpolitischen oder Regierungskrise.

Während Mitchell und Josh auf dem Weg zum Nordsteg und zur COYOTE waren, ließ sich zwischen den allmählich aufreißenden Wolken dann und wann ein Stern blicken.

»Mitchell, ich weiß nicht, ob ich Mario glauben soll, dass er etwas über Marlowe in der Hand hat. Vielleicht wollte er uns nur von der Fährte abbringen, von deiner Theorie, dass er Dryden und vielleicht auch Renata getötet hat?«

»Natürlich könnte es sein, dass Colarossi lügt. Ich hoffe aber, dass er irgendetwas Stichhaltiges über Marlowe in der Hand hat. Auf jeden Fall ist er sehr schlau. Er hat einfach den Spieß umgedreht und das Gespräch an sich gerissen, als hätte er genau gewusst, was ich ihn fragen wollte. Ich habe das ungute Gefühl, dass er vorgewarnt war. Wie wahrscheinlich ist es, dass Valerie Dryden ihn informiert hat?«

»Unwahrscheinlich bis ausgeschlossen.«

»Wenn Colarossi und Valerie unter einer Decke stecken, ändert sich alles. Dann hatte Colarossi ein Motiv, Dryden umzubringen, und meine Mafiarache-Theorie wäre Wirklichkeit. Lass uns weitermachen und sehen, was sich ergibt.«

»Marlowe dürfte morgen gegen Mittag eintreffen. Sollen wir dann mit ihm sprechen?«

»Irgendwann später einmal. Ich habe Helene den Tag versprochen. Wir wollen zusammen Mittag essen, und danach will ich ihr im Büro helfen. Sie hat jetzt viel zu tun, auch wenn heute Sonnabend ist. Sag mir Bescheid, wenn etwas passiert.«

»Lass uns an der nächsten Vorstandssitzung teilnehmen. Ich kann mir nicht vorstellen, dass etwas anderes als Angst und Aufregung auf der Tagesordnung steht.«

»Abgemacht. Pass inzwischen auf dich auf. Was uns Valerie und Colarossi erzählt haben, könnte alles Quatsch sein.«

* * *

Am nächsten Tag hielten sich der CIA-Direktor und seine Beamten auf dem Yachthafengelände auf. Deshalb patrouillierte ein Boot der Polizei von Suffolk im Umkreis einer halben Meile um die Marina, und ein Streifenwagen der Polizei von Huntington Bay überwachte den Clubparkplatz. Die Polizeipräsenz verschaffte dem Club Sicherheit. Das Wochenende nahm ohne Zwischenfälle seinen gewohnten Verlauf. Man hätte glauben können, die Mordserie sei zu Ende.

7

Mitchell kehrte in seine Wohnung in der East Side zurück. Von dort aus konnte man den East River und Manhattan nach Süden bis zum Finanzviertel überblicken.

Die Krise im Club quälte ihn noch immer. Mit seinen in alle Richtungen gehenden Spekulationen und Hypothesen war er völlig ins Schwimmen geraten. Bei der fantasievollen Suche nach Antworten war es wohl das Beste, sich mit den aktuellen Vorgängen zu befassen und zu beobachten, wie das Drama sich entfaltete. Im Vordergrund stand die Sorge um Josh. Mitchell meinte, dass Josh sich durch Schweigen schützen sollte. Falls Marlowe aber Renata und Dryden getötet hatte, könnte es ein drittes Opfer geben, wenn man ihn jetzt anzeigte.

In der geräumigen Wohnung mit vielen Fenstern saß Helene am Esszimmertisch vor dem Rätsel aus der *Sunday New York Times* – ein allwöchentliches Ritual. Sie machte sich über das Rätsel her, nachdem sie die Buchbesprechungen studiert hatte, was in ihrem Beruf zum täglichen Brot gehörte. Andere Teile der Zeitung waren auf dem Nussbaumtisch verteilt. Die erste Seite des Hauptteils überflog sie nur, weil ihr kein Bericht besonders interessant erschien. Als Mitchell eintrat, stand sie auf, um ihn zu begrüßen, legte ihm die Arme um den Hals und küsste ihn. Dieses Begrüßungs- und Abschiedsritual war in ihrer Partnerschaft ein Muss: ein Kuss, wenn Mitchell von der Arbeit oder einer Reise zurückkam. Ein Kuss, wenn einer von beiden aus dem Haus ging. Beide waren überzeugt, dass feste Gewohnheiten in der Ehe zur Stabilität beitragen. Helene hatte ein lebhaftes Gesicht mit dunkelbraunen Augen, einer geraden Nase, betonten Wangenknochen und vollen Lippen, die Mitchell gern küsste.

Mitchell sagte: »Vergiss nicht, dass der Brief abgeschickt wurde, bevor Dryden getötet wurde. Ich zitiere: ›Verborg’ne Schuld durch Schweigen sich verrät‹, Zitatende. Kommt dir das irgendwie bekannt vor? Hört es sich nach englischer Literatur an?«

»Ich habe keinen Schimmer. Es würde dazu passen, dass Arthur Dryden Marlowe deckt. Wenn der Mörder gewollt hätte, dass der Vorstand das Opfer im Voraus kennt, hätte dieser Hinweis nichts genützt. Dass irgendjemand im Club das Zitat erkennen würde – es sei denn, er wäre Literaturkenner –, war äußerst unwahrscheinlich.«

»Hoffen wir, dass wir dieses Rätsel lösen können. Dann gelingt es uns vielleicht, auch die nächste Botschaft zu entschlüsseln, falls eine kommt. Damit könnten wir einen der Mitspieler des Dramas retten, zu denen auch Josh gehört.«

»Alicia soll die Literaturdozenten der örtlichen Colleges anrufen. Ich lasse nicht locker.« Helene richtete sich auf ihrem Stuhl auf und nahm eine geschäftsmäßige Haltung ein, als säße sie hinter ihrem Schreibtisch. »Das ist Stoff für ein Buch. Meinst du, dass du aus einer Geschichte mit so vielen Hauptpersonen etwas machen kannst?«

»So spielt sich das Ganze eben ab, und dahinter steht ein großes ungelöstes Rätsel. Das ist ein gefundenes Fressen für meine Literaturagentin, meine Frau, aber dieses Buch sollte Josh schreiben. Aus dem Thema könnte endlich sein Roman werden. Ich will Josh überreden, seine Scheu vor dem Romanschreiben zu überwinden. Dieses Drama ist seine Chance.«

»Einverstanden. Aber wie intensiv beschäftigst du dich damit, und lenkt es dich nicht von deinem gegenwärtigen Projekt ab?«

»Ich habe Josh meine Hilfe versprochen. Dazu werde ich die Deckel einiger Mülltonnen öffnen und hineinsehen. Irgendwann könnte sich ein Anhaltspunkt ergeben. Wenn wir die Botschaft entschlüsseln, könnte mir das bei Lieutenant Mullins Türen öffnen. Ich verspreche, meine laufende Arbeit nicht zu vernachlässigen.«

»Warum rufst du Lieutenant Mullins nicht einfach an?«

»Er ist verreist. Seine Kollegen kenne ich nicht. Ich rufe ihn an, wenn er in einigen Wochen wieder zurück ist.«

Ihre geschäftsmäßige Miene verschwand. »Ich bekomme allmählich Angst um Josh.« Dabei schob sie das Zeitungsrätsel weg.

»Josh sitzt wie eine Zielscheibe auf seiner Yacht. Aber er hat ein Schnellfeuergewehr. Kann sein, dass die Waffe ihm hilft.«

»Nicht gegen Scharfschützen. Kann die Polizei ihn nicht schützen?«

»Er will noch nicht als Zeuge aussagen, Helene, und er gehört zum Kreis der Verdächtigen, die am Nordsteg an Bord übernachteten, als Renata getötet wurde.«

»Dann sag ihm, er soll vom Yachthafen in die Stadt zurückkommen. Hier braucht er auch nicht allein in seiner Wohnung zu sein, er soll bei uns wohnen, bis die Krise vorbei ist.«

»Josh hört weder auf mich noch auf dich. Er hat Angst und fühlt sich in die Enge getrieben. Zugleich vertraut er aber darauf, mit dem Leben davonzukommen.«

»Mitchell, du musst ihn zwingen, von dort wegzugehen. Du musst Josh vor seiner eigenen Dummheit schützen.«

»Er ist eben ein Dickkopf.«

»Diese Eigenschaft muss er von dir übernommen haben. Also, was jetzt?«

»Sein Club veranstaltet Ende Juli einen gemeinsamen Törn nach Newport, und er hat gefragt, ob wir bei ihm mitfahren würden.«

»Gut, sage dem dickköpfigen Professor Josh Trimble von der New Yorker Universität, dass wir mitkommen, wenn er dann noch am Leben ist.«

* * *

Helene gab zu, dass sie sich schon beim ersten Kennenlernen in Mitchell verliebt hatte. Als Mitchell ihr im Restaurant Four Seasons in New York begegnet war, hatte er eine schlimme Ehe hinter sich.

Ein gemeinsamer Freund hatte die beiden beim Mittagessen an einem Tisch in der Nähe des Springbrunnens einander vorgestellt. Er hatte überlegt, ob Mitchell Helene als Assistentin für Recherchen brauchen könnte, obwohl sie während ihrer Ehe keine Berufserfahrung gesammelt hatte.

Helene arbeitete konzentriert und unermüdlich. Nichts hielt sie davon ab, die Informationen zu beschaffen, die Mitchell benötigte. Er hatte schon darüber nachgedacht, wie sie bei all dieser Energie wohl im Bett wäre, hatte aber eine sachliche Arbeitgeber-Arbeitnehmer-Beziehung beibehalten, bis sie ihn ins Bett manövriert hatte.

Sie wusste selbst nicht genau, wie es so schnell dazu gekommen war, aber Mitchell gab ihr die Sicherheit, die sie nach einer langen kinderlosen und schließlich gescheiterten Ehe brauchte. Ihrem ersten Ehemann hatte sie gestattet, ihr Leben zu beherrschen. Sie hatte in seinem Schatten, in seinem Kielwasser gelebt und sich darauf beschränkt, seine Karriere zu unterstützen. Die nächste Ehe sollte eine echte Partnerschaft werden – das hatte sie sich geschworen.

Helene ging ganz in ihrer Arbeit auf. Es machte ihr nichts aus, zehn Stunden am Tag zu arbeiten, manchmal noch mehr – dadurch war sie umso länger mit ihm zusammen –, bis die beiden schließlich heirateten. Dieser »zweite Versuch« wurde für beide ein voller Erfolg.

Mitchell liebte Helene, die zu einer führenden Literaturagentin wurde. Er lenkte sie in diese Richtung und wurde ihr wichtigster Klient. Die Tantiemen seiner Bücher verschafften ihrer Firma eine solide finanzielle Grundlage zur Weiterentwicklung.

Seit dem Tag, als er Helene kennengelernt hatte, sang Mitchell Lobeshymnen auf sie, so unmusikalisch er auch war.

Mitchells erste Frau war für ihn dadurch zum Problem geworden, dass sie sich jahrelang über alle möglichen Dinge beklagte, die er für belanglos hielt. Er wusste nicht, wodurch das wunderbare Mädchen, das er geheiratet hatte, zu so einem Quälgeist geworden war – oder lag es genauso an ihm? Seine langen Arbeitszeiten in der Werbeagentur machten die Sache noch schlimmer – eine brisante Mischung. Mitchell nahm von den Ersparnissen 20 000 Euro und überließ ihr alles andere. Warum, wusste er selbst nicht genau. Vielleicht hatte er Mitleid mit ihr – oder mit sich selbst. Er wollte auch nicht mehr verheiratet sein und sich nicht mehr den täglichen Zwängen beugen.

Knapp zwei Jahre später hatte er einen Bestseller geschrieben. Danach lernte er Helene kennen.

* * *

Mitchell brachte seine Notizen, ein Verzeichnis der handelnden Personen und Ereignisse, auf den neuesten Stand. Am Computer hielt er Gespräche und Begebenheiten fest, denn er war sicher, dass Josh sich keine Notizen machte. Sollte Josh sich entschließen, ein Buch zu schreiben, würde er ihm die Aufzeichnungen überlassen. Den Rest des Tages half Mitchell Helene in ihrem Büro. Danach besuchten die beiden nach einem frühen Abendessen ein Musical am

Broadway. Helene und ihre Assistentin Alicia würden weiter versuchen, die rätselhafte Nachricht zu entschlüsseln. Zuerst mussten sie herausfinden, von wem das Zitat stammte.

Die Anrufe der letzten Woche bei den Collegeprofessoren und der Bibliothek hatten zu nichts geführt, aber alle Gesprächspartner sagten zu, weiter nach der Lösung zu suchen.

8

Eine nordwestliche Brise kräuselte das Hafenwasser, während Professor Josh Trimble, Hafenbeauftragter des Clubs, die Baustelle des dritten Bootsstegs besichtigte. Diese Begehung war aber nur ein Vorwand, ein Selbstbetrug, denn die Gedanken kreisten immer wieder um Colarossi und Mitchell.

Colarossi konnte Renata vor oder nach Marlowe besucht haben, aber Josh verwarf diesen Gedanken. Er wusste, dass Mitchell sich über ihn ärgerte, weil er keine Angst vor Colarossi hatte. Er hatte Marlowe gesehen. Marlowe hatte einiges zu erklären. Wenn Marlowe Renata nicht umgebracht hatte, warum behaupteten dann Dryden, Deever, Horatio und die beiden CIA-Beamten, dass er auf seiner Yacht Binokel gespielt habe und überhaupt nicht von Bord gegangen sei?

Marlowe war ein hohes Tier, aber er stand nicht über dem Gesetz. Niemand stand über dem Gesetz, nicht einmal der Präsident. Josh war überzeugt, dass Marlowe Renata umgebracht hatte. Er hätte zu gern gewusst, aus welchem Grund Marlowe alles aufs Spiel gesetzt hatte, um sie zu töten.

Es gibt immer einen Grund, jemanden umzubringen.

Hatte Renata ihn mit einem finsteren Geheimnis erpresst, das ihn seine mächtige Stellung kosten konnte?

Josh stellte sich das Undenkbare vor: *Hat sie die Schäferstündchen auf Video aufgenommen und ihn damit erpresst?*

Erpressung könnte Marlowes Mordmotiv gewesen sein.

Ein rostiger Bagger und eine ebenso rostige Ramme waren dabei, mit Wasserdruck die Pfähle in den Grund einzuspülen.

Die Hälfte des Pontonstegs lag schon an Ort und Stelle und war an den Haltepfählen befestigt, auch die Ausleger oder Finger für die Boote waren schon an den Pontons montiert. In etwa drei Wochen sollte auch der Rest fertig sein. Dann würde Josh noch die Wasserleitungen, Strom- und Telefonkabel für die 40 neuen Bootsliegeplätze verlegen lassen.

Die Stadt Huntington, die Wasserstraßenverwaltung und die Umweltbehörde des Bundesstaates hatten dem Club den Bau der Liegeplätze und die Baggerarbeiten als Anliegerrecht genehmigt. Für die Küstenwache hatte Kommandant Deever zugestimmt. Die einflussreichen Mitglieder des Eastern-Shore-Yachtclubs hatten dafür gesorgt, dass alles reibungslos genehmigt wurde. Der über 100 Jahre alte Club bedeutete für die Geschichte und das Ansehen der Stadt sehr viel.

Dann begannen die Fragen und Zweifel erneut an Josh zu nagen. War es möglich, dass Colarossi Renata besucht hat, nachdem Marlowe die CHAMPAGNE LADY verlassen hatte? Hat Colarossi Marlowe gesehen oder abgewartet, bis er ging? Josh überlegte, dass Colarossi nie die geliebte Frau töten würde, und war überzeugt, dass er Renata auf keinen Fall umgebracht hatte.

Josh hatte sich Mario Colarossi anvertraut in der Hoffnung, dadurch Marlowe als Täter zu entlarven. Josh wusste nicht genau wie, aber er hatte das Gefühl, dass andere – Mario und Mitchell – dasselbe wollten. Für Josh stand im Vordergrund, Marlowe zu überführen, ihn von dem Podest zu stürzen, auf dem er durch seine hohe, mächtige Stellung unantastbar geworden war.

Und wenn Marlowe Renata nicht getötet hatte? Vielleicht hatte er regelmäßig intime Treffen mit ihr gehabt, und seine Freunde deckten ihn, damit sein strafrechtlich belangloser Besuch auf Renatas Boot kurz vor ihrem Tod nicht begierig von den Medien ausgeschlachtet würde. Falls diese Theorie stimmte, dann hatte auch Mitchells Hypothese von Marios Besuch bei Renata Hand und Fuß. Und wieder waren die Sorgen da.

War es ein Fehler gewesen, Mario gegenüber offen zu sein? Mitchells Rat zur Vorsicht war wohlüberlegt gewesen. Würde Mario Marlowe informieren? Stellten die beiden entgegengesetzte Kraftpole dar?

Aber Macht führt zu seltsamen Bündnissen, zu geheimen Treffen und verborgenen Bestrebungen. Eine verdeckte Verbindung zwischen Mario und Marlowe würde schwer aufzubrechen sein. Josh erschrak bei dem Gedanken, dass er von zwei Seiten bedroht sein könnte – falls Marlowe und Mario unter einer Decke steckten. Er betete, dass Mitchells Theorie nichts als ein Hirngespinst war.

Jetzt achtete Josh besonders aufmerksam auf seine Umgebung. Konzentriert schaute er sich nach möglichen Heckenschützen um. Forschend sah er sich den Parkplatz und die Häuser auf dem Hügel jenseits der East Shore Road an. Von dort hätte ein Scharfschütze den ganzen Yachthafen im Visier.

Er verließ die Baustelle, kehrte auf die COYOTE zurück, nahm das M-16-Gewehr aus dem Schapp und stellte es zum Schutz vor dem Unsichtbaren und Unbekannten an den achteren Kajüteingang. Dann überprüfte er noch einmal, ob die Alarmanlage eingeschaltet war. Sie war es.

Auf dem Gelände befanden sich nur die Bauarbeiter, die Polizeibeamten im Streifenwagen am Eingangstor, Restaurant- und Büroangestellte sowie Hafenhelfer. Vereinsmitglieder auf dem Gelände oder an Bord ihrer Boote sah er nicht.

Seit dem Mord vermied Josh es, an Bord der CHAMPAGNE LADY zu gehen. Als Hafenbeauftragter des Clubs war er berechtigt, aus Sicherheitsgründen und im Notfall alle Boote zu betreten. Die Schlüssel aller Yachten befanden sich in einem verschlossenen Schränkchen im Hafenmeisterbüro. Einen Schlüssel zu diesem Schränkchen besaß Josh.

Er saß auf dem Achterdeck seines Schiffs und blickte zur CHAMPAGNE LADY hinüber. Dabei dachte er an die guten Zeiten mit Renata zurück und hatte ihr glückliches, lächelndes Gesicht vor Augen. Ihn überkamen Trauer und Sehnsucht nach Renatas Gesellschaft, ihrer Freundschaft. Er sah ihre Eignerflagge im Wind wehen, als wolle sie ihn grüßen. Josh beschloss, an Bord der CHAMPAGNE LADY zu gehen und sich dort zum letzten Mal umzusehen, bevor das Boot nach Florida ging – um die Erinnerung an Renata aufleben zu lassen, um sich zu vergewissern, dass unter Deck alles sicher verstaut war, um Renata wissen zu lassen, dass er sich um sie kümmerte.

Josh ging den langen Weg zum Hafenmeistergebäude am Südsteg und genoss dabei den Wind in seinem schütteren Haar. Im Gebäude begrüßte er Titus Banks, den Hafenmeister, fragte nach dem Schlüssel für die CHAMPAGNE LADY und nahm ihn sich dann selbst. Dabei murmelte er: »Nur mal nachsehen, ob alles dicht ist und kein Wasser in der Bilge steht.«

Titus Banks, der aus Texas stammte, war seit acht Jahren Hafenmeister. Die Stelle hatte er angenommen, nachdem er als Hauptbootsmann aus der US-Marine ausgeschieden war. Der tatkräftige Sechziger bewegte sich so gewandt wie seine jungen Helfer, die Boote festmachten und betankten, mit der Clubbarkasse Fahrgäste zu den Segelbooten an den Murings übersetzten, Mitgliedern dabei halfen, mit Handkarren Proviant an Bord zu schaffen, und für Ordnung und Sauberkeit auf dem Gelände sorgten. In enger Zusammenarbeit mit Josh sorgte Titus dafür, dass sich alle wohlfühlten, dass alles im Yachthafen reibungslos funktionierte und Gastboote gut bedient wurden. Josh Trimble war in diesem Jahr sein Chef, und was Josh wünschte, ging in Ordnung.

»Gibt's was Neues von der Polizei wegen Renata? Was gehört?«

»Ich habe nichts gehört, Titus. Ich hoffe, sie kriegen den Mörder.«

»Hoffe ich auch. Immer, wenn ich Renatas Boot sehe, muss ich daran denken, was für ein großartiger Mensch sie war. Es ist eine Schande. Wir haben mit ihr viel Spaß an der Bar gehabt. In den nächsten Tagen sollten wir mal Renatas Grab besuchen und Blumen hinbringen.«

»Ja, das sollten wir. Sie war eine gute Freundin, Titus, warmherzig und offen. Ich glaube, wir vermissen sie alle.«

»Ich konnte sie gut leiden.«

»Mach dem Bagger noch mehr Dampf, Titus. Ich will, dass der Schwimmsteg am Unabhängigkeitstag-Wochenende, also zum 4. Juli, fertig ist. Bis nachher.«

Was Renata betraf, war Josh derselben Meinung wie Titus Banks. Oft hatten er, Renata, Titus und andere an der Bar als geschlossene Gesellschaft einen lustigen Abend verbracht, hatten gesungen und Spaß gehabt. Nach Renatas Tod waren diese heiteren Bilder nur noch Vergangenheit und glückliche Erinnerung. Niemand im Club konnte die lebenslustige Renata ersetzen. Als Titus sagte, dass er sie vermisse, war das ehrlich gemeint.

Josh schob sich unter dem polizeilichen Absperrband hindurch und stieg an Bord. Im Notfall war er dazu befugt. Jetzt lag zwar kein Notfall vor, aber egal. Er sah sich flüchtig im Salon, in Pantry, Toilette und Motorraum um, schaute in die Bilge – sie war trocken – und in die Gästekabinen. Dann betrat er Renatas Eignerkajüte. Die

Wehmut kehrte zurück. Er sah Renatas Gesicht vor sich, wie sie lächelnd ein Champagnerglas hob. Dann verblasste das Bild wieder.

Der Raum war sauber und aufgeräumt, das Bett gemacht, als sei hier niemals eine Gewalttat geschehen. Nichts erinnerte an die Ereignisse jener Nacht. Die Polizei hatte aufgeräumt, nachdem sie Spuren gesichert und fotografiert hatte. Titus und er hatten dabei geholfen. Renatas Bekleidung und persönliche Sachen waren in den Schränken und Schubladen geblieben. Als Josh das Bett betrachtete, stellte er sich die nackte Renata vor, wie sie ihre Liebhaber empfing, und hatte sie in unterschiedlichen Stellungen vor Augen. Dann sah er, wie sie sich wehrte, vergewaltigt und erstochen wurde. Schließlich stürzte er mit einem hohlen Gefühl im Magen ins Freie.

»Diesmal hast du nichts in Renatas Kajüte zu suchen«, dachte er bei sich.

Komm nie wieder her!

9

Der erbarmungslose Mörder bog in die Pinelawn Road ein, wo eine Gärtnerei für Fertigrasen links von der Straße und ein Gewerbegebiet auf der rechten Seite einen Gegensatz bildeten. Im Wochenendverkehr fuhr er an den Estée-Lauder-Gebäuden vorbei weiter nach Süden und kreuzte die Schnellstraße.

Anschließend bog er in den Pinelawn Memorial Park ein. Er war immer noch überzeugt, dass der schöne, parkartig angelegte Friedhof die angemessene Ruhestätte für seine schöne Renata war. Bei den griechischen Säulen folgte er einer Straßenkurve und parkte dann an dem Säulengangdenkmal.

An der Straße standen drei Wagen von Leuten, die Gräber auf der anderen Straßenseite, gegenüber von Renatas Grabstätte, besuchten. Um unerkannt zu bleiben, trug er eine Sonnenbrille und ein Skippercap. Seine Schritte hinterließen auf dem feuchten, gesprengten Rasen Fußspuren.

Auf Renatas metallener Grabplatte lagen ein paar Grashalme und etwas Laub. Der Friedhofsbesucher kniete sich hin, wischte Gras und Blätter mit der Hand fort und berührte dann die Namensinschrift – sehnsüchtig folgten seine Finger den Buchstaben. Während er den Rasenschnitt auch rund um die Grabplatte entfernte, machte er sich Vorwürfe, dass er ohne Blumen gekommen war. Dann stand er auf und sprach ein stilles Gebet. Diesmal kamen ihm nicht wie beim letzten Besuch die Tränen, und seine Haltung erinnerte auch nicht mehr an eine geknickte Blume. Inzwischen hatte er sich mit Renatas Tod abgefunden – jetzt, nachdem er es sich zur Aufgabe gemacht hatte, den Mord zu rächen. Ein Zurück gab es nicht mehr.

Die Beseitigung von Arthur Dryden war erst der Anfang gewesen.

Der Vorstand hatte die schwierige Botschaft nicht entschlüsseln können, um Arthur Dryden zu warnen, dass er als Nächster auf der Liste stand. Niemand hatte es geschafft, das war das Tragische. Durch eine Warnung wäre die Rache schwieriger und gewagter, süßer und strafender geworden. Die versammelten Clubmitglieder und die Polizei hatten ihren Unterricht in englischer Literatur wohl vergessen. Beim nächsten Mal würde er eine einfachere, aber nicht zu einfache Nachricht an den Club schicken.

So etwas machte die Sache spannender und versetzte das vorgesehene Opfer in Todesangst. Der Todeskandidat sollte schlaflose Nächte verbringen und sich angstvoll den Kopf zermartern, wann der Mörder wohl zuschlagen würde. Diese Furcht, bevor das Opfer erfuhr, warum es vom Leben zum Tod befördert werden musste, warum es kein Recht mehr hatte, unter den Lebenden zu weilen, war eine zusätzliche Bestrafung, ein wichtiger Teil der Rache. Wenn dann die Zeit für die endgültige Strafe gekommen war, erfuhr der Todgeweihte, dass er mit auf dem Rücken gefesselten Händen nachts im kalten, dunklen, dunklen Meer untergehen und ertrinken würde und dass niemand außer ihm selbst seine Schreie hören würde – der letzte Teil der Folter. Dass man Drydens in Ketten gewickelte Leiche gefunden hatte, sodass er doch noch ein würdiges christliches Begräbnis bekam, war eine Enttäuschung gewesen. Dryden hatte keine würdige Bestattung verdient, er war durch und durch unwürdig.

Ein einmotoriges Privatflugzeug, das vom Republic Airport nach Norden flog, und zwei Lastwagen mit Friedhofsarbeitern lenkten ihn ab. Er sah ihnen nach. Dann dachte er über Renata nach und stellte sich ihr Gesicht vor, das geliebte Gesicht, das er nie vergessen würde. Während er sich auf Renatas Grabplatte konzentrierte, versicherte er ihr schweigend, dass man die nächste Leiche nicht finden und nicht würdig bestatten würde.

Beim nächsten Besuch würde er auch Blumen mitbringen.

10

Dritter Mittwoch des Monats, 19. Juni
Die allmonatliche Vorstandssitzung
mit Mitgliederbeteiligung

Mitchell und Josh aßen im belebten Speisesaal des Clubs zu Abend. Das Gespräch drehte sich an jedem Tisch um Mord, Furcht und Sicherheitsmaßnahmen – überall Angst und Unruhe schon vor Versammlungsbeginn.

Die Bedienungen arbeiteten schneller als sonst, weil sie wussten, dass die Mitglieder um 19.30 Uhr zur Versammlung mussten. Heute Abend würde es viel Trinkgeld geben. Um 19.25 Uhr verließen Mitchell und Josh den Speisesaal und machten sich auf den Weg zum Versammlungsraum im Erdgeschoss. Mitchell hatte einen gelben Schreibblock und einen Stift in der Hand.

Nervöses Stimmengewirr füllte den großen Raum, während besorgte Mitglieder und ihre Ehefrauen sich hineindrängten, um die letzten Neuigkeiten zu erfahren und Maßnahmen zu fordern. Eine Gruppe unterhielt sich darüber, ob man den Club für den Rest dieser Saison schließen sollte. Der Kommodore und alle anderen Vorstandsmitglieder nahmen vorn ihre Plätze ein und bereiteten sich auf die Eröffnung der Versammlung vor. Der Kommodore beschloss, noch einige Minuten zu warten, bis alle interessierten Mitglieder eingetroffen waren. Während der Saal sich füllte, war die Spannung mit Händen zu greifen.

Um 19.45 Uhr wurde die Sitzung offiziell eröffnet. Im Saal drängten sich viele Mitglieder, einige Gäste, Medienvertreter aus New York und Long Island sowie Polizeibeamte. Zwei Kriminalbeamte und zwei uniformierte Polizisten warteten am Eingang. Reporter und Kameraleute des Fernsehens erwarteten Informationen und Bildmaterial für die Spätnachrichten. Es waren schon einige Interviews aufgenommen worden. Wegen des großen Andrangs brachte Titus

Banks zusätzlich Klappstühle herein. Die Vorstandsmitglieder saßen im Clubanzug hinter einem langen, rechteckigen, weiß gedeckten Tisch, um sich den Fragen des beunruhigten Publikums zu stellen. Kommodore Bernard Sosnick hatte Mühe, die Unruhe im Saal zu beenden. Mehrmals klopfte er mit seinem Hämmerchen, jedes Mal energischer. Allmählich legte sich das Stimmengewirr, das Rascheln und Knistern hörte auf.

Kommodore Sosnick stand zum Sprechen auf, denn er war der Meinung, dass aufgeregte Zuhörer stehenden Rednern mehr Aufmerksamkeit schenken, und bei dieser wichtigen Versammlung würde besonders viel Aufregung herrschen.

Sosnick wirkte energisch; er war gut 1,80 Meter groß und Anfang fünfzig. Es war seine erste Amtszeit als Kommodore des Clubs. Im wirklichen Leben war er Vizepräsident der Investmentbank Lehman Brothers. Er nahm das Mikrofon vom Halter.

»Ich bitte um Ruhe, wir müssen zur Tagesordnung kommen. In dieser schwierigen, unbegreiflichen Situation muss ich um Ihre Unterstützung bitten.« Die Zuhörer kamen zur Ruhe, und auch das letzte Gemurmel verstummte. »Ich übergehe die üblichen Tagesordnungspunkte. Ich habe Detective Lieutenant Kenneth Mullins von der Mordkommission Suffolk gebeten, heute Abend zu uns zu sprechen. Es hat sich eine neue, sehr beunruhigende Entwicklung ergeben.«

Dass Mullins gekommen war, überraschte Mitchell, der ihn auf Reisen geglaubt hatte. Er sah ihn hinten im Saal. Der Kommodore sprach langsam und laut. Das Publikum hörte aufmerksam zu.

»Ich habe Lieutenant Mullins angerufen, als Marie Benetos, unsere Büroleiterin, mir mitteilte, dass wir schon wieder eine rätselhafte Botschaft bekommen haben, die ich Ihnen vorlesen will.« Dann musste er lauter werden, um das besorgte, angstvolle Gemurmel, dass die Botschaft wieder einen Mord ankündigte, zu übertönen.

»Den Originalbrief mit dem Umschlag haben wir Lieutenant Mullins zur Untersuchung auf Fingerabdrücke übergeben. Der Poststempel ist aus Northport. Der vorige Brief war hier im Ort aufgegeben worden.«

Er rückte seine Brille zurecht und las vor. »Ich zitiere: ›Ja, ja, eben der – Ach, armer Yorick! Ich kannte ihn.‹« Danach legte er das Papier auf den Tisch. »Fällt irgendjemandem zu dem Zitat etwas ein?«

»Hier«, meldete sich Lorene Grant, Vorsitzende der Damenabteilung, eine kleine, resolute Frau in den Vierzigern, und stand mitten im Saal auf. Alle Blicke und auch die Fernsehkameras richteten sich auf sie.

»Das ist von Shakespeare, aus *Hamlet*. Yorick war der Hofnarr, dessen Schädel auf einem Friedhof gefunden wurde.«

»Sehr gut, Lorene«, antwortete der Kommodore. »Kann sich irgendjemand auf Shakespeare, Hamlet und Yorick einen Reim machen?« Niemand meldete sich, überall nur Gemurmel und ratlose Gesichter.

»Lieutenant Mullins, würden Sie bitte nach vorn kommen?« Ein Mann Anfang fünfzig mit blauem Anzug, grau meliertem Haar und roter Gesichtsfarbe drängte sich durch die Reihen nach vorn zum Podium.

»Vielen Dank, Kommodore. Ich will ganz offen mit Ihnen allen reden. Die Nachricht soll Angst, Schrecken und Verwirrung verbreiten. Wir wissen nicht, was der Schreiber uns glauben machen will. Wir müssen aber annehmen, dass er wieder zuschlagen wird. Die Dame hier«, wobei er auf Lorene zeigte, »hat uns wichtige Anhaltspunkte geliefert. Da Shakespeare Schriftsteller war, werden wir alle Schriftsteller warnen und schützen. Darüber hinaus alle Clubmitglieder dänischer Abstammung, da Hamlet Däne war, und alle Humoristen – berufsmäßige und Amateure –, denn Yorick war Hofnarr. Gibt es irgendjemanden im Club mit dem Nachnamen oder zweiten Vornamen Shakespeare, Hamlet oder Yorick?«

»Nein, niemanden«, erwiderte der Kommodore.

»Sind irgendwelche Schriftsteller im Raum?« Josh Trimble stand auf. Außerdem erhob sich eine Frau, die Texte für eine Fernseh-Seifenoper schrieb. »Bitte kommen Sie nach der Versammlung zu mir. Ist hier jemand dänischer Abstammung?« Vier Mitglieder standen auf. »Kommen auch Sie nachher zu mir. Ist hier jemand Humorist, Komödiant oder Clown? Oder irgendwann gewesen?« Niemand stand auf. »Hat jemand im Club mit Friedhöfen, Grabsteinen oder Bestattungen zu tun?« Niemand stand auf. »Zu Ihrer Sicherheit werden ein Polizeiboot und ein Streifenwagen hier stationiert, bis dieser

Wahnsinnige gefasst ist. Beide Mordopfer hatten ihre Wagen auf dem Parkplatz des Clubs abgestellt. Es ist nur logisch, dass der Mörder oder die Mörderin die Clubanlage hier als Ausgangspunkt benutzt. Ich versichere Ihnen, dass die Polizei und die Mordkommission von Suffolk diese Ermittlungen mit Nachdruck betreiben werden.«

»Warum dauert das Ganze so lange?«, rief ein erregtes Clubmitglied. »Unsere Familien haben Angst davor herzukommen.«

Lieutenant Mullins fuhr unbeirrt fort.

»Mein Herr, das hier ist kein Fernsehkrimi, in dem der Mörder in den letzten fünf oder zehn Minuten gefasst wird. In der Wirklichkeit entwickeln sich die Dinge nicht immer so einfach und vorhersehbar. Ich bedaure, hinzufügen zu müssen, dass wir weder für den Mord an Renata Tredanari noch an Arthur Dryden Tatverdächtige haben und auch nicht wissen, ob die beiden Taten im Zusammenhang stehen. Wir haben viele Mitglieder Ihres Clubs angehört. Ich möchte erneut betonen: Wer irgendeinen Verdacht hat oder etwas mitteilen kann, was auch nur im Entferntesten mit der Sache zu tun haben könnte, der melde sich bitte bei mir. Wir müssen jeden verhören, den Sie für verdächtig halten. Die neue Botschaft scheint mit der Nachricht vor Arthur Drydens Tod zusammenzuhängen.

Mit der neuen Nachricht will der Mörder offenbar ein bestimmtes Muster festlegen. Das bedeutet, dass er weder wahllos noch willkürlich tötet. Er überlegt all seine Schachzüge sehr genau und fordert uns dazu heraus, ihm vor der nächsten Tat in den Arm zu fallen. Ich jage Ihnen mit Absicht Angst ein. Sie alle müssen wachsam und vorsichtig sein und dürfen nachts nicht allein sein. Vor dem Tod von Ms Tredanari ging kein Brief ein. Deshalb könnten die Taten voneinander unabhängig sein. Mit dem Brief könnte sich auch jemand einen üblen Scherz erlaubt haben, ein Witzbold oder ein verrückter Trittbrettfahrer. Wir nehmen alle Möglichkeiten ernst, aber wir können nicht jeden rund um die Uhr schützen. Die Polizei ist hier vor Ort. Alle, die aufgestanden sind, und andere, die zu diesen Personengruppen gehören, werden Polizeischutz zu Hause und an ihrem Arbeitsplatz im Bezirk Suffolk County bekommen. Am Eingang liegen Zettel mit meinem Namen, meiner Adresse und meinen Telefonnummern. Bedienen Sie sich bitte. Außerdem wird CIA-Direktor Edward Marlowe dafür sorgen, dass seine Beamten die Polizei unterstützen, wenn er sich hier aufhält. Ich habe heute schon mit ihm gesprochen.«

Als Marlowes Name fiel, blickte Mitchell sich im Saal um und bemerkte, dass Marlowe, Colarossi und Valerie Dryden nicht anwesend waren. Ja, sie fehlten. Marlowe war in Washington, aber wo waren Valerie und Colarossi, um das Neueste darüber zu erfahren, wer ihre Familienmitglieder getötet hatte?

»Heute«, fuhr Mullins fort, »habe ich mich mit dem Kommodore und weiteren Vorstandsmitgliedern Ihres Vereins getroffen und zusätzliche Vorsichtsmaßregeln besprochen. Der Vorstand wird Ihnen die nötigen Anweisungen geben.«

Lieutenant Mullins dankte dem Kommodore für die Einladung und verließ das Podium. Mitchell Pappas sah er nicht.

Anschließend diskutierte und stritt die Versammlung noch eine Stunde lang über Fragen der Sicherheit am Eingangstor, auf den Booten und bei Besuchern oder Personal. Dabei brauchte der Kommodore sehr oft sein Hämmerchen. Es ging um Wachsamkeit. Am Ende der Sitzung war die äußere Sicherheit geregelt, die innere Unsicherheit aber blieb.

Hinten im Saal bei der Presse und in der Nähe des Fernsehteams von Cable Vision stand Adam Farmer, ein Reporter von *Newsday*, der für die Berichterstattung über Kapitalverbrechen und andere Straftaten im Gebiet von Huntington zuständig war. Er nahm alles in sich auf, wichtige Erklärungen und Namen, die Atmosphäre des Raums, die verschlüsselte Botschaft, Angst und Sorge sowie die Abwehrmaßnahmen gegen drohende weitere Verbrechen.

Der 30-jährige Adam war seit Abschluss seines Journalistikstudiums an der Columbia University bei der *Newsday*. Er war gut 1,70 Meter groß, weder dick noch dünn, trug Brille und Bart. Er hatte schon über die Morde an Renata und an Dryden berichtet. Seine Artikel über den Eastern-Shore-Yachtclub hatten ausführlich und bebildert auf Seite drei des Blattes gestanden, mit großen Schlagzeilen auf der Titelseite.

Adam hatte die erste verschlüsselte Botschaft veröffentlicht, aber von den Lesern keine Lösungen erhalten. Auch die Yorick-Nachricht würde er abdrucken. Viele der an diesem Abend anwesenden Mitglieder hatte er schon interviewt, seitdem kannte man sein Gesicht.

Als sich Gesprächsgruppen bildeten, schloss Adam sich Professor Josh Trimble und dem Kommodore an. Josh hatte die Diskussion über Sicherheit im Yachthafen geleitet. Adam hatte Josh als Erster gesehen und ging auf ihn zu. Josh erkannte ihn und stellte ihn Mitchell vor. »Mitchell, das ist Adam Farmer von der *Newsday*. Er hat über diese Sache geschrieben. Von ihm stammt auch der erste Artikel über Renata. Adam, das ist Mitchell Pappas.« Sie schüttelten sich die Hand.

»Die Schlinge zieht sich zu, Josh«, bemerkte Adam, »und ›Terror im Yachtclub‹ – das wäre doch die richtige Schlagzeile, oder?«

»Die Vorsichtsmaßnahmen sind ein Muss. Sicher ist sicher. Bleiben Sie noch eine Weile? Ich muss mit Lieutenant Mullins über meine Sicherheit sprechen. Alle hacken auf uns Schriftstellern herum!«

»Bis später, Professor. Mr Adam, Moment noch bitte, ich habe ein paar Fragen.« Josh ging fort.

»Ich bin mit Josh befreundet und gehöre dem Club nicht an. Sie könnten mich einen interessierten Beobachter nennen, der Josh hilft«, sagte Mitchell lächelnd. »Wir müssen uns unbedingt einmal unterhalten.«

Adam blickte fragend. »Ja? Worüber?«

»Ich habe einige Ermittlungen angestellt und würde Sie gern auf dem Laufenden halten.«

Adam musterte ihn eine Weile. »Sind Sie Bulle oder Privatdetektiv?« Dann grinste er. »Nein. Ich kenne Sie doch, Mr Pappas. Ich war nur etwas vorlaut. Wissen Sie, ich bin ebenso wie Sie Absolvent der Columbia-Universität. Sie kommen dauernd in den Nachrichten über Ehemalige der Universität vor. Sollen wir uns jetzt gleich unterhalten?«

»Nein, bei der *Newsday*. Ich möchte Ihre Berichte in den früheren Ausgaben durchsehen und aus Ihrem Blickwinkel betrachten.«

»Geht in Ordnung. Wann?«

»Zu einem günstigeren Zeitpunkt. Ich muss noch Einzelheiten klären. Ich nehme an, Sie sind unzufrieden mit der Art, wie die Polizei diese Fälle bearbeitet.«

»Das kann man wohl sagen. Der Polizei gefällt meine Kritik aber überhaupt nicht. Lieutenant Mullins läuft schon violett an, wenn er mich nur sieht. Ich werde das Gefühl nicht los, dass Mullins an kurzer Leine gehalten wird. Das wäre schade, denn er gehört in Long Island zu den Besten. Die ganzen Ermittlungen haben einen üblen Beigeschmack. Hier ist meine Karte.« Mitchell nahm die Karte entgegen.

Adam sah ihn an. »Haben Sie Erkenntnisse, die die Polizei nicht hat? Ich weiß, Sie arbeiten im Hintergrund.«

»Was ich weiß, werde ich Ihnen erzählen, bevor ich es der Polizei verrate. Sie können dann einen Exklusivbericht daraus machen.«

Adam spitzte die Ohren. »Ich freue mich darauf, Mr Pappas. Es wird mir eine Ehre sein, mit Ihnen zusammenzuarbeiten.«

Mitchell war versucht, zu Mullins zu gehen und ihn zu begrüßen. Aber Mullins war im Gespräch mit den Clubmitgliedern, die während der Versammlung aufgestanden waren. Es war besser, ein anderes Mal mit ihm zu sprechen. Mitchell wartete auf Josh. Dann drängten sich beide aus dem durch die Menschenmenge überhitzten Saal hinaus in die kühle Nachtluft.

»Mitchell!«, rief Lieutenant Mullins. Sie drehten sich um. »Dachte ich mir doch, dass Sie es sind.«

»Hallo, Lieutenant! Nett, Sie wiederzusehen. Ich dachte, Sie sind noch verreist.«

»Ich habe meine Reise abgebrochen. Ich wusste gar nicht, dass Sie hier Mitglied sind. Gerade sah ich Sie gehen und wollte nur noch Hallo sagen.«

»Ich bin hier nur als Gast. Sie waren heute Abend sehr beschäftigt, deshalb wollte ich Sie nicht von der Arbeit abhalten. Ich muss mit Ihnen reden. Kann ich Sie morgen besuchen, um über die Morde zu sprechen?«

»Diesmal nicht, Mitchell. Ich weiß, wir haben schon früher gut zusammengearbeitet, aber dieser Fall liegt anders – Informationssperre aus Gründen der nationalen Sicherheit.«

»Verstehe«, antwortete Mitchell enttäuscht, aber vorläufig fand er sich damit ab.

»Ich muss wieder zurück.« Dabei klopfte er Mitchell auf die Schulter. »War nett, Sie wiederzusehen. Grüßen Sie Helene. Wir treffen uns mal wieder, wenn diese Mordfälle aufgeklärt sind.« Dann wandte er sich zu Josh: »Gute Nacht, Professor.« Mullins kehrte ins Haus zurück.

»Siehst du, Josh, jetzt kannst du ein Gespräch mit der Polizei über Marlowe vergessen.«

»Verdammt!« Auf dem Weg zu seinem Wagen legte Mitchell Josh den Arm um die Schulter.

»Professor, das war ein schlimmer Abend. Die neue Botschaft könnte dir gelten. Achte unbedingt auf deine Sicherheit. Verlass dich nicht nur auf die Polizei, und halte dein Gewehr bereit. Noch besser: Fahr zurück in die Stadt.«

11

Freitag, 21. Juni

Die folgende Woche verbrachte Mitchell damit, Recherchematerial für ein Buchprojekt zu ordnen. Dabei ging es um ein Strafverteidigerehepaar, das mitten in einem Mordprozess bei einem grauenhaften Autounfall tödlich verbrannte. Sechs Monate später sah man die beiden auf einem Golfplatz in Blowing Rock, North Carolina. Von dort wurden sie zum Verhör nach New York gebracht. Eine vielversprechende Geschichte mit noch offenem Schluss.

Er hatte auch Stoff für eine andere Story gesammelt. Aber die Sache mit dem betrügerischen Anwaltsehepaar fesselte ihn. Er wollte wissen, warum sie ihren Tod inszeniert hatten und wer die wirklichen Unfalltoten waren. Welche dunklen Mächte lauerten da im Hintergrund?

Gestern hatte er Josh angerufen, um sich zu vergewissern, dass es ihm gut ging, und um nach Neuigkeiten zu fragen.

Josh hatte gesagt: »Nichts Neues wegen der Morde, aber das Interesse der Medien im ganzen Land nimmt stark zu, weil Marlowe Clubmitglied ist und Arthur Dryden sein Sozius war. Warum kommst du Samstag nicht einfach mit Helene her? Dann kannst du mit ein paar Clubmitgliedern sprechen und weitere Hintergrundinformationen sammeln.«

»Helene hat an diesem Wochenende überhaupt keine Zeit, weil sie ein Seminar oben in Mohonk Mountain besucht, aber ich kann Sonntag kommen.«

»Sonntag passt prima. Ich habe dann Dienst bei der Freiwilligen Küstenwache. Komm einfach mit. Wir fahren in den Gewässern vor Huntington Streife und nehmen der Coast Guard einfachere Aufgaben ab, zum Beispiel Boote in Schlepp nehmen, bei Unfällen oder Verletzungen auf dem Wasser Hilfe leisten und Motorbootraser zur Ordnung rufen. Vielleicht können wir auch Kommandant Deever in der Küstenwachstation besuchen. Du musst spätestens um 10.00 Uhr hier sein. Habt ihr bei der Entschlüsselung der Botschaften schon etwas erreicht?«

»Bis jetzt noch nicht. Es werden noch mehr Professoren und Literaturliebhaber angerufen. Das Shakespeare-Zitat kannten viele, auch viele von Adam Farmers Lesern, wie ich der *Newsday* entnehme.«

»Ich bin Schriftsteller, deshalb könnte die verdammte Shakespeare-Stelle eine Anspielung auf mich sein und macht mich nervös. Wie du weißt, lehre ich auch Bühnenschriftstellerei.«

»Das habe ich ja schon am Abend der Versammlung gesagt. Fängst du etwa an, dir Sorgen zu machen?«

»Ich habe eine Heidenangst.«

»Warum übernachtest du dann immer noch an Bord?«

»Hier habe ich Polizeischutz. An Bord fühle ich mich nachts sicher, weil ein Streifenwagen das Hafengelände überwacht. Außerdem habe ich das Schnellfeuergewehr.«

»Helene ist zuversichtlich, dass der Code bald geknackt wird. Ich rufe dich dann an, und du benachrichtigst Polizei und Presse ... und warnst das nächste potenzielle Opfer.«

»Wenn Helene die Lösungen findet, ist es ihr Verdienst. Wenn auch euer Name erwähnt wird, könnte es deinen Recherchen zugutekommen. Möglicherweise arbeitet Lieutenant Mullins dann mit dir zusammen.«

»Mir geht es darum, deine Haut zu retten. Bleibe bis Sonntag am Leben!«

Wie viel weiß die Polizei über Renata? Das fragte Mitchell sich nach dem Gespräch mit Josh. Weiß Lieutenant Mullins, dass Deever, Horatio, Dryden und Marlowe nicht nur platonisch mit ihr befreundet waren? Wusste er, dass die Morde zusammenhingen? Setzte er etwa auf eine Taktik des Abwartens? War er es, der Marlowe vor negativer Presse schützte, die ihn zum Rücktritt von seinem Posten als CIA-Direktor zwingen könnte? Irgendjemand sorgte dafür, dass dieser Fall nur häppchenweise ans Licht kam – oder es schien nur so. Möglicherweise wusste Mullins überhaupt nichts über Renata und ihre Trinkkumpane. Wenn er wüsste, dass sie und Arthur Dryden zusammen tranken und zusammen schliefen, dann würde Mullins ein gutes Stück weiterkommen.

Mittags rief eine aufgeregte Helene zu Hause an. Mitchell hatte kaum »Hallo« gesagt, als es schon aus ihr heraussprudelte:

»Wir haben es! Bring ein paar Sandwiches mit und komm zum Essen vorbei. Wir haben beide Botschaften entschlüsselt!«

»Großartig!« Dabei schlug er auf den Tisch. »Und? Sag schon!«

»Ich muss dir das Material zeigen. Komm schon, setz deinen übergewichtigen Körper in Bewegung.«

»Helene, vielleicht steht ein Menschenleben auf dem Spiel, da zählt jede Minute!«

»Dann beeil dich doch und hör auf mit dem dramatischen Gerede.«

»Der Sandwich-Mann ist schon unterwegs.«

12

Helene war in der Bibliothek ihres Büros. Die Regale enthielten von ihr herausgegebene Manuskripte, Zeitschriften und Bücher in verschiedenen Sprachen. Alicia rief ihr zu, dass Mitchell da sei. Helene kam zur Tür, begrüßte ihn und ging mit ihm in ihr Büro, aus dem man über die Madison-Avenue blickte. Die modernen Möbel aus rötlichem Rosenholz hoben sich von dem weißen Flauschteppich ab, die Vorhänge waren weiß und rot meliert. Der Raum duftete frisch und ein wenig nach Helenes Eau de Cologne. In jeder Ecke standen Pflanzen, während Fotos der Autoren und Autorinnen die rechte Wand über dem Sofa bedeckten. Mitchells Foto, ein lächelndes Halbprofil, hing im größten Rahmen in der Mitte. Rechts davon hing Josh Trimbles Foto.

Helene nahm eine Mappe und zwei Bücher von ihrem Schreibtisch und setzte sich mit Mitchell auf das Sofa. Sie legte die Sachen auf den Couchtisch, nahm einen dicken Wälzer mit dem Titel *Englische Literatur* in die Hand und schlug ihn an der Stelle mit dem Lesezeichen auf.

»Ich will dir zeigen, wie gut wir sind. Die erste Botschaft, die für Arthur Dryden, ist jetzt enträtselt. Das Zitat ›Verborg'ne Schuld durch Schweigen sich verrät‹ stammt von einem englischen Schriftsteller aus der Zeit der Restauration im 17. Jahrhundert. Die Stelle steht in seinem Buch *Die Hindin und der Panter*. Die Hindin – Hirschkuh– ist ein Sinnbild für die katholische Kirche, die vom anglikanischen Panter gejagt wird. Der Verfasser heißt … John Dryden.«

»Das glaub ich nicht.« Mitchell zog das Buch zu sich heran und las den angestrichenen Abschnitt.

»Wer diese verschlüsselte Nachricht geschrieben hat, kennt sich in der Literatur aus«, fuhr Helene fort. »In diesem Fall ist der Name des Verfassers der Schlüssel.«

»Das ist mir jetzt klar. War die zweite Botschaft genauso schwierig?«

»Ja und nein.« Sie nahm ein anderes Buch zur Hand. »Wir wissen, dass Yorick im *Hamlet* vorkommt und dass dieses Stück, wie jeder weiß, von Shakespeare stammt. Die Zeile ›Ja, ja, eben der – Ach, armer Yorick! Ich kannte ihn‹ wird häufig anstelle der von Shakespeare geschriebenen vollständigen Fassung benutzt. In diesem Buch hier heißt es im *Hamlet*, 5. Akt, 1. Szene – sie schlug die richtige Stelle auf – ›Ja, ja, eben der – Ach, armer Yorick! Ich kannte ihn, *Horatio*.‹«

»Der Vizekommodore!« Mitchell nahm ihren Kopf in die Hände und gab ihr einen Kuss. Dann stürzte er zum Telefon, um Josh anzurufen, während Helene weiterredete: »Das sagt Hamlet auf dem Friedhof zu seinem guten Freund Horatio, nachdem man ihm den Schädel von Yorick, dem toten Hofnarren, gegeben hatte. Der Schädel war gerade ausgegraben worden. In diesem Rätsel kam es nicht auf den Namen des Verfassers an.«

Auf Joshs Boot nahm niemand das Telefon ab. Mitchell legte auf und wählte hastig die Nummer des Clubbüros. Er sagte, es sei ein Notfall und er müsse unbedingt Josh Trimble erreichen. Marie Benetos antwortete ihm, dass Josh weder an Bord noch im Yachtclub sei, dass man ihn aber in der Universität erreichen könne.

Daraufhin rief Mitchell die New Yorker Universität an und musste warten, bis man Professor Trimble benachrichtigen konnte.

»Helene, du hast es geschafft!«, rief Mitchell und winkte ihr zu, während er am Telefon wartete. »Du hast die Note ›sehr gut‹ verdient!«

»Ich habe nur die Sache mit Hamlet gelöst, aber Alicia hat Dryden gefunden.«

»Aber es ist dein Verdienst, dass du sie angestellt hast. Es kann sein, dass du Alvin Dean Horatio das Leben gerettet hast. Ich warte noch ein paar Minuten. Wenn ich Josh dann nicht erreiche, rufe ich die Polizei oder Horatio an. Am besten ist es, wenn die Polizei ihn warnt. Wie hat Alicia die Dryden-Stelle denn gefunden? Die Eierköpfe in New York haben das nicht geschafft. Zumindest diejenigen nicht, die wir erreichen konnten.«

»Sie hat das Zitat durch pure Verzweiflung gefunden. Als letzte Rettung hatte sie ihr altes Highschool-Buch über Literatur durchgeblättert und darin Auszüge aus Texten von John Dryden gefunden.

Dieser Name ließ bei ihr eine Alarmglocke läuten. Die Namensähnlichkeit hat die Suche sehr erleichtert.«

»Gib ihr eine Gehaltserhöhung.«

Endlich war Josh am Apparat. »Hallo, Professor. Alvin Dean Horatio ist als nächstes Opfer ausersehen. Benachrichtige die Polizei und Horatio, dann ruf Helene an. Sie wird dir die Lösungen erklären. Ich bin bei ihr im Büro. Hast du die Nummer zur Hand? Gut, wir warten hier.« Er legte auf.

»Mitchell«, sagte Helene, »wer diese Botschaften geschrieben hat, kennt sich in der englischen Literatur bestens aus. Der Normalbürger würde weder die vollständige Yorick-Zeile kennen noch etwas von Drydens Werk wissen. Hast du irgendwelche Vermutungen?«

»Valerie Dryden unterrichtet an der Highschool amerikanische und englische Literatur. Da sie denselben Namen hat, müsste sie Drydens Werk kennengelernt haben. Valerie könnte die Mitteilungen als Komplizin für jemand anderen geschrieben haben, zum Beispiel für Mario Colarossi. Aber ihre beruflichen Kenntnisse beweisen noch keine Schuld. Steht sie im Verdacht, Beihilfe geleistet zu haben? Ich denke schon. Sie hat ihren Ehemann nicht selbst umgebracht. Und – auch Marlowe ist ein gebildeter Mann, der sich in der englischen Literatur auskennen könnte. Falls er der Mörder ist, könnte es ein Ablenkungsmanöver sein.« Er setzte sich wieder auf das Sofa und biss in sein Sandwich. »Ich vermute, die Presse wird mit Alicia und dir sprechen wollen, weil du das Yorick-Rätsel gelöst hast. Nutze das Medieninteresse aus und genieße es, denn du hast die Aufgabe gelöst. Ich selbst werde das öffentliche Interesse nutzen, um Josh besser bei den Ermittlungen zu unterstützen.«

Das Telefon läutete. Mitchell ging an den Nebenapparat auf dem Couchtisch, den er vorher in der Aufregung wegen Horatio völlig übersehen hatte.

»Professor?«

»Ich habe Lieutenant Mullins benachrichtigt, und die Polizei warnt Horatio und seine Familie schon jetzt, während wir telefonieren. Gib mir bitte Helene. Danach rufe ich Mullins zurück und gebe ihm die Lösungen durch.«

Mitchell gab Helene das Telefon. Sie erläuterte die Dryden- und

Shakespeare-Lösungen. Danach reichte sie Mitchell das Telefon zurück.

Josh sagte: »Ich bin auch sehr erleichtert, dass der Killer nicht hinter mir her ist. Es wird wohl Zeit für meine Aussage, dass Marlowe bei Renata war. Und wenn Marlowe Horatio erwischt, dann muss Douglas Deever der Nächste sein.«

»Zum Teufel mit Marlowe. Du könntest Horatio und Deever das Leben retten, aber auch selbst umkommen. Weil Horatio bedroht ist, könnte die Polizei dir glauben. Zwei Zeugen als Opfer – das müsste den Ermittlern zu denken geben. Denk darüber nach, wir sprechen am Sonntag weiter darüber. Du solltest Deever anrufen.«

»Wir sagen es ihm am Sonntag. Du erzählst es ihm«, entgegnete Josh. »Wenn es von dir kommt, wenn du ihm deine Theorie erklärst, dass Marlowe seine Zeugen umbringt und die Rätsel schickt, muss Deever es einfach glauben. Vielleicht gibt er zu, etwas vertuscht zu haben. Es gibt keinen Grund, ihn überstürzt zu warnen. Einen Angriff auf ihn wird der Mörder wahrscheinlich mit einer verschlüsselten Botschaft ankündigen, genau wie bei den anderen.«

»Ruf Lieutenant Mullins an und erklär ihm, wie die Nachricht entschlüsselt wurde und wer das geschafft hat. Vergiss nicht, dabei auch mich zu erwähnen. Ich brauche Munition, weil ich ihn dazu bringen will, sich mit mir zu treffen.« Mitchell verabschiedete sich und legte auf.

Während Mitchell und Helene weiter ihre Sandwiches aßen, sprachen sie über verschiedene Aspekte der Geschehnisse im Yachtclub. Helene war freudig erregt, weil sie die Lösungen gefunden hatte, wodurch sich die Dramatik noch steigerte. Begeistert schmiedete sie Buchpläne.

»Versprich mir, dass du Josh hilfst.«

Er setzte sich näher zu ihr und ergriff ihre Hände.

»Meine Literaturagentin, meine liebe Frau, ich werde mein Bestes tun.«

»Mein Mann, mein Liebhaber, mein Starautor, für mich kannst du nie genug tun.«

Sie umarmte ihn und gab ihm einen leidenschaftlichen Kuss – mit Truthahngeschmack.

* * *

Um 15.00 Uhr fuhr Mitchell nach Hause.

Helene verließ das Büro um 16.00 Uhr und fuhr zu ihrem Seminar.

Um 21.00 Uhr war der Teufel los.

Josh rief voller Panik an: Horatios Frau hatte ihren Mann bei der Polizei als vermisst gemeldet.

13

Vorher

Mit auf dem Rücken gefesselten Händen kauerte Alvin Dean Horatio verängstigt in der achteren Steuerbordecke des Bootscockpits. Er spürte das Vibrieren der beiden kräftigen Dieselmotoren unter dem Plichtboden. Angst und Schrecken zwangen ihn, widerspruchslos den Befehlen zu gehorchen und sich weder zu bewegen noch aufzustehen. Alles Flehen hatte nichts genützt. Weinend hatte er sich auf die Knie geworfen, um sein Leben gebettelt und seinem Freund, der ihn »gekidnappt« hatte, versprochen, diesen Abend zu vergessen.

Er versuchte, trotz des Lärms nachzudenken, suchte nach einer Gelegenheit zu entkommen, nach einem Argument, um den Entführer von seinem tödlichen Vorhaben abzubringen.

Die Motoryacht fuhr mit Ostkurs auf dem Long Island Sound. Nach dem Passieren von Port Jefferson hatte der Skipper die Selbststeuerung eingeschaltet. Nachdem er sich überzeugt hatte, dass in der dunklen, mondlosen Nacht voraus keine Lichter zu sehen waren, verließ er das Steuerrad. Mit einem etwa 15 Zentimeter langen Stück grauem Klebestreifen und seiner Waffe in der Hand trat er an seinen Gefangenen heran.

Alvin Dean Horatios Augen weiteten sich, als der Lauf auf sein Gesicht gerichtet wurde. Er fand keine Argumente mehr und konnte nur noch in Panik schreien: »Um Gottes Willen! Nein! Ich habe sie niemals angefasst!«

Der Klebestreifen brachte ihn zum Schweigen. Der Skipper kehrte ans Steuerrad zurück und beobachtete Horatio vom Steuerstuhl aus mit vorgehaltener Waffe.

Das Boot durchfuhr »The Race«, die östliche Haupteinfahrt des Sundes, durch die man an Montauk vorbei den offenen Atlantik erreicht. Eine Meile nach dem Passieren des Leuchtturms von Montauk stellte der Bootsführer wieder die Selbststeueranlage an und verminderte die Fahrt auf unter 10 Knoten. Dann kehrte er zum Heck zurück und befahl Horatio aufzustehen.

Horatio war in Panik. Mit kaum verständlicher Stimme weigerte er sich. Die Mündung der Waffe presste sich an seine Stirn. Zögernd stand er auf, seine Augen waren schreckensweit, sein Herz raste. Er hoffte auf ein Wunder und hielt verzweifelt Ausschau nach einem rettenden Boot.

Mit der Waffe bedeutete der Skipper Horatio, sich vor ihm auf die Oberkante des Spiegels, den hinteren Bootsrand, zu setzen. Er hatte seinem Gefangenen nichts mehr zu sagen. Vorbei waren die Beschimpfungen, die Flüche und die Erklärungen für das nun zu vollstreckende Todesurteil.

Als der verachtete Gefangene zu Tode geängstigt an der befohlenen Stelle saß, schob der Skipper ihm den Arm unter die Beine und kippte ihn über Bord.

Das Klatschen, mit dem Horatio im Wasser verschwand, erregte und belebte den Täter. Er malte sich aus, wie Horatio verzweifelt nach Luft rang, wie er litt, wie er fischgleich mit den Beinen schlug, um an die Wasseroberfläche zu kommen, um dann doch zu unterliegen und für immer in der schwarzen Tiefe des Ozeans zu verschwinden.

Der Skipper war voller Genugtuung. Er hatte das Versprechen erfüllt, das er Renata an ihrem Grab gegeben hatte: Die nächste Leiche würde man nicht finden und würdig bestatten.

* * *

Sonnabend, 22. Juni

Dottie und Michael Campbell, beide segelbegeisterte Lehrer, begannen ihren Urlaubstörn am ersten Tag der Schulferien. Schon seit mehreren Jahren waren sie in den großen Ferien immer mit ihrer Segelyacht, der Zehn-Meter-Slup HALCYON, unterwegs gewesen. Der Bootsname ging auf den sagenhaften Vogel Halkyone oder Alkyone zurück, dem die Macht zugeschrieben wird, das stürmische Meer zu besänftigen, wenn er sich auf den Wogen niederlässt. Ausgangspunkt für die Törns der beiden war der Eastern-Shore-Yachtclub, dem ihre Eltern seit Jahrzehnten und sie selbst seit sechs Jahren angehörten.

Das Seglerehepaar freute sich auf das ungezwungene und ungebundene Leben an Bord während der bevorstehenden Ferien. Sie wollten den Sommer an der Küste von Maine verbringen und die schrecklichen Morde, die den Yachtclub in Bann hielten, weit hinter sich lassen.

Als sie Block Island erreicht hatten, das zum Staat Rhode Island gehört, machten sie bei Great Salt Pond an einer Boje fest. Mit ihren Fahrrädern fuhren sie danach zum South East Lighthouse auf der Steilküste von Mohegan. Von dort bogen sie nach rechts in den Sandweg zur Steilküste ein und stellten die Räder in die Fahrradständer, die die Stadt dort aufgestellt hatte. Es standen dort noch vier weitere Räder. Dicht an der Steilküste wurde das Tosen der Brandung lauter. Die beiden Urlauber bewunderten den weiten Blick über den Atlantik. Der Tag war so klar, dass Montauk auf Long Island weit hinten am Horizont zu sehen war.

Bis zu dem steinigen Strand weit unten fiel das Ufer fast 50 Meter tief ab. Das Lehrerehepaar folgte dem steilen, gewundenen Hohlweg, der zum Strand hinabführte. Michael trug dabei einen Leinenbeutel mit Handtüchern und etwas Verpflegung. Der Sandstrand lag weiter nördlich, hinter einer Uferbiegung. Unten angekommen, schlenderten die beiden zwischen den glatt gespülten, vielfarbigen Steinen umher, die der Ozean hier seit Urzeiten angehäuft hatte, als seien es verstoßene Kinder, die darauf warteten, wieder heimgeholt zu werden.

Dottie und Michael erreichten die Uferbiegung, wo knapp 30 Meter vor dem Strand zwei gewaltige Findlinge wie Wächter standen. Rechts davon lagen zwei kleinere Findlinge dicht beieinander, und die Wellen gischteten weiß daran auf. Rund 50 Meter weiter begann der Sandstrand. Die beiden Urlauber freuten sich, dass sie hier an diesem Morgen die ersten Badegäste waren. Das gefiel ihnen an dieser Stelle so – die Abgeschiedenheit. Der steile Pfad zum Strand schreckte viele Besucher ab.

An den großen Findlingen schwamm etwas Treibgut, und irgendetwas hatte sich zwischen den kleineren Steinblöcken verfangen.

Dottie sah es zuerst und schrie vor Schreck, als sie es erkannte: eine bekleidete Leiche, die mit dem Gesicht nach unten schwamm, die Hände hinter dem Rücken gefesselt.

Als die Polizei eintraf und die Leiche aus dem Wasser zog, erkannten die geschockten Campbells in dem aufgedunsenen Toten Alvin Dean Horatio, den Vizekommodore des Eastern-Shore-Yachtclubs.

14

Die Nachricht vom Leichenfund verbreitete sich in den Medien und unter den Clubmitgliedern wie ein Lauffeuer. Josh benachrichtigte Mitchell am Samstagabend. Vor dem Eingang des Yachtclubs scharten sich die Reporter. Auf Anordnung des Kommodore und der Polizei hatten nur Mitglieder und ihre Gäste Zutritt zum Clubgelände. Am Dienstplan der Freiwilligen Küstenwache änderte sich nichts.

* * *

CIA-Direktor Edward Marlowe gab am Sonnabend keine Erklärungen ab, er war nicht zu sprechen. Nachdem er die Neuigkeit gehört hatte, war er nach einem Beileidsbesuch bei Horatios Witwe und Familie nach Washington zurückgekehrt. Dort würde er es selbst in der Hand haben, wann er sich den Medien stellte.

Die Morde stürzten ihn in eine persönliche Krise. Er machte sich auf schwierige Zeiten gefasst. Das öffentliche Interesse im ganzen Land richtete sich auf ihn. Ihm war klar, dass er so lange im Rampenlicht stehen würde, bis die Polizei einen Verdächtigen verhaftet hätte. In den Samstagabendnachrichten wurden Fotos von ihm, von Horatio, Dryden und Renata Tredanari gezeigt. Auch die größeren Sonntagszeitungen brachten auf der Titelseite Fotos von ihm und den drei Mordopfern aus dem Club.

Der CIA-Direktor war fast 1,85 Meter groß, breitschultrig und durchtrainiert. Sein blondes Haar und die markanten Gesichtszüge zogen die Blicke auf sich, wenn er einen Raum betrat – ein gut aussehender Mann. Er war Anfang fünfzig, geschieden, gehörte dem Club seit 15 Jahren an und hatte viele Vereinsämter bekleidet, darunter auch das des Kommodore. Aufgrund seiner Verpflichtungen in Washington konnte er aber nicht so oft im Club sein.

Nach dem Jurastudium an der Universität von Pennsylvania hatte er Angebote verschiedener größerer Anwaltskanzleien abgelehnt und stattdessen seine eigene Kanzlei in Huntington gegründet, um sich auf Long Island politisch und geschäftlich zu betätigen und an dem dortigen wirtschaftlichen Aufschwung teilzuhaben.

Marlowe hatte Arthur Dryden und Alvin Dean Horatio überredet, mit ihm eine Sozietät zu gründen. Bald hatte die Kanzlei 35 Mitarbeiter und bezog im Geschäftsviertel von Süd-Huntington luxuriöse Büroräume.

Marlowe mischte in der Lokalpolitik mit und erhielt städtische wie andere öffentliche Aufträge und Mandate. Sein Engagement in örtlichen Wohltätigkeitsorganisationen sowie seine Wahlkampfspenden verschafften ihm im Bundesstaat Beziehungen, politischen Einfluss und Zugang zur Macht.

Seine Kanzlei vertrat Polizeibeamte der Countys Suffolk und Nassau in Straf- und Zivilprozessen, die von der Unterstützungskasse der Polizeibeamten finanziert wurden. Kreis- und Bundesstaatspolitiker sowie New Yorker Kongressmitglieder empfahlen Marlowe der Regierung. Der Präsident nominierte ihn schon nach dem ersten Treffen für den CIA-Posten. Damit erfüllte der Präsident seine politische Verpflichtung gegenüber dem Staat New York, der ihm bei der Präsidentschaftswahl eine eindrucksvolle Stimmenmehrheit verschafft hatte. Mit Fleiß und Tüchtigkeit hatte Edward Marlowe sich während seiner Amtszeit das Vertrauen von Kongress und Regierung erarbeitet und hohes Ansehen erworben.

Am Sonntagmorgen gab Marlowe zur Besänftigung der Medien eine Pressekonferenz, bei der starker Andrang herrschte. Er verurteilte die Morde und erklärte, er habe keine Ahnung, warum seine ehemaligen Kanzleipartner und Ms Tredanari umgebracht worden waren. Auf die Fragen »Gibt es ein Komplott gegen Sie?«, »Ist jemand hinter Ihnen her?«, »Haben Sie auch eine Botschaft erhalten?« antwortete Marlowe, er habe keine konkreten Anhaltspunkte, aber es sei nichts ausgeschlossen. Er arbeite eng mit den Ermittlungsbehörden zusammen und erhöhe die Anzahl seiner persönlichen Bewacher.

Am Mittwoch wolle er nach Long Island zurückkehren und an Horatios Beisetzung teilnehmen, ohne sich um das damit verbundene Risiko zu kümmern. Auch plane er, sich mit dem Präsidenten zu treffen und ihn zu bitten, die Bundesbehörden in die Ermittlungen einzuschalten, falls gegen ihn – Marlowe – und andere hohe Beamte eine terroristische Verschwörung existiere.

Außerdem betonte Marlowe, wie nahe er Horatios Familie stehe und wie eng er in seiner Kanzlei mit dem Ermordeten als Freund und als Sozius verbunden gewesen sei.

15

Auf der von Bäumen gesäumten East Shore Road regelte die Polizei von Huntington Bay den Verkehr, um Schaulustige und Reporter in Schach zu halten, als Mitchell am Tor vorfuhr. Er gab seinen Namen an und sagte, dass er Josh Trimbles Gast sei und ihn beim freiwilligen Küstenwachdienst unterstützen wolle.

Adam Farmer von der *Newsday* saß in seinem Auto und machte sich eifrig Notizen, als er Mitchell auf das Clubgelände fahren sah. Adam lief die Straße entlang bis in die Nähe des nördlichen Bootsstegs, weil er vermutete, dass Mitchell Josh Trimble besuchen wollte. Als Mitchell geparkt hatte und ausstieg, rief Adam ihn beim Namen.

Mitchell drehte sich um, sah Adam durch das Gebüsch winken, winkte ebenfalls und ging zu ihm. Adam stand an der Böschung zwischen Straße und Parkplatz am Geländer. Zwischen Büschen und Bäumen hindurch konnten die Männer sich gut sehen.

»Guten Morgen, Adam. Die Jagd nach Neuigkeiten geht wohl auch sonntags weiter.«

»Wie geht's, Mr Pappas?« Adam hatte sich auf das Geländer gestellt, um besser zu sehen, und hielt sich zur Sicherheit mit einem Arm an einem Baum fest. »Schlimme Nachrichten gibt es auch sonntags. Wie ich höre, haben Sie und Ihre Frau die Rätsel gelöst. Prima, mein Kompliment.«

»Das Kompliment verdienen Helene und ihre Assistentin. Die beiden haben die Zitate gefunden.«

»Kann ich sie anrufen? Ihre Privatnummer steht nicht im Telefonbuch, und ihr Büro ist heute geschlossen.«

Mitchell gab ihm seine Privatnummer. »Sie sind der Erste und können einen Exklusivbericht schreiben. Vergessen Sie nicht zu erwähnen, dass Helene zu den gefragtesten Literaturagentinnen gehört«, fügte er lächelnd hinzu. »Werbung muss sein.«

»Ich weiß es zu schätzen, dass ich sie als Erster interviewen kann. Und was treiben Sie hier? Recherchieren Sie?«

»Josh hat heute Dienst bei der Freiwilligen Küstenwache, und ich fahre mit.«

»Ich muss mit Ihnen über das sprechen, worüber wir bei der Versammlung diskutiert haben. Wann haben Sie Zeit dazu?«

»Wenn die Dinge sich beruhigt haben und wenn ich mehr weiß. Haben Sie Geduld. Ich habe vor, Sie als mein Sprachrohr zu benutzen.«

»Hört sich gut an. Haben Sie schon mit Lieutenant Mullins gesprochen?«

»Nein.«

»Diese Sache ist im ganzen Land bekannt geworden, deshalb bin ich so ungeduldig. Ich hoffe, das verstehen Sie. Wir können uns gegenseitig helfen.«

»Fangen Sie mit Helene an. Sagen Sie ihr, dass Sie die Telefonnummer von mir bekommen haben und bei welcher Gelegenheit.«

Wie jeder gute Reporter versuchte Adam, auch den letzten Tropfen an Information herauszuquetschen, wenn sich die Gelegenheit dazu bot. Deshalb fragte er: »Was denken Sie über den letzten Mord?«

»Bis jetzt habe ich noch keine Meinung dazu. Ich hoffe, dass die Polizei an Horatios Leiche oder anderswo Spuren gefunden hat.«

»Die haben gar nichts. Ich habe mich schon erkundigt.«

Mitchell wollte gehen. »Wenn Helene nicht da ist, versuchen Sie es ruhig öfter.«

»Und noch etwas«, rief Adam. »Horatios Hände waren auf dem Rücken gefesselt wie bei Dryden. Wussten Sie das?«

»Ja«, antwortete Mitchell, während er sich wieder zu Adam umdrehte. »Das ist eine ganz bezeichnende Vorgehensweise. Es könnte bedeuten, dass Dryden und Horatio von derselben Person getötet wurden. Dass die Leiche bei Block Island angetrieben wurde, heißt, dass sie nicht gefunden werden, sondern in den Atlantik hinaustreiben sollte.«

»Haben Sie irgendeine Vorstellung, warum die Opfer sterben mussten?«

»Wir sollten nur über Theorien sprechen und dann unsere eigenen Schlüsse daraus ziehen.«

Adam war enttäuscht, aber er setzte seine Hoffnung auf die angekündigten Theorien. »Vielen Dank, Mr Pappas, einen schönen Tag noch.«

»Ihnen auch, Adam. Passen Sie auf, dass Sie Ihre Schnüffelnase nicht zu tief in den Dreck stecken.« Adam lachte, verlor auf dem Geländer fast das Gleichgewicht und lief dann zu seinem Wagen, um Helene anzurufen. Für den Exklusivbericht konnte er sich des Lobs seines Chefredakteurs sicher sein.

* * *

Mitchell hielt Joshs Aussage, dass er Marlowe beim Verlassen von Renatas Boot beobachtet hatte, für unentbehrlich. Wollte man darauf verzichten, müsste schon ein Wunder geschehen, oder die Polizei müsste völlig neue Beweismittel finden. Nach Joshs Aussage würde sich die öffentliche Meinung sofort gegen Marlowe wenden und ihn verurteilen. Die Presse würde keine Gnade kennen. Wäre Josh seines Lebens noch sicher, falls Marlowe verhaftet würde? Würde er am Leben bleiben und vor Gericht als Zeuge aussagen können?

Würde Marlowe einem DNA-Test zum Abgleich mit den an der Leiche gefundenen Spermaspuren zustimmen? Ein positives Ergebnis würde zwar seinen Besuch bei Renata beweisen, aber nicht, dass er sie umgebracht hatte. Marlowe war nicht dringend tatverdächtig, aber selbst bei erwiesener Unschuld könnte er zum Rücktritt gezwungen werden – durch eine Schmutzkampagne der Oppositionspartei, durch Druck der öffentlichen Meinung und wegen der Ablenkung von seinen beruflichen Aufgaben. Dann wäre auch Marlowe zum Opfer geworden.

Josh fürchtete um sein Leben. Mitchell würde Adam Farmer oder Lieutenant Mullins auf keinen Fall eigenmächtig offenbaren, dass er von einem Zeugen wisse, und ihn dadurch in Gefahr bringen. Die Entscheidung dazu lag allein bei Josh. Jetzt, nach dem Mord an Horatio, würde Mitchell das Thema im Laufe des Tages noch einmal zur Sprache bringen. Er hoffte, dass Josh seine Meinung dann ändern würde. Josh musste die Initiative ergreifen und Marlowe das Handwerk legen – diesen Mörder aus dem Verkehr ziehen, bevor jemand anders daran glauben musste – jemand wie Deever ... oder Josh selbst.

Mitchell würde Lieutenant Mullins aufsuchen, um herauszufinden, wie viel Einfluss Marlowe auf die Polizei von Suffolk County hatte. Adam Farmer hatte Recht: Die Polizei stand im Rampenlicht der Öffentlichkeit. Sie musste den Mörder oder wenigstens einen Tatverdächtigen finden. Die Ermittlungen mussten verstärkt werden, ein Verdächtiger musste her. Mullins musste Ergebnisse bringen.

Würde die Polizei, die derartig unter Druck stand, Josh zuhören, wenn er sich als Zeuge meldete? Für die Medien würde der vermeintliche oder tatsächliche Augenzeuge ein gefundenes Fressen sein. Würde man ihm glauben, obwohl die übrigen Zeugen das Gegenteil aussagten? Und würden Ermittlungen gegen Marlowe weitere Beweise zu Tage fördern? Sollte Marlowe für unschuldig erklärt werden, bliebe Josh in Gefahr. Und was hatte Colarossi gegen Marlowe in der Hand? Oder war das nur Wichtigtuerei?

Eventuell würde Josh Kommandant Deever davon überzeugen können, gegen Marlowe auszusagen – zuzugeben, dass er ihn mit einer Lüge gedeckt hatte – und damit zugleich sein Leben zu retten. Mitchell wollte mit Josh über diese Möglichkeit sprechen und ihn dazu bringen, sobald wie möglich die Küstenwachstation aufzusuchen.

16

Im Sommer war der Parkplatz des Clubs an Sonntagvormittagen normalerweise fast voll. Als Mitchell sich jetzt der Rampe des Nordstegs näherte, standen auf dem Platz nicht einmal zwei Dutzend Autos – das war ganz und gar ungewöhnlich.

Mitchell wollte gern, dass Adam Farmer, der ein auf Long Island mächtiges Presseorgan vertrat, Einfluss auf die Aufklärung der Straftaten nahm. Die *Newsday* würde gebraucht werden, wenn es an der Zeit war, Marlowe an den Pranger zu stellen.

Vorbeifahrende Boote stoppten, damit die Insassen den Yachtclub begaffen konnten, der in aller Munde war. Der Liegeplatz neben Joshs Boot war frei. Als Mitchell zur COYOTE kam, war Josh gerade dabei, das leuchtend rot beschriftete Banner der Freiwilligen Küstenwache an der Steuerbordreling zu befestigen. Titus Banks war mit an Bord und trug die blaue Uniform der Freiwilligen Küstenwache. Man begrüßte Mitchell. Titus gab der Unternehmung einen offiziellen Anstrich – ein Einsatz im Auftrag der Küstenwache.

»Hat man dir an der Einfahrt Schwierigkeiten gemacht, Mitchell?«, fragte Josh.

»Überhaupt nicht.«

»Der Kommodore müsste bald hier sein und eine Erklärung abgeben, um die Reporter zu vertreiben. Sie sind wie Blutegel, die sich an Tragödien mästen«, schimpfte Titus. Die COYOTE verließ ihren Liegeplatz, bog in das Fahrwasser ein und fuhr mit der erlaubten Höchstgeschwindigkeit von 5 Knoten. Bald ließ sie den alten Betonleuchtturm und das buchtenreiche Ufer hinter sich. Josh behielt die 5 Knoten bei und setzte die Streifenfahrt in Richtung auf die eine Meile weiter östlich liegenden Häfen Northport und Centerport fort.

Die Männer saßen auf dem obersten Deck unter dem blauen Sonnensegel und tranken Kaffee. Dabei hörten sie mit einem Ohr den Anruf- und Seenotkanal ab, jederzeit bereit, auf einen Notruf zu reagieren.

Titus wusste nicht viel von Mitchell, außer dass er ein seit Langem mit Josh befreundeter Enthüllungsautor war.

»Wir müssen heute einen Seemann aus ihm machen, Titus«, frotzelte Josh. »Wir haben es hier mit einer absoluten Landratte zu tun.«

Gespannt, mit was für einem Menschen er es zu tun hatte, erwiderte Mitchell: »Keine Sorge, Titus, ich lerne schnell. Ich will auch versuchen, nicht auf Ihre Uniform zu kotzen, wenn ich eine von Joshs Zimtschnecken gegessen habe.«

Titus grinste. »Wenn das passiert, Mitchell, fliegen Sie ohne Schwimmweste über Bord, und ich winke Adios.«

Mitchell war froh, dass Titus Humor hatte. Der Hafenmeister wusste, was im Yachthafen vor sich ging, und hatte mit allen Bootseignern zu tun. Mitchell wollte wissen, was Titus über die Morde dachte, die den Club in Atem hielten.

Titus steuerte. An seinem Gesicht konnte man ablesen, dass er die See liebte und wie gern er auf dem Wasser war. Wellen, Gischt und Salzluft hatten ihn zur Marine gelockt und dazu gebracht, sich auch später immer wieder Arbeit am oder auf dem Wasser zu suchen.

Titus hatte schon die ganze Welt gesehen, von San Diego bis Perth, von Lagos bis zu allen größeren Häfen in Südamerika und Europa. Jeder Hafen war für ihn eine Neuentdeckung, brachte neue Erfahrungen und neue Liebesbeziehungen. Geheiratet hatte er nie.

Die Marine hatte er mit einem negativen Eintrag in der Personalakte verlassen, nachdem eine Frau in Perth ihn vor 15 Jahren wegen Vergewaltigung angezeigt hatte. Die beiden Kameraden, die mit ihm an Land gewesen waren, hatten aber bezeugt, dass die Frau log, betrunken war und Geld von den Marinesoldaten erpressen wollte. Als sie sich eine völlig neue Geschichte ausdachte, wurden alle Anschuldigungen fallen gelassen, aber der Eintrag in der Personalakte blieb, wenn auch mit einem Vermerk, dass Titus unschuldig war und im Dienst bleiben durfte.

Titus ließ sich aber an Land nieder, und als der Eastern-Shore-Yachtclub per Stellenanzeige einen Hafenmeister suchte, war das für ihn die Gelegenheit. Sein Gesicht war wettergegerbt. Weil er die Augen so oft zusammengekniffen hatte, damit der Wind sie nicht austrocknete, hatten sich »Sorgenfalten« in seine fliehende Stirn eingekerbt.

Die See war für ihn Berufung, Geliebte und mehr – sie spornte ihn an, den Yachthafen gut zu organisieren und effizient zu betreiben. Gute Leistungen sicherten ihm den Arbeitsplatz. Wenn an den Wochenenden viel los war, blieb er bis Mitternacht im Dienst, erst dann endete der Fährbetrieb zu den Bojenliegeplätzen. Wenn er müde war, schlief er an solchen Tagen oft im Clubhaus statt in seinem Haus in Northport.

»Also, Titus«, begann Mitchell dem Hafenmeister auf den Zahn zu fühlen, »was halten Sie von den Ereignissen im Club?«

Titus lächelte, während er über die Antwort nachdachte. »Ich will gleich am Anfang eine Geschichte erzählen, Mitchell, damit Sie wissen, woher ich komme.« Er sprach langsam und bedächtig. Der gedehnte texanische Akzent war noch herauszuhören, denn Titus hatte in Houston gelebt, bevor er sich nach der Highschool zur Marine gemeldet hatte. Wer ihm zuhörte, brauchte Geduld.

»Ich habe fast mein ganzes Berufsleben bei der Marine verbracht. Ich habe Männer im Krieg sterben sehen, Befehle befolgt und Befehle gegeben. Ich habe meine Arbeit gemacht, habe getan, was man von mir verlangt hat, und mich um meinen eigenen Kram gekümmert. Ich habe mich nie zu etwas freiwillig gemeldet oder vorgedrängt, sondern mich schön zurückgehalten und keinen Wirbel gemacht. Aber ich habe mich immer vor meine Leute gestellt. Wenn meine Männer in Schwierigkeiten waren – von Straftaten einmal abgesehen –, habe ich zu ihnen gehalten und sie aus der Schusslinie geholt. Einmal ist mir selbst eine Straftat vorgeworfen worden, die ich aber nicht begangen hatte. Deshalb beschuldige ich jetzt grundsätzlich niemanden, das habe ich daraus gelernt.«

Titus drehte etwas nach Steuerbord, um einer Zwölf-Meter-Segelyacht auszuweichen, die vor der COYOTE wendete.

»Vielleicht war es nicht richtig, mich immer vor meine Leute zu stellen, aber ich habe es eben getan. Dadurch war ich bei meinen Bordkameraden immer hoch angesehen. Und wenn einmal Straftaten vorkamen, habe ich mich zurückgehalten und mich um meinen eigenen Kram gekümmert. Die Disziplinarvorgesetzten haben dann schon getan, was sie für nötig hielten. Ich habe zwar nichts für Straftäter übrig, aber gegen Kameraden habe ich nie ausgesagt, auch wenn ich wusste, dass sie schuldig waren.

Warum ich das erzähle, Mitchell? Alle, die zum Yachtclub gehören, sind sozusagen meine Bordkameraden. Die tragischen Ereignisse sind schlimm. Wenn der Mörder oder die Mörder gefasst werden und ich aussagen soll – belastend oder entlastend –, werde ich es nicht tun.

Im Club gibt es Geselligkeit, Liebeleien und außereheliche Beziehungen. Meistens weiß ich, was gespielt wird, aber ich behalte es für mich.

Das gehört einfach zu dem Milieu, in dem ich hier arbeite, und zu der Stellung, die mir viel bedeutet. Warum sollte ich mich gegen Mitglieder stellen? Soll ich etwa aus der Schule plaudern und Gerüchte in die Welt setzen? Nein!

Ich mochte Renata, Alvin und Arthur gern. Wir hatten viel Spaß zusammen, auf dem Wasser oder bei Geselligkeiten. Ihrem Mörder wünsche ich Höllenqualen. Wenn das Töten weitergeht, kann ich nichts dagegen tun. Die Polizei hat ihre Aufgaben und ich habe meine. Was passiert, das passiert.«

»Hört sich kalt und hartherzig an«, bemerkte Mitchell.

»Es geht ums Überleben in einer grausamen und manchmal unbarmherzigen Welt. In diesem Jahr ist Josh als Hafenbeauftragter mein Chef, und er kennt meine Einstellung. Soweit es um die Arbeit geht, tue ich, was er sagt. Nächstes Jahr ist irgendein anderes Clubmitglied mein Chef, vielleicht jemand, über den ich bei der Polizei ausgesagt habe. Ich erzähle Ihnen von meiner Einstellung, weil ich vorsichtig bin und mich neutral verhalte, um meine Zukunft nicht aufs Spiel zu setzen. Wenn Sie Nachforschungen anstellen oder ein Buch über die Sache schreiben wollen, kann ich Ihnen nicht behilflich sein. Das sage ich schon jetzt, damit Sie später nicht gekränkt sind. Das heißt aber nicht, dass ich Informationen zurückhalte.«

»War das Ihre Grundsatzerklärung?«

»Jawohl, Sir, Ausrufezeichen.«

»Vielen Dank für Ihre Offenheit, Titus. Wie ich aber schon sagte – hartherzig und auch enttäuschend. Ich hatte gehofft, Sie würden mir einen Hinweis geben, denn ich bin nicht bei der Polizei. Haben Sie denn überhaupt keine Vorstellung, wer der Mörder sein könnte?«

»Keine Ahnung.«

»Sie haben nichts gesehen? Sie haben keinerlei Vermutungen?«
»Überhaupt keine. Das habe ich auch schon der Polizei erklärt.«
»Wussten Sie, in welcher Beziehung die Getöteten zueinander standen? Helfen Sie uns doch weiter, Titus.«
»Wie ich schon sagte, im Allgemeinen weiß ich, was im Club läuft.«
»Nur nicht, warum die Opfer ermordet wurden oder wer es war?«
»Thema durch, Ende des Interviews – Streifenfahrt fortsetzen?«
»Erst mal ja, Titus.«
Josh lachte. »Er kann nicht anders, Titus. Er muss immer Fragen stellen. Anders geht es bei ihm nicht.«
»Fragen kostet nichts«, antwortete Titus, »aber die Antworten könnten mich das Leben oder die Stellung kosten.«
Mitchell ließ nicht locker. »Keine Fragen mehr, aber ich möchte ein paar Theorien vor Ihnen ausbreiten.«
»Fangen Sie an.«
»Im Club gibt es zwei mächtige Männer: Edward Marlowe und Mario Colarossi. Alvin Horatio und Arthur Dryden wurden auf eine Weise umgebracht, die typisch für Unterweltkreise ist. Beide, Marlowe und Colarossi, hätten Mittel und Wege, solche Hinrichtungen auszuführen.«
»Ich habe Gerüchte gehört, dass Mario Verbindungen zur Mafia hat. Muss aber nicht stimmen und heißt auch nicht, dass er etwas mit diesen Vorfällen zu tun hat.«
»Okay. Am anderen Ende des Spektrums haben wir Marlowe, den mächtigen CIA-Mann. Früher Anwalt und Sozius von Horatio und Dryden.«
»Und mit beiden dick befreundet, möchte ich hinzufügen. Marlowe ist kein Mörder. Ich glaube, er müsste wahnsinnig sein, wenn er mit diesen üblen Machenschaften etwas zu tun hätte.«
»Ja, Titus, Sie stellen sich vor Ihre Bordkameraden, egal, ob sie schuldig sind. Vielleicht hatten die Toten etwas gegen ihn in der Hand, sagen wir … etwas aus der Vergangenheit, das seine Stellung gefährden oder ihn kompromittieren könnte.«
»Über diese Theorie hätten wir bei der Marine gesagt: geistiger Dünnschiss. Sie haben sich die zwei am wenigsten Verdächtigen herausgesucht. Wenn ich eine Liste der Verdächtigen schreiben

müsste, würden diese Leute ganz am Ende stehen – oder überhaupt nicht auf der Liste.«

»Und wer steht ganz oben auf der Liste?«

Titus lachte in sich hinein. »Das ist vielleicht eine Frage. Noch einmal: Ich habe keine Ahnung, wer die Morde begangen hat.«

Mitchell gab auf. »Titus, Sie haben gewonnen. Wechseln wir das Thema.«

Dann wandte er sich an Josh: »Heute ist Sonntag, glaubst du, dass Kommandant Deever da ist? Haben wir die Zeit, ihn zu besuchen? Das sollten wir tun.«

Josh blickte auf die Uhr. »Wenn er da ist, besuchen wir ihn, aber dann dürfen wir jetzt keine Zeit verlieren, denn wir müssen in der äußeren Bucht zwischen dem Leuchtturm und der Einfahrt nach Northport sein, wenn die Boote zurückkommen. Dort werden wir uns auf die Lauer legen.«

Mitchell freute sich auf den Besuch bei Kommandant Deever in der Küstenwachstation, die einen fantastischen Ausblick auf den Long Island Sound bot.

Was würde Deever zu sagen haben? Deever verbreitete die Lüge, dass Marlowe bei ihm an Bord gewesen sei, als Renata umgebracht wurde. Warum log er, warum deckte er Marlowe? Nahm er an, dass er selbst das nächste Opfer sein könnte? Oder hatte er Marlowe geholfen, die Ermordeten zu beseitigen? Mitchell war überzeugt, dass Deever das nächste Opfer sein könnte. Aber er hatte nichts gegen Joshs Zeitplan einzuwenden, was Deevers Benachrichtigung betraf. Wenn man es richtig überlegte, so meinte Mitchell, musste Deever Angst haben.

Josh nahm das Handy aus einem Schapp und telefonierte: Kommandant Deever war den ganzen Tag abwesend.

»Er ist heute nicht da, Mitchell. Du musst ihn bei anderer Gelegenheit besuchen.«

»Wollen Sie den auch aushorchen?«, fragte Titus schmunzelnd.

Weil Titus eine Zusammenarbeit verweigert hatte, beschloss Mitchell, ausweichend zu antworten.

»Ich möchte die Küstenwachstation besichtigen, weil ich so eine Einrichtung noch nie von innen gesehen habe. Möglicherweise kann Deever auch etwas Licht in die Mordgeschichte bringen.«

»Die Polizei hat schon mit ihm gesprochen. Er wird Ihnen kaum weiterhelfen.«

Mitchell verzichtete darauf, Titus die Theorien zu erläutern, die er gemeinsam mit Josh entwickelt hatte, die Hypothesen, wer die Morde begangen haben könnte. Vielleicht ging es tatsächlich um alte Geschichten. Das würde er zusammen mit Adam Farmer recherchieren in der Hoffnung, ein öffentliches – und veröffentlichtes – Ereignis, etwa ein Gerichtsverfahren, als Bindeglied zwischen Marlowe und Deever ausfindig zu machen. Er würde auch noch einmal mit Colarossi sprechen und ihn drängen, die geheimnisvollen Informationen offen zu legen, die er angeblich über Marlowe besaß.

»Drei Clubmitglieder sind tot, und die Polizei tappt völlig im Dunkeln. Was meinen Sie, Titus? Was glauben Sie, mit wem ich sprechen sollte, nachdem Sie mir überhaupt nicht weitergeholfen haben?«

»Du hattest Recht, Josh. Er spricht nur in Fragen. Das sind schon wieder zwei Fragen. Ich schlage Lieutenant Mullins vor. Inzwischen ist der Erwartungsdruck ziemlich stark geworden. Die Öffentlichkeit verlangt Ergebnisse von der Polizei. Das wird Mullins vielleicht zur Zusammenarbeit mit Ihnen bewegen. Es wäre dumm von ihm, keine Hilfe anzunehmen.«

»Das glaube ich auch«, sagte Josh zu Mitchell. »Wenn wir ihm helfen, die Rätsel zu lösen, könnten wir dadurch Zugang zu seinen Ermittlungsergebnissen bekommen. Mullins könnte sich dir anvertrauen. Wenn du willst, komme ich mit zu dem Treffen.«

* * *

Abends fuhr Josh mit Mitchell zurück nach Manhattan. Am Mittwochmorgen würden sie gemeinsam in Mitchells Auto zu Alvin Dean Horatios Beerdigung fahren.

Dort würden sie Kommandant Deever warnen – oder früher, falls wieder ein Rätsel eingehen sollte.

17

Der nächste Tag
Montag, 24. Juni

Adam Farmers Exklusivinterview mit Helene Pappas war mit einem Bild von ihr und Mitchell illustriert. Das Bild hatte er gestern Nachmittag von ihr bekommen. Ergänzt wurde der groß aufgemachte Artikel durch Fotos der drei Opfer und von Edward Marlowe. Als Adam am Morgen zum Dienst erschien, war er voller Enthusiasmus und hatte das Gefühl, etwas geleistet zu haben. Aber dann bekam er einen Auftrag, der lange nicht so interessant war wie das Exklusivinterview mit Helene.

Ein unglücklicher Adam Farmer verließ das *Newsday*-Gebäude und ärgerte sich über seinen Chefredakteur, der ihm einen Routineauftrag aufgedrückt hatte.

Die Yachtclubmorde haben auf Long Island zurzeit den größten Nachrichtenwert. Darauf muss ich mich konzentrieren. Da ist ein Pulitzerpreis drin!

Der überfüllte Parkplatz, auf dem er in seinen Wagen stieg, lag inmitten riesiger, penibel gepflegter Rasenflächen mit vereinzelten Bäumen, in denen Vögel zwitscherten. Farmer nahm die Ausfahrt zur Pinelawn Road, um nach Süden zum Republic Airport zu fahren. Dort sollte er von einem Flugzeugunglück berichten, bei dem drei Insassen eines kleinen Reiseflugzeugs verletzt worden waren.

Das ist Kleinkram. So etwas habe ich nicht mehr nötig!

Der Reporter, der eigentlich für die Orte Babylon und Farmingdale sowie die Gegend südlich davon zuständig war, war erkrankt, und Adam war gerade verfügbar. Dass der Chefredakteur für diese Routinereportage, die einige Stunden erforderte, auf ihn zurückgegriffen hatte, ärgerte Adam, aber er hatte Teamgeist und schluckte seinen Ärger diesmal herunter. Dieser Auftrag war nicht die richtige Gelegenheit, dem Chef seine Unzufriedenheit zu zeigen. Er wollte sich seine Aufmüpfigkeit für einen wichtigeren Anlass aufsparen. Die Yachtclubgeschichte gehörte ihm – bis zur endgültigen Aufklärung. Um diese Story wollte er kämpfen.

Adam hielt beim Stoppschild am Ende des *Newsday*-Geländes an und wartete den Gegenverkehr ab. Der Anblick Tausender weißer Grabsteine auf dem Nationalfriedhof, der dort auf der anderen Seite der Durchgangsstraße lag, berührte ihn schon lange nicht mehr. Ab und zu schüttelte er den Kopf, wenn sein Blick auf die baumbestandene Friedhofslandschaft fiel. Bei dem Anblick verflüchtigte sich der Ärger über seinen Chef. Es gab Schlimmeres.

Adam wartete, bis die Wagen vorbei waren, die sich an der Ampel vor der Kurve gestaut hatten. Als er gerade auf die Hauptverkehrsstraße fahren wollte, kam der letzte Wagen vorbei, ein schwarzer Mercedes.

Der Fahrer fiel Adam auf. Hinter der Sonnenbrille erkannte er das Gesicht von Mario Colarossi. Sein schlohweißes Haar war unverwechselbar. Die Beifahrerin sah aus wie Valerie Dryden.

»Verdammt, verdammt, verdammt, das gibt es doch nicht! Danke, lieber Chefredakteur. Vielleicht hast du meinen Tag gerettet.« Er wurde hellwach.

»Hinterher, du Dummkopf! Die Jagd hat begonnen! Das Flugzeugunglück kann warten, da gab es ja keine Toten!«

Im Kielwasser der Yachtclubgeheimnisse folgte Adam dem Mercedes und blieb auch hinter ihm, als dieser die Fahrspur wechselte. Nach etwa einem halben Kilometer zog Colarossi rasch nach rechts und hielt an einem Blumenstand, wo er weiße und rote Rosen, rosa Nelken, Schleierkraut und Bindegrün kaufte.

Um nicht erkannt zu werden, wandte Adam das Gesicht ab und fuhr weiter, am Friedhof vorbei und über den Bahnübergang hinweg. Ein paar Straßen weiter hielt er und wartete mit eingeschalteter Warnblinkanlage. Im Rückspiegel sah er, wie der Mercedes sich in den Verkehr einfädelte und noch vor dem Bahnübergang nach links in den Pinelawn-Park einbog.

»Ist doch klar«, schimpfte Adam mit sich. »Ich habe an der falschen Stelle gehalten. Er hat Blumen gekauft, da hätte ich Trottel mir doch denken können, dass er zum Friedhof wollte!«

Adam kehrte um, aber kurz vor dem Bahnübergang begannen

sich die Schranken mit lautem Gebimmel zu senken, und das rote Licht blinkte. Er hielt an der weißen Linie und schlug genervt mit beiden Händen auf das Lenkrad, weil er sich ärgerte, dass er nicht nachgedacht hatte.

Adam sah gerade noch, wie der Mercedes in den Friedhof einbog, dann fuhr ein Personenzug der Long Island Railroad vorbei, hielt an dem zu kleinen, altmodischen Bahnhof von Pinelawn und versperrte den Blick auf den Friedhof.

Ganz langsam, ohne sich um Adams Ungeduld zu kümmern, setzte sich der Zug wieder in Bewegung. Die Bahnschranken hoben sich, und die Friedhofseinfahrt auf der anderen Seite der Bahngleise war wieder zu sehen. Der Mercedes war verschwunden. Adam beruhigte sich aber damit, dass der Wagen das Friedhofsgelände nicht woanders verlassen konnte. Die Ausfahrt zur Old East Neck Road an der anderen Seite des Friedhofs war schon seit Jahren gesperrt.

Er bog nach rechts in das parkartige Friedhofsgelände ein und folgte auf der Suche nach dem schwarzen Mercedes langsam der Hauptstraße. Als er sich dem griechischen Säulengang näherte, erblickte er den etwa 100 Meter weiter links geparkten Mercedes. Colarossi und die Frau standen an einem Grab.

Adam vermutete, dass es sich um Renata Tredanaris Grab handelte. Genau hier hatte er an der Bestattung teilgenommen. 50 Meter hinter der Kreuzung hielt er an, um ihre Gesichter besser im Blick zu haben, und nahm die Nikon sowie ein Teleobjektiv aus der Kameratasche. Beim Anbringen des Objektivs drückte er sich tief in den Fahrersitz. Durch das Teleobjektiv erkannte er Colarossi, jetzt mit Skipperkappe und Sonnenbrille. Dann schwenkte Adam die Kamera nach links und erkannte Valerie Dryden – Irrtum ausgeschlossen: Er hatte sie ja interviewt.

Weshalb waren die beiden zusammen hier? Hatte Colarossi etwas mit dem Mord an Valeries Ehemann zu tun – ein Dreiecksverhältnis? War die Frau Colarossis Motiv, den Mann umzubringen? Er war elektrisiert. Die Aufklärung des Mordes an Dryden schien ihm zum Greifen nah.

Sie sind schuldig. Sie müssen einfach schuldig sein!

Er zoomte zurück, um beide zusammen aufzunehmen, während Colarossi die Blumen auf das Grab legte und sich bekreuzigte. Adam fotografierte weiter, während Valerie und Colarossi sich am Grab unterhielten. Dann erkannte man an ihrer Körpersprache, dass sie stritten. Colarossi zeigte mit dem Finger auf ihr Gesicht. Der Streit dauerte nicht lange, und bald gingen Valerie und Colarossi fort. Als die beiden vorbeikamen, rutschte Adam tief in seinen Sitz. Eine Verfolgung hatte keinen Sinn. Als der Mercedes das Friedhofsgelände verließ, fuhr Adam zu Renatas Grab. Er wollte sicher sein, dass die beiden tatsächlich an diesem und nicht an Drydens Grab gewesen waren. Dryden war ganz in der Nähe beigesetzt worden – wo genau, wusste Adam aber nicht. Er schob die Blumen zur Seite und las Renatas Namen auf der Grabplatte. »Was ist geschehen, Renata? Wer hat dich umgebracht? Was ist mit deinen Besuchern?«

Dass er zwei Hauptpersonen, die mit den Yachtclubmorden zu tun hatten, gemeinsam gesehen hatte, erweckte bei Adam einen Verdacht, der ihn nicht mehr losließ. Beide waren in der Nacht, als Renata Tredanari getötet wurde, an Bord ihrer Yachten gewesen – und jetzt war Valeries Ehemann umgebracht worden. Zwischen den beiden musste irgendetwas sein. Hatte er gerade einen Streit unter Liebenden beobachtet? Worum ging es bei dem Streit? Warum hatten sie nicht das Grab von Valeries Mann besucht?

Um sicherzugehen, fragte Adam im Friedhofsbüro an der Einfahrt nach Arthur Drydens Grabstelle. Mit der kleinen Karte, die man ihm gab, fand er Drydens Grab direkt gegenüber von Renatas Grab – ohne Blumen!

18

In der Zeitung erschien am nächsten Morgen ein Foto von Colarossi und Valerie an Renatas Grab – ohne einen Artikel, nur mit der Bildunterschrift: Angehörige an Renata Tredanaris Grab. Darauf hatte Adam gegenüber seinem Chefredakteur bestanden. Diesmal durfte er nicht nachgeben, musste seinen Standpunkt durchsetzen. Der Artikel konnte später folgen. Adam wollte sehen, was das Foto bewirkte, wer anrufen und ihn auf die entscheidende Fährte bringen würde. Er war zuversichtlich, dass irgendjemand anbeißen würde.

Als das Blatt schon im Druck war, bedauerte Adam die Wahl des Fotos. Vielleicht hätte er besser das Bild nehmen sollen, auf dem die beiden stritten.

* * *

Als Josh Trimble das Foto sah, faxte er es an Mitchell und schrieb dazu: »Was nun?«

* * *

Das Bild in der *Newsday* hatte eine zweifache Wirkung: Die Telefone der Clubmitglieder standen vor Getratsche nicht mehr still, und Lieutenant Kenneth Mullins schöpfte einen Verdacht. Er ließ Colarossi und Valerie zu einer erneuten Vernehmung wegen des Mordes an Arthur Dryden vorladen.

Valerie und Colarossi kamen ruhig und gefasst in Begleitung eines Anwalts aus Drydens ehemaliger Kanzlei. Sie behaupteten, dass sie die Gräber ihrer Familienangehörigen – Opfer der Yachtclubmorde – besucht hätten. Colarossi gab an, dass Valerie ihn gebeten habe, sie zum Friedhof zu begleiten, weil sie es nicht über sich gebracht hätte, das Grab ihres Ehemannes allein zu besuchen. Ihre Töchter seien nicht zu Hause gewesen. Sie hätte Unterstützung gebraucht, und er habe zur Verfügung gestanden – als Freund in der Not. Gegen diese

Angaben konnte Mullins nichts einwenden, und der Anwalt wies ihn darauf hin, dass er kein Recht hätte, die beiden noch länger festzuhalten. Mullins dankte den Erschienenen für ihre Mühe und ließ sie gehen. Sein Aktenvermerk über die Vernehmung lautete zusammengefasst: Mittäterschaft zwischen Colarossi und Valerie Dryden nicht erkennbar, Foto irreführend, keine tatrelevanten Erkenntnisse.

* * *

Zu Adams Enttäuschung rief niemand mit weiteren Informationen bei der Zeitung an.

* * *

Für Mitchell Pappas war das Foto keine Überraschung. Es bestärkte seine Theorie, dass eine Komplizenschaft denkbar war. Schrieb Valerie die rätselhaften Nachrichten? Hatte Valerie Colarossi erzählt, dass Josh und er bei ihr gewesen waren und worüber man gesprochen hatte? In diesem Fall wäre Josh noch schlimmer bedroht. Mitchell rief Josh an, der das Ganze aber für reine Theorie hielt. Er bestand darauf, dass Edward Marlowe der Alleintäter sei, der Renata und zwei Augenzeugen umgebracht habe und jetzt plane, den dritten Zeugen zu töten.

Mitchell konnte diese Morde nicht mehr ignorieren, sondern musste sich einmischen, um Josh das Leben zu retten.

Er arbeitete weiter an seinen Aufzeichnungen.

Es wurde allmählich Zeit, zum Angriff überzugehen … bei Horatios Beerdigung.

19

Am nächsten Tag
Dienstag, 25. Juni

Der Wind wehte böig über den Hafen, und die Fallen einiger Segelboote klapperten arhythmisch gegen die Masten wie ein Sinfonieorchester, das sich vor dem Konzert einstimmt. Das andauernde metallische Geklapper störte Titus Banks und verstärkte das Unbehagen, das ihn schon um 8.00 Uhr bei seiner Ankunft auf dem Clubgelände beschlichen hatte. Drei Tassen Kaffee erhöhten die Anspannung noch. Sie zogen den inneren Knoten zusammen – ein banges Gefühl, wie er es als Soldat vor Kampfeinsätzen verspürt hatte – unwissend, was ihm bevorstand und ob er es überleben würde. Auch als junger Rodeoreiter hatte er dieses Gefühl gekannt. Nachdem er sich zweimal beim Rodeo versucht hatte und beide Male heftig abgeworfen worden war, hatte er diesen Sport aufgegeben und sich nicht um die Freunde geschert, die ihn wegen seiner Angst aufzogen. Entschlossen, die nervtötende Störung zu beenden und sich für den Arbeitstag Ruhe zu verschaffen, ging er zum Südsteg, um die Übeltäter zu finden, die schlagenden Fallen, die lautstark gegen den auffrischenden Wind protestierten. Als er die vier lärmenden Segelboote ausfindig gemacht und ihre Fallen aus Draht oder Tauwerk von den Aluminiummasten weggebunden hatte, war das metallische Konzert im Yachthafen zu Ende. Aber die Bojenlieger auf der anderen Fahrwasserseite setzten es fort.

Während der Woche blieb es im Club ruhig. Es war die Zeit der üblichen Vorbereitungen auf das Wochenende, so wie vor den Morden, als es im Club noch von Mitgliedern und Gästen wimmelte. Wie jede Woche brachte ein Lieferwagen frisches Obst und Gemüse zum Restaurant. Ein Tankwagen lieferte neuen Dieselkraftstoff, der in die Kunststofftanks unter dem Parkplatz gepumpt wurde. Eine Firma wartete den Swimmingpool, und ein Helfer säuberte mit einer Kehrmaschine den Parkplatz, der anschließend mit Wasser abgespült wurde.

Die Tennisplätze waren verwaist – zum Glück für Titus, dem das ewige Plop – Plop der gelben Bälle schwer auf die Nerven ging. Sollte er jemals in einem Haus neben einem Tennisplatz wohnen, würde er umziehen oder die Tennisspieler erwürgen.

Ein vages Gefühl von Unrast blieb und hielt Titus davon ab, in sein Büro zurückzukehren. Stattdessen fummelte er an ein paar Festmachern herum, belegte die Leinen anders, wenn nötig, ordnete sie und wickelte das restliche Tauwerk schneckenförmig auf wie bei der Marine. In seinem Hafen herrschte eine fast militärische Ordnung. Am Swimmingpool vorbei ging er zur Werkstatt, wo zwei Helfer Muringbojen überholten – sie tauschten Leinen und Ketten aus und pinselten die Bojen neu an.

Nachdem er diese Arbeit überprüft hatte, unterhielt Titus sich mit dem Tankwagenfahrer. Als die Tanks gefüllt waren, besuchte er den Streifenwagen am Tor und plauderte fünf Minuten mit den beiden Polizisten, die er inzwischen gut kannte.

Danach schlenderte er zu der Baustelle des neuen Stegs und beobachtete die Ramme bei der Arbeit. Dann zog es ihn zum Nordsteg. Er ging bis zu dessen Ende, wo Mario Colarossis 72-Fuß-Broward MARIO-NETTE lag. Weder hier noch auf den anderen Booten am Nordsteg war jemand an Bord.

Das Polizeiboot fuhr langsam bis zur Südgrenze seines Streifenbezirks, bevor es wieder nach Norden drehte, um in endloser Kreisfahrt den Club zu bewachen. Titus winkte zum Polizeiboot hinüber, die Beamten winkten zurück.

Anschließend ging er zurück und blieb zwischen COYOTE und CHAMPAGNE LADY stehen. Sollte Josh Trimble heute an Bord sein, würde er anklopfen und mit ihm ein Bier trinken. Von allen Mitgliedern respektierte er Josh am meisten. Er wusste, dass Josh nicht der Grund war, weshalb er jetzt stehen blieb. Der wahre Grund für seine Ruhelosigkeit war Titus durchaus bewusst.

Der Nordsteg zog ihn nach Renata Tredanaris Tod an, als kämen von dort Sirenenklänge.

Titus fasste das gelbe Absperrband an, das den Zugang zu dem Stegausleger und der Landgangstreppe der CHAMPAGNE LADY versperrte. Er wusste, dass die Absperrung spätestens am Samstag entfernt werden sollte. Die Polizei hatte alle nötigen Spuren gesichert. Das Absperrband erfüllte keinen Zweck mehr.

Titus hatte Renatas Kajüte damals mit polizeilicher Erlaubnis aufgeräumt – wer hätte es denn sonst tun sollen? Er hatte sich verpflichtet gefühlt zu helfen. Als Josh erfahren hatte, dass Titus auf Renatas Yacht arbeitete, hatte auch er mitgeholfen.

Während Titus auf dem Steg stand und über Renata nachdachte, verspürte er einen unwiderstehlichen Drang, den Bootsschlüssel zu holen. Er ging ins Hafenbüro und nahm den Schlüssel der CHAMPAGNE LADY.

Als er wieder am Zugang zum Nordsteg angekommen war, sah er sich misstrauisch um, ob ihn irgendjemand beobachtete. Er blickte in alle Achterkajüten hinein, um sicher zu sein, dass er ungestört war. Als er sich davon überzeugt hatte, bückte er sich unter dem Absperrband hindurch und betrat die CHAMPAGNE LADY. Für den Fall, dass die Polizeibeamten, Büroangestellten, Restaurant- oder Hafenmitarbeiter ihn sahen, ging er auffällig an Deck herum und überprüfte Festmacher und Fender. Das tat er aus Verantwortungsbewusstsein auf unbeaufsichtigten Booten regelmäßig. Er blickte prüfend zum Streifenwagen. Niemand kam, um sich zu erkundigen, was er dort tat, oder ihn daran zu erinnern, dass das Boot als Tatort noch nicht betreten werden durfte.

Titus Banks drehte den Schlüssel und öffnete die Tür. Ziellos ging er durch die Kajüte, und seine Finger berührten alles Mögliche: den Bartresen, eine Vase, das Schott, eine Tür, einen Türgriff – alles, was früher einmal Renatas Umgebung gewesen war. Er öffnete die Schranktüren, sah in die Gästekabine und in den Motorraum hinein, dann betrat er Renatas Schlafraum.

Die Luft roch abgestanden. Titus versprühte etwas Eau de Cologne, um einen weiblichen Duft zu verbreiten – um Renata zurückzuholen. Er nahm ihr Foto von der Schreibplatte und sah sie sehnsüchtig an. Dann öffnete er Schubladen und Schranktüren, berührte ihre Kleidungsstücke.

Titus spürte ein Zittern in sich, als seine Finger den Stoff streichelten, der einst ihren Körper umschmeichelt hatte. Einen seidenen Slip legte er sich wie ein Handtuch um den Hals, um Renatas Weichheit am Gesicht zu spüren. Er schloss die Augen und atmete schwer, während er den Duft des Parfüms in sich aufnahm und Renata aus der Seide wieder ins Leben zurückrief. Titus konnte nicht anders, als auf der Bettkante zu sitzen, den Slip an seinen Schoß zu halten und die imaginäre Renata zu lieben.

Jetzt hab ich dich endlich gekriegt, Schlampe!

20

Mittwoch, 26. Juni

Edward Marlowe hatte am Sonntag angekündigt, dass er heute an Alvin Horatios Beisetzung teilnehmen würde. Deshalb kamen viele Vertreter örtlicher und überregionaler Medien, und der Trauerzug – eine Autokolonne – hatte über 200 Teilnehmer. Der Autokorso fuhr in den Covington-Hill-Friedhof in Huntington ein und dort bergauf zu der Grabstelle, wo die Erdhaufen mit Kunstrasen abgedeckt waren.

Mitchell und Josh hatten den Gottesdienst in der Kirche verpasst, kamen aber rechtzeitig, um in dem Wagenkorso von der Kirche in Cold Spring Harbor zum Friedhof mitzufahren. In der Kolonne fuhren drei Streifenwagen mit blinkenden Lichtern mit, einer vorn, einer in der Mitte und einer am Ende. Mitchell schaltete die Scheinwerfer ein, wie es bei solchen Autoprozessionen Tradition ist.

»Ein unpassender Tag für eine Beerdigung«, sagte Josh und blickte dabei zum wolkenlosen Himmel, an dem nur der Kondensstreifen eines unsichtbaren Flugzeugs zerfaserte. »Bei Beerdigungen sollte es passend zur traurigen Stimmung regnerisch, bedeckt und trübe sein. Das Wetter muss mittrauern!«

»Man sagt nicht ›Schöner Tag heute‹, wenn man einen geliebten Menschen beisetzt, aber in New Orleans gibt es dabei Musik, Gesang und Tanz oder sonst etwas Aufmunterndes. Der Trauerzug hier ist so lang, dass man denken könnte, ein Staatsmann wäre gestorben. William Cullen Bryant hat in seinem Gedicht *Thanatopsis* so über den Tod geschrieben: ›Sieh dein Grab als Ruhebett an, in dem du zu süßen Träumen entschlummerst.‹«

»Wie kommt es, dass du etwas so Ausgefallenes auswendig kennst?«

»Ich habe einmal einen Aufsatz über Tod und Bestattungsrituale geschrieben, auch wenn's lange her ist.«

»Kennst du noch mehr von der Art?«

»Es ist seltsam, aber ich erinnere mich nur an diese eine Zeile, sie scheint sich bei mir eingebrannt zu haben. Ich weiß, dass Robert Louis Stevenson *Requiem* geschrieben hat und Tennyson *Der lange Abschied* und *In Memoriam*, aber daraus fällt mir nichts ein.«

»Ich kenne einiges von Tennyson Mal sehen, ob ich es noch zusammenkriege. Tennyson ist mein Lieblingsdichter. Du weißt ja, was aus dem Gedächtnis wird, wenn man in die Jahre kommt.«

Mitchell nickte. »Das Gefühl kenne ich gut.«

»Sonnenuntergang und auch Abendstern, / An mich ergeht ein Ruf von fern; / Doch bitte trauert nicht, weil ich nun geh – / Muss ich doch stechen jetzt in See.«

»Sehr passend für einen Tag wie heute.«

»Ja, sehr passend, unpassend ist aber, dass Marlowe noch immer frei herumläuft.«

Die beiden standen an ihrem Wagen und beobachteten, wie der mit einer amerikanischen Flagge bedeckte Sarg zum Grab getragen wurde, an dem sehr viel Blumenschmuck lag. Edward Marlowe fuhr zusammen mit Horatios Witwe in der Familienlimousine. Er half ihr beim Aussteigen und führte sie am linken Arm zum Grab. Auch aus den anderen Autos stiegen Trauergäste und versammelten sich im Kreis um den Sarg. Reverend Thomas Needham wartete mit aufgeschlagener Bibel auf ein Zeichen der Witwe, dass sie bereit war. Sie nickte zustimmend, und die Predigt begann.

In der Nähe standen außer den Verwandten und Freunden der Familie örtliche politische Würdenträger, Geschäftsfreunde, eine militärische Ehrenformation und Vorstandsmitglieder des Yachtclubs – in Clubanzügen. Die Tradition des Yachtclubs verlangte von den Funktionären die Teilnahme an Bestattungen von Mitgliedern. Hinter Marlowe stand Kommandant Douglas Deever in Uniform. Marlowe hatte den Kopf gesenkt und hielt den Arm von Horatios Witwe. Etwas weiter entfernt warteten die Reporter. Mehrere Kameraleute gingen mit digitalen Videokameras auf der Schulter umher und filmten hier und da.

Hinter den Trauernden verteilten sich Lieutenant Kenneth Mullins, ein weiterer Kriminalbeamter, sechs uniformierte Polizisten und Marlowes vier Leibwächter. Noch weiter hinten standen Mitchell und Josh. Mitchell fragte sich, ob sich der Mörder – falls es nicht Marlowe war – unter den Trauergästen befand.

Mario Colarossi und Valerie Dryden fehlten.

Mitchell bemerkte das und flüsterte Josh zu: »Ist es nicht eigenartig, Professor, dass Valerie Dryden nicht hier ist? Man sollte doch annehmen, dass sie an der Beisetzung des Sozius ihres Ehemannes teilnimmt.«

»Die Drydens und die Horatios waren eng befreundet, auch die Frauen«, flüsterte Josh. »Valerie muss wirklich gute Gründe für ihre Abwesenheit haben. Vielleicht ist sie auch nicht in der Stadt. Ihre Töchter sind aber hier. Es ist für Valerie die letzte Woche vor den Schulferien. Vielleicht konnte sie sich heute nicht freinehmen.«

»Sie hat sich auch freigenommen, um mit Colarossi zum Pinelawn-Friedhof zu fahren. Du nimmst sie in Schutz, wie Titus sich vor seine über die Stränge schlagenden Kameraden gestellt hat.«

»Ich bin sicher, sie wäre hier gewesen, wenn sie gekonnt hätte. Deever ist auch hier, aber seine Frau sehe ich nicht«, sagte Josh. »Nach der Beisetzung gehe ich zu ihm und warne ihn.«

»… alles hat seine bestimmte Stunde, jedes Ding unter dem Himmel hat seine Zeit«, übertönte die Stimme des Pastors das Gespräch.

Dann wurde Mitchell von Adam Farmer angestoßen, der mit pietätvoll gefalteten Händen neben ihm stand.

»Hallo, Mr Pappas«, sagte er leise.

Mitchell nickte.

»Erde zu Erde, Asche zu Asche, Staub zu Staub – unser Herr Jesus Christus möge dich auferwecken am Jüngsten Tag.«

Nach fünf Minuten endete die Predigt mit einer kurzen Lobrede, begleitet von Schluchzen und den Gewehrsalven der militärischen Ehrenformation, die damit Horatios Militärdienst in Vietnam würdigte. Die Trauergäste defilierten am Sarg vorbei, nahmen Blumen und legten sie als letzten Gruß darauf. Als der Sarg an grauen Gurten schwankend hinabgelassen wurde, wurde das Schluchzen lauter.

Mitchell, Josh und Adam reihten sich in die Trauernden ein und schritten am Grab vorbei. Jeder legte eine rosa Nelke auf oder neben den silbrigen Metallsarg. Die drei gingen weiter und blieben an der Straße stehen.

»Mitchell, ich gehe zu Deever und rede mit ihm. Bin gleich wieder da.« Damit entfernte sich Josh.

»Adam, Sie haben einen schönen Artikel über Helene geschrieben. Vielen Dank, Sie schreiben gut.«

»Nein, ich danke Ihnen! Und das Lob von Ihnen, dem Besten, ehrt mich ganz besonders.«

»Sind Sie dienstlich hier oder als Trauergast?«

»Beides. Ich habe einen Fotografen dabei. Das Foto von Valerie Dryden und Mario Colarossi an Renata Tredanaris Grab ist von mir. Haben Sie es gesehen?«

»Ja.«

»Dazu passt für mich, dass die zwei heute abwesend sind. Sie müssten eigentlich hier sein. Ich tippe darauf, dass sie mit all den Morden zu tun haben.«

»Auch mit dem Mord an Renata?«

»Ja.«

»Passen Sie auf, was Sie schreiben. Bleiben Sie bei den Tatsachen, und denken Sie sich nichts aus. Sie wollen Colarossi doch bestimmt nicht zum Feind haben.«

»Ein Kolumnist kann seine Meinung schreiben, als Reporter muss ich mich dagegen an die Fakten halten. Dass die beiden heute abwesend waren, ist eine Tatsache. Neugierig gemacht und erregt hat mich die Sache, als ich die zwei zusammen sah.« Mitchell sah sich nach Josh um. Der sprach unter einem Baum mit Kommandant Deever.

»Spielen Sie nicht den Helden, Adam. Lassen Sie sich nicht mitreißen. Sparen Sie sich Ihre Erregung für eine schöne Frau auf. Ich habe Colarossi und Valerie getroffen und zwischen ihnen weder eine Liebesbeziehung noch eine Komplizenschaft gespürt.«

»Ich glaube, die beiden haben Arthur Dryden umgebracht. Mich braucht niemand zu schützen. Wir unterhalten uns später noch einmal über die zwei.«

»Colarossi und Josh haben ausgeschlossen, dass Valerie Dryden zu solcher Hinterlist fähig wäre. Colarossi ist es aber. Hat Valerie etwa die rätselhafte Mitteilung geschrieben? Vielleicht finden wir es nie heraus. Wir sollten uns bald einmal zusammensetzen.«

»Dann befassen Sie sich also mit der Sache?«

»Ich begebe mich an die Startlinie.«

»Großartig! Ich bin schon aufgeregt! «

Adam ging zu seinem Fotografen. Josh sprach noch immer mit Deever. Mitchell blickte sich zum Grab um, wo jetzt nicht mehr so viele Leute standen. Mrs Horatio weinte und konnte sich nicht vom Grab trennen. Der Verlust war für sie schwer zu verkraften. Als Abschiedsgeste warf sie eine Handvoll Erde in das Grab. Marlowe tat dasselbe und redete ihr dann zu, zum Wagen zurückzukehren. Zögernd wandte sie sich vom Grab ab, Marlowe umarmte sie, und beide gingen fort. In der rechten Hand trug sie die zusammengefaltete Flagge. Die Kameras klickten.

Alle Zeitungen des Landes würden dieses Foto, auf dem der CIA-Direktor die Witwe seines ehemaligen Kanzleipartners tröstete, abdrucken. Es verbesserte Marlowes Bild in der Öffentlichkeit, worauf er dringend angewiesen war. Mitchell sah, wie Deever und Josh sich händeschüttelnd verabschiedeten. Die Menschen zerstreuten sich und stiegen in ihre Autos. Josh kam besorgt auf Mitchell zu.

»Deever will einfach nicht glauben, dass ihm von irgendwoher Gefahr droht, aber er hat sich für meine Warnung und meine Sorge um ihn bedankt. Mehr können wir nicht tun. Wie kann es angehen, dass er sich keine Sorgen macht? Man könnte fast glauben, dass er mit Marlowe gemeinsame Sache macht – ein Mordkomplott.«

»Wir haben alles versucht. Jetzt hat er sein Schicksal selbst in der Hand.«

Josh und Mitchell warteten ab, bis die Witwe in ihre Limousine gestiegen war, und gingen dann zu ihrem eigenen Wagen, als jemand ihre Namen rief. Lieutenant Kenneth Mullins, der eine schwarze Krawatte trug, kam mit ausgestreckter rechter Hand auf sie zu.

»Auf ein Wort, meine Herren.« Man gab sich die Hand.

»Mitchell, vielen Dank, dass Sie und Helene diese Rätsel gelöst haben. Das war eine Spitzenleistung. Ich weiß Ihren Einsatz zu schätzen.«

»... der für Alvin Horatio aber leider zu spät kam.«

»Lieutenant Mullins«, sagte Josh, »ich habe Mitchell gebeten, sich mit der Sache zu befassen, vielleicht ein Buch über die Ereignisse zu schreiben und darüber, wie er die Rätsel gelöst hat.«

»Das freut mich.«

Mitchell erklärte: »Ich habe ein paar Theorien, die von Wert sein könnten. Möglicherweise kann ich mit Ihrer Hilfe den Mörder finden.«

»Theorien bringen bei diesen Mordfällen nichts. Ich habe aus Anhörungen und Vernehmungen endlos viele Theorien entwickelt, die zu nichts führen. Ich habe auch eine lange Liste von Verdächtigen – von allen, die am nördlichen Steg an Bord ihrer Boote übernachtet haben, als Renata Tredanari umgebracht wurde. Aber wer von ihnen hat sich in der Nacht hinausgeschlichen? Bisher haben wir immer gut zusammengearbeitet, diesmal müssen wir jedoch auf Ihre Hilfe verzichten.«

»Aber ich weiß, dass ich etwas beitragen kann.«

»Mitchell, mein Freund, diesmal nicht.«

»Wir könnten unsere Theorien austauschen«, beharrte Mitchell, enttäuscht, dass ein Freund ihn zurückwies, obwohl sie gemeinsam schon viel erreicht hatten.

Mullins machte einen ungeduldigen Eindruck. »Wenn diese Morde aufgeklärt sind, kann ich Ihnen in jeder Hinsicht entgegenkommen. Die Aufklärung dieser Taten nimmt mich sehr in Anspruch. Wenn Sie aber irgendwelche sachdienlichen Hinweise haben, bin ich ganz Ohr. Meine Telefonnummer haben Sie ja.«

Mitchell ließ dennoch nicht locker. »Sie kennen meine Erfahrung bei solchen Untersuchungen. Ich würde gern als Beobachter an Ihren Ermittlungen teilnehmen.«

Mullins überlegte eine Weile, und Mitchell glaubte schon, er hätte ihn überzeugt. »Mitchell, bei diesem Fall kann ich Sie nicht brauchen. Verstehen Sie mich nicht falsch. Ich könnte Ihren scharfen Verstand schon brauchen, aber nur zu meinen Bedingungen.«

Mitchell insistierte: »Ich habe volles Verständnis, aber es sind drei ungelöste Fälle – Sie müssen doch unter Druck stehen, sie aufzuklären? Sie haben nichts zu verlieren. Sie brauchen mir nur ab und zu eine Tasse Kaffee zu spendieren. Ich verlange wie immer kein Honorar und keine Spesen.«

Auch dieses Argument konnte Mullins nicht umstimmen: »Es kann durchaus sein, dass Sie mir irgendwann helfen können, und es freut mich, dass Sie sich Sorgen wegen des Erfolgsdrucks machen, unter dem ich stehe. Arbeiten Sie erst einmal weiter wie bisher. Die

Lösungen der Rätsel haben uns sehr geholfen und zu der Annahme gebracht, dass hier ein Serientäter am Werk ist. Sehen Sie sich weiterhin um, meine Herren. Beste Grüße an Helene.«

Enttäuscht sahen die Männer Mullins nach, der zu seinem Kollegen und den uniformierten Polizisten ging.

»Er war ja beinahe nett, Mitchell.«

»Ja, aber er braucht noch Zeit. Er wird schon kommen, Professor. Er ist auf Hilfe angewiesen. Er hat es bestimmt nicht gern, unter den Augen der Öffentlichkeit zu versagen, aber er braucht einen Anstoß, um meine helfende Hand zu ergreifen. Ich weiß, dass er schlaflose Nächte hat.«

»Und was, wenn er dich nicht fragt?«

»Dann kann ich nichts für dich tun, wie ich schon sagte, und wir wissen dann nicht, ob er derjenige ist, der Edward Marlowe deckt. Vielleicht haben die beiden gemeinsam eine Leiche im Keller.«

21

Mitchell war enttäuscht, dass Mullins seine Mitarbeit bei diesem schwierigen Fall abgelehnt hatte. Wie bei Josh und Adam Farmer keimte jetzt auch bei ihm der Verdacht, dass die Polizei absichtlich herumtrödelte. Wurde von höherer Stelle Druck auf Mullins ausgeübt, deckte er Marlowe? Sein »Hände weg davon« passte überhaupt nicht zu der früheren Zusammenarbeit zwischen ihm und Mitchell.

Mullins hatte niemanden, der dringend tatverdächtig war. Gab es im Club nicht Gerüchte über Renata Tredanaris ausschweifendes Leben? Wenn Mitglieder davon wussten, warum sagten sie nicht darüber aus – oder gab es solche Aussagen? Vielleicht hatte außer Josh niemand etwas über Renatas Affären erfahren, und Colarossi wusste nur deshalb Bescheid, weil Josh ihm davon erzählt hatte.

Aber auch Titus hatte von Liebeleien im Club gesprochen. Er musste über Renatas Lebenswandel im Bilde sein. Titus war loyal, da hatte er seine Grundsätze. Oder hatte er Angst, über die Gerüchte zu sprechen – Angst um seine Stellung oder sogar sein Leben? Stimmten die Aussagen von Marlowes Beamten, dass sie einen Teil des Nordstegs nicht hatten einsehen können? Hatten sie Marlowe gesehen und logen sie, um ihn zu decken?

Drei Menschen sind tot, und es scheint niemanden zu kümmern!

* * *

Mitchell fuhr Josh zum Club. Die zwei diskutierten über Mullins, Adam Farmer, Marlowe, die Treffen mit Colarossi und Valerie Dryden und über die drei Opfer. Und wieder redete Mitchell auf Josh ein, Mullins zu berichten, was er gesehen hatte. Josh argwöhnte, dass Mullins eventuell Marlowe deckte. Er blieb dabei, dass Colarossi oder Mitchell einen anderen Weg finden würden, Marlowe zu entlarven.

»Ohne Mullins' Unterstützung kann ich nichts erreichen«, sagte Mitchell. »So liegen die Dinge nun mal.«

»Bleib am Ball«, drängte Josh. »Du wirst einen Weg finden, da bin ich sicher.«

Nach dem Mittagessen im Club kehrte Mitchell nach Manhattan zurück.

Dort ging er die Morde, die Rätsel und die infrage kommenden Verdächtigen noch einmal durch. Da Mullins ihm die Teilnahme an den polizeilichen Ermittlungen verwehrt hatte, war Adam Farmer für ihn das einzige Licht am Ende des Tunnels. Er selbst hatte Adam wenig zu bieten, denn er konnte ihm nicht verraten, was Josh ihm anvertraut hatte.

Adam würde sich nützlich machen, indem er alle Artikel beschaffte, die seit Renatas Tod über die Vorfälle erschienen waren, und alles, was er über die Opfer, über Colarossi und über Marlowe herausfinden konnte. Mitchell musste seine Recherchen untermauern und vervollständigen.

Vielleicht konnte Adam eine frühere Verbindung entdecken, aus der sich für Mullins ein neues Tatmotiv ergeben könnte, ein neuer Gesichtspunkt, der es rechtfertigen würde, Marlowe erneut zu vernehmen. Alte Zeitungsartikel könnten verraten, was Colarossi gegen Marlowe in der Hand hatte. Colarossi hatte Geschäftsbeziehungen zu Marlowes Kanzlei – *es gibt auch Zufallstreffer.*

Was gab es noch – außer Josh, dem Augenzeugen?

22

Zwei Tage später
Freitag, 28. Juni

Marie Benetos, die seit zwölf Jahren Büroleiterin beim Eastern-Shore-Yachtclub war, schloss das Clubbüro montags bis freitags immer kurz vor 8.00 Uhr auf. Das hatte sie sich angewöhnt, um sich auf den Arbeitstag vorzubereiten und zu frühstücken, bevor die drei Büroangestellten um 9.00 Uhr eintrafen. An Wochenenden und Feiertagen war das Büro geschlossen. Marie liebte ihre Arbeit und die Umgebung, in der sie arbeitete. Jedes Jahr war ein anderes Vereinsmitglied ihr Vorgesetzter. Sie beriet ihren jeweiligen Chef und half ihm, in Verwaltungsangelegenheiten die richtigen Entscheidungen zu treffen. Im Grunde war sie ihr eigener Chef und wurde sehr geachtet.

Marie winkte den beiden Polizisten im Streifenwagen zu und fuhr auf ihren Privatparkplatz an der Ufermauer zwischen Nord- und Südsteg, etwas näher am Südsteg. Sie genoss diesen Morgen mit dem frischen Südwestwind. Am späten Vormittag würde der Himmel sich beziehen und der Wind auf Stärke 5 bis 6 auffrischen. Marie war jetzt in den Fünfzigern, seit dreißig Jahren mit einem Elektronikingenieur verheiratet und hatte drei Kinder in den Zwanzigern – eine Tochter, die noch das College besuchte, und zwei Söhne, die ihr Studium schon abgeschlossen hatten. Ein Jahr lang waren noch die Collegegebühren zu zahlen. Da die Ausbildungskosten allgemein stiegen, machte sie sich Sorgen: Würden auch ihre Enkelkinder ein College besuchen können? Weshalb war die Ausbildung so kostspielig? Was machten die Colleges eigentlich mit dem ganzen Geld? Horteten sie es? War die Verteuerung der Ausbildung nur das Vorspiel zur Verblödung Amerikas?

Im Büro trug sie saloppe, bequeme Kleidung. Hier im Yachtclub konnte sie es sich auch erlauben, bei der Arbeit Turnschuhe mit

Luftpolstersohle zu tragen, um ihre Beine zu entlasten. Sie hatte Übergewicht, und da waren die gepolsterten Schuhe nützlich.

Mit ihrem Leben wäre sie rundum zufrieden gewesen, wenn es die Morde nicht gegeben hätte. Diesen Taten waren Menschen zum Opfer gefallen, die sie kannte. Andere waren dadurch in Angst und Schrecken versetzt und das Ansehen des Clubs geschädigt worden – er war nicht mehr das unberührte Märchenland, die Insel der Seligen.

Zum ersten Mal, seit Renata umgebracht worden war, fühlte Marie sich hier nicht sicher. Der Streifenwagen am Tor und das Polizeiboot auf dem Wasser machten ihr irgendwie Angst. Marie blickte über den Hafen und atmete tief durch, bevor sie die Bürotür öffnete, die heute nicht abgeschlossen war, weil Titus vor ihr gekommen war. In der Hand ein kleines Paket haltend, steckte sie den Schlüssel wieder in ihre weiße Handtasche und trat ein. Titus Banks schenkte sich gerade einen Becher Kaffee ein.

»Morgen, Titus. Heute habe ich Streuselkuchen mitgebracht.«

»Prima. Das war schon wieder Gedankenübertragung. Soll ich eingießen?«

»Ja, bitte schwarz, ohne Zucker.«

»Weiß ich doch, brauchst du mir nicht immer wieder zu sagen.«

»Dumme Angewohnheit.«

Titus schenkte ein. »Bitte sehr, mein Liebling – extra für dich aufgebrüht. Ich muss los. Wir haben Schwierigkeiten mit der Muring Nr. 75. Darum müssen wir uns kümmern, bevor das Wetter umschlägt.«

»Was ist denn da los?«

»Sie treibt langsam aus unserem Gebiet heraus. Wir wollen nicht schon wieder der Baldwin-Marina ins Gehege kommen. Die machen uns dauernd Ärger, seit wir unser Bojenfeld vor zwei Jahren nach Süden erweitert haben.«

Marie hob eine geballte Faust: »Wachstum über alles! Geld regiert die Welt!«

»Ich muss los, aber nicht ohne Streuselkuchen.« Er schnitt sich ein Stück ab, stopfte es halb in den Mund, wischte sich den Puderzucker von den Lippen, brabbelte ein kaum verständliches »Wiedersehn« und ging. Marie legte ihre Handtasche in die untere linke

Schublade ihres Schreibtisches, schaltete die Computer ein und öffnete die Jalousien der Panoramafenster, um Ausblick auf die Landschaft und das Licht des Nordens zu haben.

Titus und sie waren die einzigen festen Angestellten des Clubs mit Leitungsfunktionen. Sie regelten die finanziellen Angelegenheiten, bezahlten Rechnungen und zogen Forderungen ein, kümmerten sich um Fragen und Anliegen der Mitglieder. Ohne die zwei hätte der Club nicht funktioniert. Die Mitglieder in den Vorstandsfunktionen wechselten regelmäßig und brachten ihre unterschiedlichen Vorstellungen ein, aber Marie Benetos und Titus Banks erhielten den geordneten Betrieb aufrecht. Sie bürgten für Stabilität und Beständigkeit.

Jetzt kam die Post. Marie zog die Gummibänder ab und verteilte die Briefe auf drei Stapel: Mitgliederpost, Rechnungen und Schecks, Allgemeines. Dabei brauchte sie bei keinem der Schreiben lange zu überlegen. Ein Brief aber ließ sie stocken:

»Oh Gott!«, murmelte sie.

Marie öffnete den weißen Umschlag im Normalformat, der an den Vorstand adressiert war, entfaltete voller böser Vorahnung das Blatt, das darin war, las es und schloss dann ihre Bürotür, damit die drei anderen Angestellten ihr Telefongespräch mit dem Kommodore nicht mithörten.

Bernard Sosnick wurde wegen des äußerst dringenden Anrufs in seiner Investmentfirma aus einer Besprechung geholt.

»Sosnick hier.«

»Bernie, hier ist Marie. Wir haben schon wieder einen Drohbrief bekommen.« Sie war den Tränen nahe. »Soll ich die Polizei anrufen, oder willst du das lieber tun?«

»Ruf du an, Marie. Ich habe eine Kundenbesprechung, die ich nicht abbrechen kann. Ruf Lieutenant Mullins an, und ich rufe dich zurück, sobald ich kann. Lies mir den Brief vor. Was steht drin? Ich kann es einfach nicht glauben!«

Bestürzt und nervös antwortete sie: »Erst einmal – der Poststempel ist aus Northport. Es könnte derselbe Absender sein. Hier steht: ›An den Vorstand – Strengen Sie sich an, und lesen Sie genau. Diesmal ist es einfach: Sie haben ihm die Orden abgenommen und die Rangabzeichen abgeschnitten. Und am nächsten Morgen wird ____ gehängt. Hochachtungsvoll, R. K.‹ Das ist alles … und noch etwas, Bernie. Der Poststempel ist vier Tage alt. Der Brief ist verspätet eingegangen. Ich hoffe, es ist nicht zu spät, das Rätsel zu lösen. Der Brief hätte mindestens zwei Tage eher hier sein sollen.«

23

Am selben Tag

Mitchell saß am Computer, als um 15.25 Uhr das Telefon klingelte. In seine Arbeit vertieft, nahm er den Hörer ab, ohne hinzusehen.

Er meldete sich mit »Ja?«

»Hier ist Lieutenant Mullins.« Mitchell horchte auf. »Der Club hat schon wieder so ein Rätsel erhalten, und ich brauche wieder Ihre Hilfe. Haben Sie ein Faxgerät?« Seine Stimme klang dringlich.

Mitchell war jetzt ganz Ohr und fragte: »Gibt es irgendwelche offensichtlichen Anhaltspunkte?«

»Für mich nicht.«

Mitchell gab seine Faxnummer durch. »Tun Sie bitte, was Sie können. Die Nachricht scheint eilig zu sein.«

»Ich mache mich sofort daran, Lieutenant.«

»Ich gebe dieses Rätsel auch an die Medien weiter. Es müsste schon in den Vorabendnachrichten kommen. Wenn es leicht zu entschlüsseln ist, haben wir die Lösung schon heute Abend. Können wir uns am Montagvormittag treffen? Jetzt bin ich damit einverstanden. Ich kann Hilfe gebrauchen, und Sie bekommen vollen Einblick. Haben Sie Zeit?«

»Mehr wollte ich ja gar nicht. Wo?«

»Um 11.00 Uhr im 2. Revier. Wissen Sie, wie man hinkommt?«

»Ich werde es schon finden.«

Mullins beschrieb den Weg. »Bis dann, ich sende jetzt das Fax.«

Als Mitchell aufgelegt hatte, sagte er zu sich selbst: »Gut so!« Er wusste, dass er die unsichtbare Wand durchbrochen hatte. Dann rief er Helene an und faxte ihr eine Kopie des Rätsels. Alicia und sie sollten sofort mit den Professoren telefonieren. Er selbst rief in der Universität New York an, ließ sich zu Josh durchstellen und faxte auch ihm eine Kopie.

»Hör zu, Professor. Ich weiß nicht, was dieses Rätsel bedeutet. Wir wissen aber beide, dass es Kommandant Deever gilt. Du musst ihn warnen. Das Wort ›Rangabzeichen‹ könnte sich auch auf einen Soldaten oder einen anderen Clubfunktionär beziehen oder auf jeden, der beim Militär war.«

»Wenn Deever nicht gemeint ist, sind unsere Hypothesen wertlos. Bleib am Apparat. Ich rufe sein Büro auf der anderen Leitung an, um Zeit zu sparen.« Josh schaltete Mitchell in die Warteschleife, wo Mozarts *Piano-Sonate Nr. 17 in D-Dur, Köchelverzeichnis 576* erklang. Die Musik brach ab: »Deever ist nicht da. Ich habe sein Büro gebeten, dich zu Hause und mich an Bord meiner Yacht anzurufen, wenn sie ihn ausfindig gemacht haben. Seine Frau ist diese Woche verreist, um ihre Mutter in Columbus, Ohio, zu besuchen. Es könnte sein, dass er das verlängerte Wochenende nutzt, um auch dorthin zu fahren. Seine Dienststelle weiß nichts davon, wird aber auch in Ohio anrufen. Schon geht das Spiel wieder von vorn los. In einer halben Stunde fahre ich hier weg. Ich rufe dich an, wenn ich irgendetwas aus dem Club höre.«

»Mullins ist jetzt bereit, sich am Montag um 11.00 Uhr mit mir zu treffen. Willst du immer noch mitkommen?«

»Endlich! Das Semester ist heute zu Ende, ich habe also Zeit. Wo?«

»Im 2. Revier. Wir treffen uns auf dem Parkplatz. Komm bitte etwas früher. Ich will nicht zu spät da sein. Jetzt ist es so weit, Professor. Die Achterbahn fährt gleich ab, und wir sitzen im ersten Wagen.«

* * *

Minuten später war Mitchell überzeugt, dass es fahrlässig wäre, Mullins zu verschweigen, dass das Rätsel wegen des Wortes »Rangabzeichen« Kommandant Deever gelten könnte. Man musste ihn auch unbedingt daran erinnern, dass die beiden vorigen Opfer in der Nacht, als Renata starb, auf Marlowes Boot gewesen waren. Weil auch Deever dabei gewesen war, konnte er das Bindeglied zu dem neuen Rätsel sein. Auch die anderen Funktionäre des Clubs konnten bedroht sein. Er rief Mullins an.

»Gute Nachrichten, Mitchell. Ihre Folgerungen aus dem Wort ›Rangabzeichen‹ sind einleuchtend. Wir werden den Kommandanten und die anderen Vereinsfunktionäre benachrichtigen und für ihren Schutz sorgen. Sagten Sie, dass Mr Trimble die Küstenwachstation schon angerufen und Deever nicht erreicht hätte?«

»Richtig. Seine Leute versuchen jetzt, ihn aufzutreiben. Wie Josh Trimble sagt, ist Deevers Frau nach Columbus in Ohio gefahren. Könnte sein, dass der Kommandant auf dem Weg ist, um sie dort zu besuchen. Wenn er mit dem Auto fährt, könnte er noch unterwegs sein.«

»Ich hoffe, Sie haben mit den Rangabzeichen Recht, denn damit haben wir wenigstens einen Ansatzpunkt. Aber lösen Sie bitte das Rätsel, damit wir sicher sind. Wenn wir es nicht schaffen, haben wir keine Ruhe mehr vor der Presse.«

»Ich habe schon mit den Nachforschungen begonnen.«

»Gut, ich hatte schon an Sie gedacht. Irgendetwas sagt mir, dass Sie den Mörder für mich finden werden.«

* * *

Die Neuigkeit vom dritten Rätselbrief platzte in den Nachrichtensendungen wie eine Bombe, und schon stand der Eastern-Shore-Yachtclub wieder im Rampenlicht.

Über die Hotline, die die Polizei eingerichtet hatte, gingen schon in der ersten halben Stunde nach der Ausstrahlung des Rätsels in den 17-Uhr-Nachrichten Dutzende richtiger Lösungen ein.

Lieutenant Mullins erfuhr die Antwort aber noch vor der ersten Ausstrahlung, als ein weibliches Mitglied des Eastern-Shore-Yachtclubs ihm die Lösung durchgab. Die Anruferin erklärte: »In die freigelassene Stelle des Zitats gehört der Name Danny Deever. Die Stelle stammt von Rudyard Kipling, der sich wohl hinter den Initialen R. K. verbirgt. Das Zitat ist aus einem Stück mit dem Titel *Danny Deever* aus Kiplings *Departmental Ditties and Barrack Room Ballads.*«

Am Ende der Nachrichtensendung wurde die Auflösung im ganzen Land bekannt gegeben, und es hieß dazu weiter: »Und Polizei wie Küstenwache versuchen jetzt, Kommandant Deever zu erreichen.« Die Anruferin mit der Lösung war Valerie Dryden.

* * *

Helene und Mitchell erfuhren die Lösung aus den Abendnachrichten. Josh rief an, dass er die Auflösung aus dem Fernsehen erfahren hätte, und fragte, ob auch Helene und Mitchell die Nachrichten gesehen hätten.

»Hoffen wir, dass die Polizei Kommandant Deever rechtzeitig findet, um ihn zu schützen. Wir haben ihn gewarnt. Ich habe ihm auf dem Friedhof zur Vorsicht geraten. Ich hätte eindringlicher und überzeugender mit ihm sprechen müssen. Er hätte auf mich hören sollen.«

»Du kannst deine Hände nicht in Unschuld waschen, Professor. Du hast dich geweigert, Marlowe anzuzeigen. Außerdem hast du Deever übel genommen, dass er gelogen hat, um Marlowe zu decken. Erkläre Mullins, dass du gesehen hast, wie Marlowe Renatas Boot verließ. Es ist höchste Zeit.«

»Nein, das kann ich noch nicht. Ich sage es ihm, wenn wir ihn treffen.«

»Dann überwinde dich und lass dich nicht von Schuldgefühlen daran hindern. Ich bin sicher, dass Mullins' Leute Deever rechtzeitig finden werden. Ruf mich an, wenn du etwas Neues hörst.«

»Ich habe beim Kommodore um Rückruf gebeten. Wenn er etwas Neues durchgibt, rufe ich dich an. Wir sehen uns auf der Polizeiwache.«

Mitchell hörte die Nachrichten um 22.00 Uhr und um 23.00 Uhr – Wiederholungen der Abendnachrichten. Man hatte Deever noch nicht erreicht, und die Polizei versuchte noch immer herauszufinden, wo er war.

Der Kommodore rief nicht bei Josh an.

Als Mitchell am Sonntag schon vor 7.00 Uhr aufwachte, las er die *Sunday New York Times.* Der Bericht stand auf der Titelseite. Dass man Deever erreicht und benachrichtigt hätte, war nicht darin erwähnt.

24

Kommandant Douglas Deever, heute in Zivil mit blauem Hemd und Khakihose, hatte seinen Wagen am Stadthafen von Northport geparkt. Dann war er zu dem Boot gegangen, das ihn zu einer Fahrt nach Norwalk in Connecticut abholen sollte, wo er mit dem Skipper zu Abend essen wollte. Nach einer etwa zweistündigen Nachtfahrt auf dem Sund wollte der Skipper ihn wieder in Northport absetzen und selbst zum Eastern-Shore-Yachtclub zurückfahren. Zu solchen angenehmen Bootsausflügen mit Abendessen war der Kommandant vorher schon einige Male eingeladen worden, allerdings waren dabei jedes Mal noch weitere Gäste an Bord gewesen. Als Deever zum Hafen kam, wunderte er sich, dass der Skipper diesmal allein war, obwohl er angekündigt hatte, dass noch jemand mitfahren würde. Deever fragte aber nicht danach und ging an Bord. Er freute sich auf die Fahrt und war froh, an diesem Abend nicht allein zu Hause zu sitzen, denn seine Frau war verreist. Mit diesem Bootseigner war er immer gern zusammen.

Nach dem Essen, kaum eine Stunde nach Beginn der abendlichen Rückfahrt, saß Deever mit hinter dem Rücken gefesselten Händen auf dem Achterdeck. Die Waffe des Bootsführers, seine scharfen Vorwürfe und giftigen Bemerkungen versetzten ihn in Angst und Schrecken. Jetzt wurde ihm unter Todesdrohungen verboten, sich von der Stelle zu rühren. Das graue Klebeband erstickte seine zusammenhanglosen Worte und jede Überlebenshoffnung. Verzweifelt betete er um ein Wunder, um irgendetwas, das diesen Wahnsinn beenden könnte. Der Skipper beobachtete Deever dann und wann, bis er mit einer blau-weißen Festmacheleine, die an einem Ende eine Schlinge hatte, an ihn herantrat. Lächelnd legte er dem Gefangenen die Schlinge um den Hals. Das andere Ende der lose durchhängenden Leine belegte er an einer Klampe auf dem Vorschiff. Dann beugte er sich ganz dicht über Deevers angstverzerrtes Gesicht und zischelte hasserfüllt: »Ich muss sie am Kopf befestigen. Beweg dich nicht von der Stelle, sonst wirst du stranguliert.« Er lachte – erst leise, dann schallend.

Sonntagmorgen, 10.00 Uhr

Auf dem Long Island Sound herrschte Dunst, die Sichtweite betrug nur zwei Meilen. Wenn die dicken Regentropfen auf das Wasser platschten, spritzten kleine pilzförmige Fontänen auf. Als der heftige Regen etwas nachgelassen hatte und zu einem gewöhnlichen Landregen geworden war, verließ das mit zwei Mann besetzte Küstenstreifenboot der Coast Guard das Bootshaus in Eaton's Neck und lief mit Sirenengeheul und Blinklicht aus der schmalen Bucht aus. Von Radar und GPS geleitet, hielt das Boot mit hoher Fahrt auf die Fahrwassertonne vor Stamford zu.

Die Besatzungen der 14 Segelyachten – hartgesottene Regattasegler – sahen das Küstenwachboot im Dunst verschwinden und fragten sich, wohin es wohl unterwegs sei. Die Segler hatten den Notruf nicht gehört, weil ihre Funkgeräte auf den vereinbarten Regattakanal geschaltet waren. 17 andere Segelboote, die für die Wettfahrt gemeldet waren, hatten wegen des schlechten Wetters abgesagt. Veranstalter der Regatta waren drei örtliche Yachtclubs, darunter auch der Eastern-Shore-Yachtclub.

Auf dem Boot der Wettfahrtleitung einigte sich Kommodore Bernard Sosnick mit Russell Durham und Cliff Lincoln, den Vertretern der anderen Clubs, die Regatta inoffiziell durchzuführen, denn die 14 Teilnehmer wollten das Rennen nicht ausfallen lassen. Die Segler trugen gelbes oder orangefarbenes Ölzeug.

Die Zeitvergütungen für die teilnehmenden Yachten waren festgelegt und die Boote in zwei Startgruppen eingeteilt. Das Boot der Wettfahrtleitung würde während der etwa vierstündigen Wettfahrt als Start-und-Ziel-Schiff vor Anker liegen bleiben. Am Ende sollte die Startlinie, eine gedachte Linie zwischen der Tonne und dem Startschiff, zur Ziellinie werden. Bis dahin wartete die Wettfahrtleitung, um die Boote beim Zieldurchgang zu zeiten.

»Die Hälfte seines Lebens wartet der Wettfahrtleiter vergebens«, zitierte Russell einen abgewandelten Soldatenspruch.

Bernard Sosnick hörte nicht zu, denn irgendetwas an der Tonne gefiel ihm nicht. Möglicherweise bildete er es sich auch nur ein. Hatte sie schon immer in diese Richtung gekrängt? Er wandte sich an Russell Durham, der zum Vorstand des Shore-Cove-Sailing-Club aus Lloyd Harbor gehörte.

»Sag mal, Russ, hängt die Tonne nicht zur falschen Seite über?«

»Wie, zur falschen Seite? Geht doch gar nicht«, antwortete Russ. Dabei zog er seine gelbe Jacke aus und sah zu der roten Tonne am anderen Ende der gedachten Ziellinie hinüber.

»Sie hängt nach Südwesten statt nach Nordosten. Wir haben aber Südwestwind und ablaufendes Wasser. Bei diesem Wind und dem Ebbstrom müsste die Tonne schräg nach Nordosten überliegen.«

»Donnerwetter, du hast Recht. Vielleicht hat sich die Kette beim vorigen Niedrigwasser irgendwo verhakt, weil sie so viel Lose hatte.«

»Das ist für diese viel befahrene Bucht eine wichtige Fahrwassertonne. Sie darf nicht unklar sein. Schlimm genug, dass die Hummerfischer ihre Hummerkästen jetzt in der Bucht auslegen, statt sich wie bisher auf die Mitte des Sundes und die Küste von Connecticut zu beschränken.«

»Wir sollten das Küstenwachboot heranrufen, wenn es auf dem Rückweg vorbeikommt. Die sollen sich das mal ansehen.«

Cliff Lincoln vom Halesite-Yachtclub kam mit Handtüchern zum Abwischen der Cockpitbänke an Deck und warf Bernard und Russell je ein Handtuch zu. Auch er meinte, dass mit der Tonne irgendetwas nicht stimmte. Beim Sprechen strich er sich über den feuchten Bart. Dann setzten die drei sich auf die abgewischten Plichtbänke und packten Butterbrote und Bierdosen aus.

»Bernie, was gibt es bei euch Neues? Hat man Kommandant Deever schon gefunden?« Bei dieser Frage hielt Cliff die *Newsday* in der Hand und zeigte auf Deevers Foto und Adam Farmers treffende Schlagzeile: »Rätselschreiber hält Yachtclub weiter in Atem«.

»Noch nicht. Die Polizei hat überall nachgesehen, wo der Kommandant nach den Angaben der Küstenwache sein konnte, aber bis jetzt – keine Spur von ihm. Man hatte angenommen, dass er zu seiner Frau nach Ohio fahren wollte.«

»Was für eine Gruselgeschichte«, meinte Russell Durham, »ein Albtraum!«

»Du sagst es. Ich habe mit einigen Vorstandsmitgliedern gesprochen. Sie sind dafür, den Club für den Rest der Saison zu schließen, wenn Deever nicht gefunden und geschützt wird. Vielleicht schließen wir schon nächstes Wochenende, am 4. Juli. Wenn nicht, könnte es sein, dass wir zu der traditionellen Gemeinschaftsfahrt zum Feuerwerk in Lloyd Harbor nur eine Handvoll Boote zusammenbekommen, obwohl normalerweise vier oder fünf Dutzend Yachten dabei sind. Vielleicht fällt auch unser Gemeinschaftstörn nach Newport aus.«

Obwohl es etwas aufgeklart hatte, blieb die Küste von Connecticut unsichtbar. Aber Cliff Lincoln sah das Küstenwachboot, dessen breiter roter Streifen sich vom grauen Hintergrund abhob.

»Da ist es, ich stoppe es.«

Er erreichte das Wachboot auf dem Notrufkanal. Es änderte den Kurs und hielt auf das Boot der Wettfahrtleitung zu.

Dicht daneben stoppte es auf und blieb mit ausgekuppelten Motoren liegen.

»Guten Morgen, Kommodore Sosnick. Ich bin Oberbootsmann Jimmy Nelson. Wie kann ich Ihnen helfen, Sir?« Er hatte Bernard im Küstenwachstützpunkt bei einer Veranstaltung kennengelernt, auf der es um Gewässerverschmutzung in der Gegend ging.

»Können Sie vielleicht die Tonne überprüfen? Sieht aus, als ob die Kette irgendwo festhängt. Die Tonne liegt zur falschen Seite über.« Jimmy betrachtete das Seezeichen und prüfte Wind- und Stromrichtung.

»Ja, die Kette ist unklar. Wir sehen nach. Ach, haben Sie schon etwas vom Kommandanten gehört?«

»Nein, Jimmy, aber ich bin sicher, dass er auftauchen wird. Die Polizei sucht noch nach ihm.«

Jimmy sah enttäuscht aus. »Auch die Küstenwache sucht ihn. Danke, wir drücken die Daumen.«

»Ich bin überzeugt, dass man ihn finden wird.«

Jimmy drehte mit dem Bug auf die Tonne zu und nahm die Fahrt weg. Der Hauptgefreite Kevin Morales beugte sich über den Bug, um mehr zu sehen.

»Jimmy, an der anderen Seite ist die Leine eines Hummerkastens festgemacht und zieht die Tonne herunter. Unglaublich.« Kevin kam nach achtern, nahm einen Bootshaken und ging damit wieder aufs Vorschiff. »Welcher Idiot macht eine Hummerfalle an einer Fahrwassertonne fest?« Er schob den Teleskopbootshaken auseinander und zog damit an der Leine. »Mann, das ist schwerer, als ich dachte. Der Kasten muss voller Hummer sein. Die Hummerfischer haben dafür Winschen. Hilf mir mal dabei, Jimmy. Ich würde den idiotischen Fischer, dem dieser Hummerkasten gehört, liebend gern ausfindig machen und vorladen lassen. Ich weiß, dass wir hier in der Gegend Hummerfischerkriege haben, aber das hier geht zu weit.«

»Halt fest, damit wir nicht wegtreiben«, rief Jimmy. Nachdem er ausgekuppelt hatte, stellte er sich hinter Kevin. »Ich hab sie, Kev.« Sie zogen die Leine so weit aus dem Wasser, dass jeder von ihnen mit beiden Händen anpacken konnte. Dann holten sie sie Hand über Hand ein, bis sie sahen, welches schwere Gewicht daran hing und an der Fahrwassertonne gezogen hatte: Es war Kommandant Deever mit der Leine um den Hals und auf dem Rücken gefesselten Händen.

25

Um 14.00 Uhr rief Josh Mitchell aus dem Club an, um zu berichten, dass man Deevers Leiche gefunden hatte. Er beschrieb den Zustand der Leiche, wie man den Toten entdeckt hatte und wie er umgebracht worden war – genau wie die verschlüsselte Botschaft es vorhergesagt hatte. Er erzählte auch, dass Valerie Dryden das Rätsel als Erste gelöst hatte. Mitchell überlegte, ob sie es vielleicht selbst geschickt hatte.

Josh spürte sein Zögern. »Willst du etwas über Valerie sagen?«, fragte er Mitchell.

»Noch nicht. Erzähl mir erst alles über Deever.«

Josh berichtete über den letzten Stand. »Die Polizei führt in Northport Vernehmungen durch und sucht dort Augenzeugen. Außerdem wird sie eine besondere Telefonnummer in Suffolk einrichten und über die Medien bekannt geben, dass jeder, der sachdienliche Hinweise geben kann, dort anrufen soll.«

»Nachdem die Sicherheitsmaßnahmen in eurem Club bereits verschärft worden sind, erweitert die Polizei ihre Suche jetzt wohl auf Northport«, vermutete Mitchell. »Professor, du musst dieser Geschichte ein Ende bereiten. Morgen musst du unbedingt bei Mullins auspacken.«

Josh zögerte. »Meine Angst ist noch schlimmer geworden. Aber jetzt, nachdem Marlowe Dryden, Horatio und Deever umbringen lassen hat, müsste die Mordserie aufhören. Er hat seine Zeugen beseitigt. Wenn er erfährt, dass ich ihn gesehen habe, bin ich ein toter Mann, und er ist alle Sorgen los. Dann komme ich gar nicht erst in den Zeugenstand.«

»Die Polizei wird dich schützen, Professor. Du musst reden, und das jetzt. Wir müssen dafür sorgen, dass er nicht mehr länger frei herumläuft.«

»Wenn wir schon theoretisieren, dann kann auch Colarossi die drei aus Rache für Renata getötet haben, weil sie gelogen haben, um

Marlowe zu decken. Dass sie etwas mit ihr hatten, kann für ihn ein zusätzliches Mordmotiv gewesen sein.«

»Wenn es so ist, Professor, dann bist du erst recht ein toter Mann, wenn du nicht den Mund aufmachst. Ich flehe dich an. Mein Gott, sei doch nicht so stur! Für die anderen ist es zu spät, aber kläre Mullins wenigstens jetzt auf. Er wird schon für deinen Schutz sorgen.«

»Aber wenn er Marlowe deckt? Mitchell, machen wir uns nichts vor: Der CIA oder der Mafia entkommt man nicht. Ob das jemals aufhört? Ich verlege mich aufs Schweigen und bin vor beiden Organisationen sicher. Mario vertraue ich, und wenn er diese drei Lügner auf dem Gewissen hat, dann verdient er dafür meine Hochachtung. Durch ihre Lügen sind die drei ebenso schuldig wie Marlowe – zur Hölle mit ihnen!«

»Dorthin hat sie schon jemand anders geschickt. Du sagst also, dass ich das Verwirrspiel mit Lieutenant Mullins morgen fortsetzen soll?«

Josh wurde unsicher. »Vielleicht auch nicht. Ich mache dich ja zum Komplizen. Ich hoffe, du bekommst keine rechtlichen Schwierigkeiten. Warten wir ab, was sich morgen ergibt.«

»Ich schätze dich wirklich sehr, Professor, aber ich bin ganz kurz davor, Mullins die Wahrheit zu sagen, um dich vor dir selbst zu schützen. Er muss für deinen Schutz sorgen. Schließlich ist der Fall öffentlich bekannt.«

»Schluss, aus, amen, Mitchell. Wir sehen uns morgen.«

Auch wenn es momentan anders schien: Mitchell war zuversichtlich, dass Josh sich zur Aussage durchringen würde, wenn er eine Nacht darüber geschlafen hätte. Dann aktualisierte er seine Aufzeichnungen.

* * *

Die Abendnachrichten und Kurzmeldungen über Deever, den Yachtclub und die weiteren Morde gaben Mitchell neuen Stoff für seine Überlegungen. Er zerbrach sich den Kopf über Josh, Colarossi, Marlowe und unterschiedliche Theorien.

Im Fernsehen sah er Lieutenant Mullins mit leicht gequältem Gesicht vor über einem Dutzend Mikrofonen stehen. Die Reporter waren in Aufruhr, weil nach vier Morden, deren Opfer alle zum Yachtclub gehörten, noch niemand verhaftet war. Mullins konnte dafür keine befriedigenden Erklärungen liefern. Alles, was er anzubieten hatte, war, dass er die Fälle ab Montag nicht mehr in der Dienststelle der Mordkommission von Suffolk draußen in Yaphank bearbeiten werde, sondern im 2. Revier an der Park Avenue, und damit näher am Yachtclub. Dann gab er die Telefonnummern bekannt, unter denen er dort bis zur Verhaftung des Mörders sieben Tage in der Woche zwölf Stunden täglich erreichbar sein würde. In der übrigen Zeit würden ihn andere Beamte vertreten.

Außer ihm waren der Bezirksstaatsanwalt, der Polizeichef und ein hoher Verwaltungsbeamter anwesend, um ihm den Rücken zu stärken und der Öffentlichkeit zu versichern, dass mit allen Kräften an der Aufklärung gearbeitet werde.

Der Bezirksstaatsanwalt lobte Mullins und die Bemühungen der Polizei, indem er erwähnte, dass man schon Hunderte von Personen vernommen habe. Er äußerte sich zuversichtlich über die Erfolgsaussichten. Der Verwaltungschef kündigte an, dass der Kreis jetzt eine Belohnung von 50 000 Dollar für Hinweise ausgesetzt habe, die zur Ergreifung und Verurteilung des Täters führen.

Mitchell stellte den Fernseher ab und kaute die Meldungen mit Helene noch einmal durch, weil er hoffte, dass ihre Überlegungen seine Theorien entweder stützen oder in eine andere Richtung lenken würden.

»Denk an das Unwahrscheinlichste«, schlug Helene vor, »an etwas, das du bis jetzt nicht ernsthaft in Betracht gezogen hast.«

»Und was soll das bitte sein?«

»Das Unerwartete, so wie damals bei dem Fall Crawford in Baltimore, bei dem sich die Lösungen aus der Vergangenheit der Beteiligten ergeben haben. Du hast doch erwähnt, dass Marlowe oder Colarossi Horatio, Deever und Dryden wegen irgendwelcher alten Geschichten umgebracht haben könnte. Wenn du über dieses Thema ein Buch schreiben müsstest, würdest du vermutlich diese Spur verfolgen, weil sie in eine neue Richtung führt. Die Beweise dürften schwer zu finden sein, aber ich denke, du solltest es trotzdem versuchen. Schaden wird es nicht.«

Mitchell verdaute ihre Bemerkungen.

»Wenn Josh Marlowe morgen auffliegen lässt, ist die Hölle los. Dann werden meine Thesen Schnee von gestern sein. Und wenn Marlowe Renata und sein Binokeltrio nicht getötet hat, gelten völlig neue Spielregeln.«

26

Am Sonntagnachmittag floh Direktor Edward Marlowe vor den Reportern aus seinem Haus und versteckte sich in seinem Büro. Dort saß er jetzt am Schreibtisch, starrte in den Abendhimmel und verglich den Tag mit seiner Karriere: Beides neigte sich dem Ende zu.

An diesem Tag brauchte Marlowe etwas Ruhe vor der Öffentlichkeit und dem ständigen Druck, dem er wegen der vier Yachtclubmorde ausgesetzt war. Dass seine früheren Kanzleipartner umgebracht, ja hingerichtet worden waren, bot einigen Stoff für die Abendnachrichten und war auch ein gefundenes Fressen für die »Abteilung schmutzige Wäsche« der Oppositionspartei. Sie nutzte das negative Presseecho auf die Morde in Marlowes Umfeld, um die Regierung in Verruf zu bringen. So geht es in Washington zu, klagte er, die Regierung soll in Misskredit gebracht und demontiert werden. Um das Weiße Haus zurückzuerobern, ist jedes Mittel recht. In der amerikanischen Politik ist alles erlaubt. Die politische Moral verfällt zusehends! Der Politiker ist heute der hässliche Amerikaner.

Wird man auch mich so nennen?

In jener Nacht wäre er nicht zu Renata an Bord gekommen, wenn sie ihn nicht angerufen hätte.

Dieser verfluchte Anruf!

Es sei wichtig, hatte sie gesagt. Es würde nicht lange dauern, nur ein oder zwei Minuten. Er hatte geantwortet, er sei beim Kartenspiel, es passe gerade nicht so gut. Ob es ein Notfall sei? Sie wiederholte eindringlich, es sei wichtig. Er solle bitte kommen, drängte sie ihn. Es war dumm von ihm gewesen, den Besuch später zu verheimlichen, obwohl er sich leicht erklären ließ. Inzwischen hatten sich die Ereignisse überstürzt, hatte sich die Lage verschärft. Er kam sich vor wie Nixon während der Watergate-Affäre.

Die Binokelspieler hatten eine Pause eingelegt. Marlowe war zur Yacht der Witwe geschlichen und hatte sich nach allen Seiten umgeschaut, um sicher zu sein, dass niemand ihn dabei sah. Es war kurz vor 2.00 Uhr nachts. Als er an Bord der CHAMPAGNE LADY kam, war die Tür nur angelehnt und der Salon dunkel.

»Hierher«, flüsterte sie.

Renata stand mit einem Champagnerglas in der Hand nackt an der Pantry, die Flasche war in der Nähe. Sie hatte einiges getrunken. Er sah ihre Nacktheit, als sie in das Dämmerlicht trat, das von der Hafenbeleuchtung in die Kajüte fiel. Nachdem er die Tür und die Vorhänge geschlossen hatte, ging er zu ihr. Es war klar, um was für eine Art Notfall es sich handelte. Dasselbe Spiel hatte sie auch früher schon mit ihm gespielt. Sie umarmte ihn und flüsterte ihm ins Ohr: »Mir war nach einem Mann zumute, und du bist der richtige.« Sie küsste ihn leidenschaftlich, und ihre Hände erkundeten seinen Körper. Sie entblößte sein erigiertes Glied, goss Champagner darüber und kniete sich dann vor ihm hin. Als sie genug hatte und Marlowe befriedigt war, stand sie auf, küsste ihn noch einmal und sagte: »Danke, Agent Marlowe. Du warst noch besser als letztes Mal, tschüss dann.« Dabei füllte sie das Champagnerglas bis zum Rand, winkte zum Abschied mit drei Fingern und ging dann auf unsicheren Beinen in ihre Schlafkajüte, wobei sie etwas Champagner verschüttete.

Lächelnd und durch den leidenschaftlichen Überfall befriedigt, folgte Marlowe ihr auf den mit Teppich belegten Stufen nach unten und ging ins Bad. Dort ordnete er seine Kleidung und strich sich mit der Hand das Haar glatt. Bevor er ging, sah er in Renatas Schlafraum hinein. Dort lag sie besinnungslos ausgestreckt mit gespreizten Beinen auf dem Rücken im Bett. Wenn sie das nächste Mal anrief, wollte er in diesen schönen Körper eindringen. Das leere Champagnerglas lag umgekippt neben dem Bett. Vom Salon aus spähte Marlowe über den Bootssteg und sah niemanden. Erst dann ging er von Bord der CHAMPAGNE LADY.

Seine Karriere wäre zu Ende, wenn die Welt wüsste, dass er in jener Nacht bei Renata gewesen war.

Dass er sie nicht getötet hatte, änderte gar nichts.

Er war dort gewesen!

Er hatte gelogen!

Es wäre besser gewesen, den Besuch einzuräumen, und dadurch seine persönliche Integrität zu wahren, statt Dryden, Horatio und

Deever zu überreden, ihn zu decken und Tatsachen zu vertuschen. Dryden und Horatio hatten nicht gezögert, für ihren ehemaligen Sozius und für den Ruf der Kanzlei zu lügen. Deever aber hatte Bedenken gehabt und Marlowe geraten, den Besuch zuzugeben und seine Unschuld zu beteuern. Er hatte Sex mit ihr gehabt – na und? Beide waren unverheiratet – es war kein Skandal. Deever hatte versucht, ihn zur Vernunft zu bringen. Jetzt wünschte Marlowe sich, er hätte auf ihn gehört.

Marlowe hatte lange gebraucht, um sich in diese herausragende, verantwortungsvolle Position hochzuarbeiten – im Interesse seines Landes und seiner Karriere.

Ich war einfach dumm!

Marlowe konnte sich nicht vom Club fernhalten. Er musste der Krise weiterhin die Stirn bieten. Das 4.-Juli-Wochenende verbrachte er immer im Club. Das wollte er auch in diesem Jahr so halten, und zwar in Begleitung der befreundeten Anwältin Clair Roseman. Er dachte jetzt sogar daran, sie zu heiraten. Eine Heirat würde die öffentliche Meinung beschwichtigen, falls herauskommen sollte, dass er Renata in der folgenschweren Nacht besucht hatte. Er glaubte, die Öffentlichkeit und die Medien würden ihn als soliden Ehemann gnädiger behandeln und ihm das Vergangene nachsehen. Von seinen politischen Gegnern war das aber nicht zu erhoffen. Wie sollte er sich schützen? Deever und die ehemaligen Kanzleipartner waren tot. Sie konnten niemandem mehr verraten, dass sie gelogen hatten, um ihn zu decken. Solange er den Mund hielt, würde er den Sturm abwettern können, der sich erst legen würde, wenn die verdammte Polizei Renatas Mörder gefunden hatte!

Marlowe wusste, dass seine drei Binokelspieler die Einzigen waren, die von seinem Besuch bei Renata wussten.

Aber er wusste nicht, dass er beim Verlassen der Yacht von Josh Trimble beobachtet worden war – und von anderen.

27

Montag

Um 3.00 Uhr morgens wachte Titus Banks auf der Couch in seinem Clubhausbüro auf, weil er ein menschliches Bedürfnis verspürte. Nachdem er um Mitternacht den Fährdienst zu den an Bojen liegenden Yachten eingestellt hatte, war er in die Bar gegangen und hatte dort bis 2.00 Uhr morgens mit mehreren Clubmitgliedern und Warren Moss, dem Barkeeper, über das Deever-Rätsel und die Morde diskutiert. Dabei wurde reichlich Bier getrunken – deshalb sein frühes Erwachen.

In anderen Nächten weckten ihn Panikträume.

Titus saß auf der Bettkante und hielt sich den Kopf, um das betäubende Dröhnen zum Schweigen zu bringen. Schließlich stand er auf und stolperte schlaftrunken zur Tür. Im Dunkeln tastete er sich zur Herrentoilette. In der Eingangshalle stieß er an den Schaukasten mit Vereinsutensilien: unterschiedliche Clubhemden und Blazer, Bücher, Vereinsstander und Anstecknadeln mit den Farben des Clubs. Das Restaurant war geschlossen, und außer ihm war niemand in dem dunklen Gebäude. Als er vor dem Urinal stand, ergriff ihn schon wieder die allzu bekannte Panik. Mit gespannter Aufmerksamkeit lauschte er nach ungewöhnlichen Geräuschen.

Nichts. Er atmete auf und sagte sich, dass ihm nichts geschehen würde. Er war sicher. Er musste nur sein Wissen für sich behalten. So, wie er es bisher getan hatte. Außerdem beschützte ihn auch heute Nacht die draußen wachende Polizei. Die Anwesenheit der Beamten war beruhigend, selbst wenn sie die anderen nicht hatten schützen können.

Titus legte sich wieder auf die Couch, war aber zu überdreht, um gleich wieder einzuschlafen. Da er die Angst fürs Erste besiegt hatte, stand er auf und zog sich an, um einen Spaziergang entlang der Uferbefestigung beim Südsteg und bei der Bootstankstelle zu machen. Er brauchte frische Luft, um die bösen Gedanken und den Kater zu vertreiben.

Die Nacht war sternenklar, windstill und ruhig. Man hörte nur das leise Geplätscher der Wellen an den Booten, die zu Hunderten im Yachthafen lagen. Im Süden zeichneten sich nur noch die Umrisse der Hafenanlagen im Licht der Straßenlampen ab, die übrige Beleuchtung war längst abgeschaltet. Am Nordsteg hielt das Polizeiboot Wache, es hatte am äußersten Liegeplatz festgemacht. Die beiden Beamten auf dem Boot und die zwei im Streifenwagen am Tor trugen zu Titus' Sicherheit bei. Ein Paar Autoscheinwerfer bewegten sich auf der West Shore Road nach Norden, bis sie nach einer Westkurve hinter dem Hügel verschwanden.

Um sich abzulenken, ging Titus in Gedanken durch, was am langen Wochenende nach dem 4. Juli zu tun sein würde. In diesem Jahr fiel der 4. Juli auf einen Donnerstag. Titus war sich so gut wie sicher, dass fast alle Mitglieder wegbleiben würden, doch er hielt es für seine Pflicht, sich und seine Mitarbeiter auf den größtmöglichen Andrang vorzubereiten.

Titus ging auf der Aluminiumrampe zum Tankstellenponton und überzeugte sich, dass das Fährboot richtig festgemacht war. Ein Platschen ließ ihn zusammenschrecken. Er drehte sich rasch um, konnte aber nichts entdecken. Trotzdem schlug ihm das Herz bis zum Hals. Wahrscheinlich nur ein springender Fisch – so beruhigte er sich.

Danach ging er zum südlichen Steg, ständig auf der Hut, ob irgendwoher Gefahr drohte – etwa ein plötzlicher Angriff. Er bemerkte nichts Beunruhigendes und prüfte, ob die Tür des Hafengebäudes abgeschlossen war. Dann blickte er sich dorthin um, wo er das beunruhigende Platschen gehört hatte. Aber er konnte nichts Bedrohliches erkennen.

Titus überlegte es sich anders, schloss die Tür auf, ging, ohne Licht zu machen, hinein und blickte aus dem Fenster zum Eingangstor. Ein Polizeibeamter näherte sich. Titus trat hinaus, um sich zu erkennen zu geben. Der Beamte erkannte ihn, winkte ihm zu und kehrte zum Streifenwagen zurück. Titus entschuldigte sich, dass er der Polizei vor seinem Spaziergang auf dem halbdunklen Gelände nicht Bescheid gesagt hatte. Dann kehrte er ins Hafengebäude zurück und sah aus dem Fenster zum Nordsteg. Vergangene Bilder standen ihm vor Augen.

Plötzlich war die Angst wieder da. Je länger er die Bilder sah und je länger er schwieg, desto schlimmer wurden die Symptome. Titus Banks war so verschreckt, dass er beinahe zitterte.

Und nach all den Morden hatte er wirklich Grund dazu. In einigen Nächten hatte er zu Hause in Northport auf dem Fußboden gelegen und sich wie ein Embryo zusammengekrümmt, um sich zu beruhigen. Dass man Kommandant Deevers Leiche gefunden hatte, war eine zusätzliche Belastung. Wie sicher war er auf diesem Gelände, das er so liebte, das aber jetzt zum Schlachtfeld geworden war? Auch er konnte zum Opfer werden, daran konnte die Polizei nichts ändern. Er verschloss die Tür. Dann begann er wieder zu zittern.

Dass er zu viel wusste, ließ ihn nicht zur Ruhe kommen. Titus versuchte, die düsteren Gedanken und Gefühle zu vertreiben. Immerhin hatte ihn in jener Nacht niemand gesehen.

Niemand wusste, dass er danach schlaflos aus dem dunklen Fenster des Hafengebäudes hinausgesehen hatte.

Niemand wusste, dass er Zeuge dessen geworden war, was sich in der tödlichen Nacht an und auf Renatas Yacht ereignet hatte.

Es wusste auch niemand, dass er Renata Tredanaris Mörder kannte.

28

Um 10.50 Uhr traf Mitchell beim 2. Revier ein, stellte seinen Wagen auf dem Besucherparkplatz ab und sah sich nach Josh um, der noch nicht da war. Auf dem Parkplatz für die Privatwagen der diensthabenden Beamten standen mehrere Dutzend Fahrzeuge. Die Polizeiwache betrieb auch eine lebhafte Öffentlichkeitsarbeit mit Vorträgen über Kriminalität und Prävention vor Bürgervereinigungen, Schulklassen, Seniorengruppen, Elternvereinen und anderen Zuhörern.

Mitchell wollte bei seinem ersten Treffen mit Mullins auf keinen Fall zu spät kommen. Ungeduldig rief er die COYOTE an. Pünktlichkeit war für ihn eine selbstverständliche Art von Höflichkeit. Manche Menschen nahmen Verspätungen übel. Warum sollte man bei Mullins so etwas riskieren?

Dass Josh sich am Telefon meldete, war eine ärgerliche Überraschung.

»Warum bist du noch dort? Ich bin aus der Stadt rechtzeitig hierher gekommen«, schimpfte Mitchell.

»Tut mir leid, Mitchell, tut mir leid, aber ich kann es nicht. Ich habe viel darüber nachgedacht, aber jetzt habe ich kalte Füße bekommen.«

»Verdammt noch mal, Professor! Das darf doch wohl nicht wahr sein. Ich hätte schwören können, dass du redest.« Aufgebracht fügte er hinzu: »Ich bin sehr unglücklich über deine Entscheidung. Ringsum sterben Menschen, und du sitzt einfach da und siehst zu.«

»Ich kann es einfach nicht, Mitchell. Ich kann mich nicht dazu durchringen. Es tut mir leid.«

»Ich rufe später wieder an, Professor.« Verärgert, tief enttäuscht und niedergeschlagen drückte er den roten Knopf seines Handys.

Nach einem Blick auf die Uhr eilte er in die Polizeiwache, wo er ein Chaos wie in einer New Yorker Polizeistation erwartete. Die Ruhe auf dem Revier erinnerte ihn daran, dass es hier in den Vororten nicht so viel Kriminalität gab. Er fragte die Beamtin am Empfangstresen nach Lieutenant Mullins, mit dem er für 11.00 Uhr verabredet sei. Die attraktive Polizistin fragte bei Lieutenant Mullins nach, dann winkte sie einen Kollegen heran.

»Harry, bitte bringe diesen Herrn zum Büro von Lieutenant Mullins.« Zu Mitchell sagte die Beamtin dann: »Sie müssen sich bitte in das Wachbuch eintragen.« Sie reichte ihm einen Stift, und Mitchell trug sich ein. Harry führte ihn in den Ostflügel des Gebäudes zu einer offenen Tür, auf der BESPRECHUNGSRAUM stand.

Mullins, der an dem langen Konferenztisch arbeitete, stand auf, als Mitchell eintrat. An den Wänden hingen Computerlisten mit den Namen von Clubmitgliedern und Verdächtigen, Zeitungsartikel und eine Wandtafel mit Namen, die Mitchell nur zum Teil kannte. In der Ecke stapelten sich ungeöffnete Kartons – ein Zeichen, dass hier gerade jemand eingezogen war.

»Das ist jetzt die Zentrale für die Bearbeitung der Yachtclubmorde. Wie geht es Ihnen?« Dabei trat Mullins mit ausgestreckter Hand auf Mitchell zu. »Ich freue mich, Sie hier zu sehen. Nett, dass Sie gekommen sind. Bitte nehmen Sie Platz.« Dabei zeigte er auf einen Stuhl gegenüber der Wandtafel. »Kann ich Ihnen ein Mineralwasser anbieten? Oder einen Kaffee?«

»Nein danke, nicht nötig.«

Mitchell schüttelte Mullins die Hand und setzte sich. Der Kriminalbeamte schloss die Tür.

»Sie hatten ein schlimmes Wochenende, Lieutenant.«

»Es ist die schlimmste Woche meines ganzen Berufslebens gewesen. Wenn wir eine Belohnung aussetzen müssen, ist das ein Zeichen, dass es schlecht steht.« Er stand an der Tafel. »Und es kommt noch schlimmer. Wegen Deever und Marlowe werden heute Nachmittag Bundesbeamte eintreffen, um sich in die Ermittlungen einzuschalten. Die werden nicht so zurückhaltend sein wie unsere Leute, und sie werden auf Verhaftungen drängen, mit oder ohne dringenden Tatverdacht – etwas Hokuspokus, um ihre Wichtigkeit zu beweisen und die Öffentlichkeit zu beruhigen. Ich werde Ihnen jetzt einen Überblick über unsere bisherigen Erkenntnisse geben. Danach erläutern Sie mir Ihre Überlegungen und Theorien. Es ist natürlich alles vertraulich, einverstanden?«

»Ja.«

»Und bitte keine Notizen.«

»In Ordnung.«

»Haben Sie ein gutes Gedächtnis?«

»Ich habe da oben genug Gigabytes, um alles zu behalten, was ich von Ihnen erfahre.«

»Fangen wir also an. Ich beginne mit Renata Tredanari.« Er hakte ihren Namen auf der Tafel ab. Auf einem Teil der Tafel stand etwas über Renata. Mitchell zeigte auf das Wort MESSER. Das Messer war ein gewöhnliches Steakmesser mit Wellenschliff aus einem Satz von sechs Stück und gehörte nicht zu der Messergarnitur von Renatas Boot. Der Mord war also geplant. »Es gibt weder Fingerabdrücke am Messer noch brauchbare Abdrücke an ihrem Körper, nur Schmierspuren. Wir haben zwar Fingerabdrücke aus der Kajüte, können sie aber niemandem zuordnen. Sie könnte ihren Mörder gekannt haben, denn es gibt keine Einbruchs- oder Kampfspuren an Bord. Neben ihr lag ein umgekipptes Champagnerglas. Die nur geringe Menge Champagner auf dem Bettlaken bedeutet, dass sie den Rest ausgetrunken hatte. Ihr Blutalkoholgehalt war hoch. Ich verrate Ihnen jetzt ein Geheimnis, damit Sie uns helfen können – nicht nur bei der Auflösung der Rätsel. Nicht hundertprozentig, vielleicht aber zu 95 Prozent.« Dabei lächelte er. »Diese Angaben werden Ihnen bei Ihren Überlegungen helfen. Wie Sie schon auf dem Friedhof sagten, habe ich nichts zu verlieren. Sind Sie bereit?«

»Ja.«

»Im Gegensatz zur Öffentlichkeit und zu den Medien wissen wir, dass in Renatas Tod *zwei* Männer verwickelt sind.«

29

Zwei Männer! Josh hatte nur zur Hälfte Recht!
Mitchell hatte ein ernstes Problem. Er durfte Josh nichts davon erzählen. Und wenn Colarossi der zweite Mann war? Wie sollte Josh sich dann allein schützen?

Ich muss es ihm sagen!

»Und noch einmal: Diese Information muss unter uns bleiben«, fügte Mullins hinzu.

»Dann geben Sie doch öffentlich bekannt, dass Sie zwei Täter suchen. Vielleicht verliert einer der beiden die Nerven und meldet sich als Kronzeuge«, schlug Mitchell vor, um an dem Verschwiegenheitsversprechen vorbeizukommen.

»Vorläufig halten wir diese Tatsache noch als Trumpfkarte zurück, bis wir einen von beiden überführen können. Es gibt nicht die einzig richtige Lösung, man muss immer vieles abwägen. Wir haben uns aufs Warten verlegt. Diese Entscheidung hat der Bezirksstaatsanwalt gemeinsam mit dem Polizeichef getroffen.«

»Könnte es sein, dass die beiden Marlowe decken? Wenn zwei Männer beteiligt sind, steigt die Wahrscheinlichkeit, dass Marlowe dabei ist.«

»Ich bin mit der Ermittlungsstrategie einverstanden und schütze Marlowe auf keinen Fall.« Mullins zeigte mit dem Finger auf die DNA-Analysen. »Die Spermaspuren im Mund und in der Scheide stimmen nicht überein. Marlowes Leibwächter haben ausgesagt, dass sie niemanden gesehen hätten. Die anderen drei Opfer spielten auf Marlowes Yacht Binokel. Sie haben alle bestätigt, dass niemand vom Spieltisch aufgestanden und von Bord gegangen sei.«

Er zeigte auf einen Computerausdruck. »Hier sind die weiteren Hauptverdächtigen – die Leute, die am Nordsteg an Bord ihrer Boote übernachtet haben: Mario Colarossi, Unternehmer – Valerie Dryden, Lehrerin und seit Kurzem Witwe, mit ihren beiden Töchtern – Wallace und Lorene Grant, Vorsitzende der Damenabteilung des Clubs – Josh Trimble und Dr. Charles Chu mit Ehefrau, beides Herzspezialisten am St.-Francis-Krankenhaus. Auch Mr und Mrs Robinson, denen eine Werbeagentur gehört, und der Kapitalanleger Matthew DiBiasi gehören dazu.«

Beim Reden ging Mullins nachdenklich auf und ab. »Sie könnten mir helfen, indem Sie sich als Schriftsteller im Club umhören. Vielleicht erzählt ja jemand etwas. Wenn wir Renatas Mörder finden, könnten wir erfahren, warum die anderen drei Opfer umgebracht wurden. Eine andere Möglichkeit besteht darin, dass sie mit einem der beiden Besucher Geschlechtsverkehr gehabt hat und dass er dann gegangen ist. Der zweite Besucher ist erst danach aufgetaucht, hat sie verführt oder vergewaltigt und dann umgebracht. In diesem Fall wäre der erste Besucher kein Mörder und, da er sie nicht vergewaltigt hat, überhaupt nicht strafbar.«

Mullins zeigte auf das Wort OPFER an der Tafel, um dann die Mordmethoden, ihre Ähnlichkeiten und Übereinstimmungen zu erläutern. »Was schließen wir daraus? Das Täterprofil deutet nicht auf einen dieser wahnsinnigen Serienmörder hin, deren Namen ich gar nicht aussprechen kann, ohne dass mir schlecht wird. Ich bin sicher, Sie haben von diesem Abschaum auch schon gehört.«

»Leider ja.«

»Tötet unser Täter aus Rache? Wenn wir Renatas Mörder finden, könnten auch die übrigen Dominosteine fallen.«

»Hört sich folgerichtig an«, sagte Mitchell, der den Gedankengängen aufmerksam folgte.

»So, wie Deever, Horatio und Dryden ums Leben kamen, würde fast jeder Außenstehende Marlowe und Colarossi verdächtigen. Beide hätten die Macht, die drei umbringen zu lassen. Aber warum? Das erkläre ich später. Habe ich die beiden verhört? Ja. Kann ich sie festnehmen? Nein. Die Presse hat mir vorgeworfen, nicht tatkräftig genug zu ermitteln. Ich habe aber nicht vor, jemanden zu vernichten, wenn ich kein ausreichendes Beweismaterial habe. Ich verfolge jede Spur.

Colarossi und Valerie Dryden habe ich noch einmal vorgeladen, nachdem ich sie auf dem Foto in der *Newsday* gemeinsam an Renatas Grab gesehen hatte. Warum gemeinsam? Ihre Anwälte wiesen darauf hin, dass ich kein Recht hätte, die beiden festzuhalten. Ich erzähle Ihnen jetzt etwas über den feinen Mr Colarossi. Wir kennen seine Geschäfte, wissen, wie sie zusammenhängen und wer seine Geschäftspartner sind. Nach außen hin ist alles legal. Marlowe war sein Anwalt gewesen. Wussten Sie das?«

»Josh Trimble hat mir ein paar Hintergrundinformationen gegeben.«

»Ich sage Ihnen, Mario ist ein mächtiger Mann in der organisierten Kriminalität.« Mullins wartete auf eine Reaktion. »Sie sind nicht überrascht?«

»Der Pate von Long Island, wie ich gehört habe.«

»Er ist mit den ›Familien‹ von Brooklyn und Queens verbunden, ist ihr Vertreter auf Long Island. Ich hoffe, dass er mit den Yachtclubtragödien zu tun hat, sodass ich ihn dingfest machen kann. Seine blütenweiße Weste und die Maske des mildtätigen Millionenspenders kotzen mich an.«

Mitchell dachte an Josh. »Glauben Sie, dass Colarossi der Täter ist?«

»Ich wünsche es mir. Ist schon Schluss mit den Morden? Wer weiß?«

»Ich vermute, es ist Schluss.«

»Wirklich?« Überrascht setzte Mullins sich hin. »Woraus schließen Sie das?«

»Meine Hypothesen setzten voraus, dass es nur einen Mörder gibt, nicht zwei. Aber irgendetwas Gemeinsames aus der Vergangenheit könnte Colarossi und Marlowe dazu gebracht haben, Horatio, Dryden und Deever zu beseitigen und den Mord an Renata Tredanari dazu zu benutzen, alle Taten einem Serienmörder in die Schuhe zu schieben. Haben die beiden eine gemeinsame Vergangenheit? Irgendetwas, wobei die Küstenwache vielleicht mit der Anwaltskanzlei und mit Colarossis Firmen zu tun hatte? Es muss so etwas geben.«

Mullins dachte angestrengt nach, nickte und lächelte. »Sehr schlau von Ihnen, die Coast Guard ins Spiel zu bringen. Sie spielen kriminalistisch in der Oberliga, Mitchell. Diese Erkenntnisse hängen hier noch nicht an der Wand. Es gibt da tatsächlich eine alte Geschichte. Ich habe keine hinreichenden Verdachtsmomente gefunden, um die heutigen Morde mit der Vergangenheit in Verbindung zu bringen. Vielleicht diente Renatas Tod nur als Tarnung. Ich hole die Akte. Nehmen Sie sich Kaffee, ich bin gleich zurück.« Er stand auf und ging hinaus.

Mullins' Offenheit beeindruckte Mitchell. Das Gespräch lief gut, besser als erwartet. Er stand auf und las die verschiedenen Papiere, die an der Wand hingen. Alles außer Mullins' Eröffnung über die unterschiedlichen Spermaspuren in Renatas Leiche war zweitrangig. Die schockierende Enthüllung, dass zwei Männer beteiligt waren, zwang zur Neubewertung der Hypothesen.

Zu den Aushängen gehörte eine Liste der Yachtclubmitglieder und -angestellten mit polizeilichen Anmerkungen. Bei jedem Namen stand ein langer Absatz: Dauer der Mitgliedschaft, Verbindungen zu den Opfern, Nordsteg, Südsteg oder Bojenliegeplatz und Einschätzungen der vernehmenden Beamten über Schuld oder Unschuld. Daneben hing der Lageplan des Yachthafens mit den Nummern der Liegeplätze, den Boots- und Eignernamen. Rote Punkte kennzeichneten die Bootsliegeplätze der Opfer, blaue die Liegeplätze der Hauptverdächtigen. Die Namen der in Northport wohnenden Mitglieder waren rot unterstrichen. Mitchell wusste, dass die Rätselbriefe in Northport abgestempelt waren. Dort hatte auch Deever das Boot bestiegen, auf dem er den Tod fand. Rot unterstrichen waren auch die Namen Mario Colarossi und Titus Banks.

Mullins kam mit einem grünen Ordner zurück, schloss die Tür, setzte sich und sagte: »Das hänge ich später auf.« Er ordnete den Inhalt der Mappe.

»Vor mehreren Jahren gab es Ermittlungen, in die Colarossi und Marlowe verwickelt waren. Damals wurden Colarossis Firmen von Marlowe, Dryden und Horatio vertreten. Das Bundesrecht sieht vor, dass jeder Einzelstaat für die ordnungsgemäße Entsorgung schwach radioaktiver Abfälle zuständig ist. Das sind Material, Geräte und Kleidungsstücke, die in Krankenhäusern, Forschungseinrichtungen, aber auch in Atomkraftwerken radioaktiver Strahlung ausgesetzt waren.

Solche schwach radioaktiven Abfälle wurden bis dahin immer nach Barnwell, South Carolina, transportiert. Die dafür vorgesehene Deponie war aber sechs Monate lang geschlossen, was auch die Beseitigung strahlender Abfälle aus Long Island behinderte. In diesen sechs Monaten nutzten skrupellose Müllkutscher die Gelegenheit, solche Abfälle illegal zu beseitigen. Dabei ging es um viele Tonnen Abfall und viele Millionen Dollar.

Der Bedarf ist so groß, dass einige Bundesstaaten bereit sind, jeder Gemeinde, die ihnen den strahlenden Müll abnimmt, Millionen zu zahlen. Das ist aber nach wie vor ein schwieriges Geschäft. Inzwischen hat sich die Bundesregierung der Sache angenommen und plant eine Deponie in einem abgelegenen Teil von Nevada.

Was geschah nun mit dem radioaktiven Müll, der sich in den sechs Monaten angesammelt hatte? Colarossis Entsorgungsfirma wurde vorgeworfen, den Abfall in der Nähe von Stamford, Connecticut, in den Long Island Sound gekippt zu haben. Dort befindet sich eine alte Verklappungsstelle der Armee, die nicht mehr benutzt wird. Fischer hatten in der Gegend Unmengen toter Fische bemerkt. Auch die Strände von Huntington waren mit toten Fischen übersät.

Colarossi besitzt auch Müllschuten. Ihm wurde vorgeworfen, dass er die gefährlichen Abfälle nachts mit seinen Schuten verklappen ließ. Manche glaubten, dass er das Zeug mit seinen eigenen Müllwagen an Bord der Schuten bringen ließ.

Colarossis Anwälte wiesen alle Verdächtigungen zurück. Zwei Seeleute, die auf den Schuten fuhren, kamen auf mysteriöse Weise ums Leben – angeblich war es Unfalltod durch Ertrinken. Ich glaube, dass Colarossi sie als Zeugen beseitigen lassen hat. Die Ermittlungen wurden von der Küstenwache geführt. In einem sehr ausführlichen und genauen Ermittlungsbericht stellte die Küstenwache als Ursache des Fischsterbens eine übermäßige Stickstoffbelastung des Wassers fest. Diese Belastung bestand im Westteil des Sundes damals aufgrund übermäßiger Abwassereinleitung durch die dortigen bevölkerungsreichen Städte. Die Coast Guard konnte in den toten Fischen keine radioaktiven Teilchen nachweisen, wohl aber Strahlungsspuren. Die Strahlung ließ sich jedoch nicht auf eine bestimmte Quelle in der Nähe von Stamford zurückführen. Wegen dieses Ermittlungsergebnisses kam es nicht zur Anklage.

Zeugen haben allerdings die mit dem Namen der Firma beschrifteten Schuten in der Gegend gesehen. Das Verklappen selbst haben sie jedoch nicht mitbekommen, weil die Müllschuten dazu nur in mondlosen Nächten oder bei trübem Wetter hinausfuhren. Als die

Deponie in South Carolina nach sechs Monaten wieder öffnete, gingen Colarossis Geschäfte weiter wie vorher.

Die Verbindung zwischen dieser Geschichte und der Gegenwart könnte darin bestehen, dass die Anwälte – Marlowe und seine Partner – wussten, dass Colarossi Dreck am Stecken hatte – radioaktiven Dreck – und dass sie ihn gedeckt und vor den strafrechtlichen Folgen geschützt haben. Aber wie kann ich dieses Zusammenwirken beweisen? Überhaupt nicht. Eine weitere Tatsache bildet ein starkes Bindeglied zwischen Vergangenheit und Gegenwart: Die Ermittlungen der Küstenwache wurden seinerzeit von einem gewissen Douglas Deever, damals erst im Rang eines *Captain*, geleitet.«

30

Mullins drehte den Ordner um und zeigte Deevers Unterschrift.

»Das könnte erklären«, sagte Mitchell, »weshalb Deever befördert und Kommandant der Station Eaton's Neck wurde. Vielleicht hat Marlowe nachgeholfen, dass Deever hierher versetzt wurde. Die Vergangenheit wurde durch eine enge Freundschaft abgesichert. Wir legen Colarossi oder Marlowe zur Last, die Clubmitglieder getötet zu haben.«

»Aber ohne Geständnis kann ich es nicht beweisen. Ganz gleich, was Sie herausfinden – es kann uns nur weiterbringen.«

»Als erste Waffe können wir Adam Farmer einsetzen – die Macht der Presse! Ihr Gegenspieler kann sehr wichtig für unsere Sache sein.«

»Ach, dieser Racheengel. Sagen Sie ihm doch, dass ich nicht der Feind des Volkes bin.«

»Er ist noch jung. Möglicherweise kennt er die Vorgeschichte nicht. Nehmen Sie diese alte Sache von der Geheimhaltung aus. Erlauben Sie mir, ihn darauf aufmerksam zu machen, damit er einen Artikel darüber schreibt, die Vergangenheit wieder heraufbeschwört und damit etwas Druck auf die Täter ausübt.«

»Gute Idee. So ein Artikel könnte nicht schaden. Holen Sie den Mann ins Boot.«

»Kann ich eine Kopie der Akte haben?«

»Nein, nicht bevor der Fall gelöst ist. Adam Farmer hat ein Archiv zur Verfügung. Die *Newsday* hat damals über die Sache berichtet. Das liegt zwar eine Weile zurück, ist aber öffentlich zugänglich. Er kann seinem Bericht jede beliebige Tendenz geben, indem er auf die ›gut unterrichteten Kreise‹ verweist, die immer dafür herhalten müssen.«

* * *

Mitchell verließ das Polizeirevier mit gemischten Gefühlen. Er gehörte jetzt als Beobachter zu Mullins' Mannschaft und hatte Zugang zu allen neuen Erkenntnissen. Er hatte von zwei neuen Tatverdächtigen für den Mord an Renata erfahren und seine Theorie bestätigt bekommen, dass drei Menschen wegen ihrer gemeinsamen Vergangenheit sterben mussten. Es gab eine Vorgeschichte. Da schien es nur logisch, dass Deever mit Versprechungen bestochen und bei der Stange gehalten worden war. Nachdem Marlowe CIA-Direktor geworden war, hatte er vermutlich Deevers Karriere gefördert. Zwei von Colarossis Seeleuten waren unter ungeklärten Umständen ertrunken. Mitchell glaubte, dass Colarossis Schergen sie als Zeugen ausgeschaltet hatten. Hatte Colarossi Dryden, Horatio und Deever umgebracht und Renatas Tod als Kulisse benutzt? War er der Rätselschreiber?

Die andere Hauptfigur in dem Strahlenmüllskandal war Marlowe. Mitchell fragte sich, ob Colarossi Marlowe umbringen lassen würde, damit die alte Geschichte ihn nicht einholte. Würde Colarossi tollkühn genug sein, den CIA-Direktor zu töten?

Drohte Josh Gefahr von Colarossi? Mitchell startete seinen Wagen und rief die COYOTE an. Josh meldete sich.

»Professor, wir müssen uns nachher treffen.«

»Ich bin den ganzen Tag hier. Wie ist es mit Mullins gelaufen?«

»Du erfährst alles, wenn wir uns sehen. Erst einmal muss ich zu Adam Farmer. Danach komme ich in den Club. Bis dann.«

Er legte auf, verließ den Parkplatz des Polizeireviers, fuhr nach Süden zur Schnellstraße und rief Adam Farmer an.

»Nette Überraschung, Mr Pappas. Wie geht es Ihnen?«

»Ausgezeichnet, Adam. Ich habe Informationen für Sie. Ich komme gerade von einem Treffen mit Lieutenant Mullins. Sie werden froh sein, dass ich zuerst mit ihm gesprochen habe. In etwa 20 Minuten kann ich bei Ihnen sein. Ist Ihnen das recht?«

»Das ist großartig. Sie können auf dem Parkplatz an der Pinelawn Road parken. Bis dann.«

Irgendetwas störte Mitchell, als er über Mullins' Worte nachdachte. Das Gefühl verstärkte sich noch, als er an der Wolf Hill Road vorbeikam. In seinem Kopf wirbelten die Gedanken wild durcheinander wie die roten und schwarzen Zahlenfelder beim Drehen einer

Roulettescheibe. Als die Scheibe mit dem letzten Klicken stehen blieb, kam ihm ein erschreckender Gedanke.

Mitchell näherte sich auf der Long-Island-Schnellstraße der Ausfahrt zur Pinelawn Road und zur Route 110. Seine Gedanken kreisten um das, was die Roulettescheibe ihm verraten hatte.

Das darf nicht sein! Die Scheibe muss noch einmal gedreht werden!

Er musste zu Josh!

31

Mitchell rief Adam erneut an und erklärte, dass er erst gegen Abend kommen könne. Es habe sich etwas Wichtiges ergeben. Dann fuhr er auf der Pinelawn Road nordwärts zur Route 110 – New York Avenue – und weiter in Richtung Huntington. Dabei kam er an der Walt Whitman Mall vorbei, die nach dem berühmten Dichter benannt war, der in der Gegend gelebt hatte. Aber Mitchell hatte keine Zeit für Gedanken an Whitmans Dichtung. Er wollte schnell zum Club. Dort angekommen, parkte er am Nordsteg und ging die Rampe hinunter. Jetzt, am ersten Werktag der Woche, war es ruhig im Yachthafen. Lediglich die laufenden Arbeiten wurden verrichtet. Der neue Steg würde bald fertig sein, gerade wurden die letzten Pfähle gesetzt.

Als er sich der COYOTE näherte, hoffte er noch immer, dass er sich irrte, und versuchte, trotz höchster Erregung die Ruhe zu bewahren.

Es konnte einfach nicht sein!

Josh war nicht an Deck zu sehen. Mitchell betrat den Salon und rief Josh, bis er von unten heraufkam, wobei er sich mit einem Putzlappen die Hände abwischte.

»Da bist du ja, Mitchell. Setz dich doch, ich mache mir nur eben die Hände sauber. Ich bin gerade dabei, alle Schlauchverbindungen zu überprüfen und festzuziehen, das tue ich regelmäßig. Weißt du, als ich vor einiger Zeit in Newport war, waren meine Toiletten verstopft. Ich habe das reparieren lassen, aber der Handwerker hat vergessen, eine Schlauchschelle festzuziehen. Am nächsten Morgen stand das Wasser fünf Zentimeter über dem Kajütfußboden. Ich musste den ganzen Teppichbelag erneuern. Und da wunderst du dich immer, dass ich lieber alles selbst mache! Möchtest du etwas essen? Ich habe kalten Braten.«

»Nein, heute habe ich den Appetit verloren.«

»Hey, was ist los? Ist dir eine Laus über die Leber gelaufen? Wie wär's mit etwas zu trinken? War der Besuch bei Mullins unangenehm für dich?«

»Nein und nein, um deine beiden letzten Fragen zu beantworten.«

»Bist du noch immer sauer auf mich wegen heute Morgen?«

»Das spielt keine Rolle mehr.«

»Was war bei Mullins?« Josh hatte sich die Hände abgewischt, warf den Putzlappen auf die Arbeitsplatte der Pantry und setzte sich Mitchell gegenüber. »Jetzt rede doch endlich.«

»Als du Marlowe gesehen hast, wie er Renatas Yacht verließ, hattest du zur Hälfte Recht.«

»Was meinst du damit? Wie kann ich denn zur Hälfte Recht haben?«

»Was ich dir gleich erzähle, verletzt das Schweigegelübde, das ich Mullins gegeben habe, aber ich muss es dir verraten, damit du deine Haut retten kannst, falls das noch möglich ist. Sag niemandem ein Sterbenswörtchen davon.« Mitchell schwieg einen Augenblick, um dem Gesagten den nötigen Nachdruck zu verleihen. Dann fuhr er fort: »Die Polizei hat Spermaspuren von zwei Männern gefunden.« Mitchell hob zwei Finger. »Zwei, Professor! Renata hatte also vor oder nach Marlowe einen anderen Besucher, und der letzte hat sie mit dem Steakmesser umgebracht.«

Josh erstarrte. »Das ist doch …« Seine Augen waren weit aufgerissen, und er fand keine Worte mehr.

»Wenn der andere Mann Colarossi war, steckst du voll in der Scheiße. Du hast gesagt, dass du unter Deck gegangen bist, nachdem Marlowe von Bord gegangen war.«

»Stimmt.«

»Wenn Marlowe als Letzter gegangen ist, dann hat er sie getötet. Wenn Colarossi Renata besucht hat, nachdem Marlowe gegangen war, dann hat Colarossi sie umgebracht. Und wenn das so ist, bist du ein toter Mann. Du solltest auf keinen Fall hier bleiben.«

»Augenblick mal, Mitchell«, protestierte Josh mit erhobenen Händen. »Wie ich schon sagte, Mario würde *für* sie töten. Er liebte sie doch viel zu sehr, um ihr etwas anzutun. Der zweite Mann war viel eher Dryden oder Horatio oder Deever. Marlowe hat denen wahrscheinlich von seinem Erlebnis bei Renata erzählt, und einer von ihnen wollte es vielleicht bei ihr auch einmal versuchen. Nein, ich glaube weiterhin unbeirrt an Mario. Er ist in seiner Welt sicherlich zu vielen Schandtaten fähig, aber Renata hätte er nie ein Haar gekrümmt.«

»Du willst nicht gegen Marlowe aussagen, aber auch nicht wahrhaben, dass Colarossi dich umbringen könnte, falls er glaubt, dass du auch ihn gesehen hast. Entschuldige Professor, aber allmählich machst du dich lächerlich.«

»Ich bin mir meiner Sache sicher.« Mitchell gab es auf, ihn zu überzeugen. »Eine Theorie wurde mir bestätigt: Marlowe, Colarossi und Deever haben eine gemeinsame Vergangenheit.« Er berichtete Josh von dem Gespräch mit Mullins über die alte Sache. »Daraus habe ich gefolgert, dass Renatas Tod nichts mit dem Tod der drei zu tun hatte und dass Deever, Horatio und Dryden entweder durch deinen ach so heiligen Colarossi oder durch Marlowe im Windschatten von Renatas Tod umgebracht wurden, um die Geheimnisse für immer geheim zu halten. Dann gibt es noch die höchst unwahrscheinliche Variante, dass Marlowe und Colarossi die Tat gemeinsam begangen haben.«

Josh lehnte sich zurück und verarbeitete das Gesagte. »Die beiden bilden ein mächtiges Duo. Es könnte stimmen, dass Marlowe und Mario die Täter sind. Meine Annahme, dass Marlowe seine Zeugen getötet hat oder dass Mario Rache geübt hat, weil sie für Marlowe gelogen haben, gilt nach wie vor. Nur, dass jetzt noch ein weiterer Grund infrage kommt, die drei unter die Erde zu bringen.«

»Nachher werde ich mich mit Adam Farmer treffen. Er soll diese alte Geschichte wieder aufwärmen und mit den Morden in Verbindung bringen.«

»Na also«, freute sich Josh und schlug sich dabei auf den rechten Oberschenkel. »Bist du nicht froh, dass du ohne mich bei Mullins warst? Ich glaube, du bist auf dem besten Weg, Marlowe zu überführen. Jedenfalls hast du mich bei Mullins nicht gebraucht, und ich brauchte mich nicht als Zeuge zu outen.«

Unruhig rutschte Mitchell auf seinem Sitz herum. Bei dem, was er jetzt sagen musste, war ihm gar nicht wohl. Die Roulettescheibe in seinem Kopf hatte bestimmt, dass er zuerst Josh und dann erst Adam Farmer treffen sollte. Er hatte lange um den heißen Brei herumgeredet, aber jetzt musste es heraus.

Er befeuchtete seine Lippen, holte tief Luft und beugte sich zu Josh: »Eins noch: Als du Marlowe von Renata kommen sehen hast, hat es dir da gar nichts ausgemacht, dass er und andere Sex mit ihr hatten und du nicht? Hast du dich danach einfach schlafen gelegt, oder bist du zur CHAMPAGNE LADY gegangen? Warst du vielleicht der zweite Mann, Professor? Hast du Renata vergewaltigt und getötet?«

32

Josh stand da, ohne Mitchell anzusehen, dann ging er zur Pantry. Dort blieb er, anstatt Mitchell gegenüberzutreten. Der überlegte, ob dieses Verhalten ein Schuldeingeständnis war.

Josh ging langsam zum Kühlschrank und nahm sich ein kaltes Bier, das er etwa 20 Minuten zum Kühlen darin stehen lassen hatte, riss die Dose Coors Gold auf und fragte Mitchell, bevor er die Kühlschranktür wieder schloss: »Willst du wirklich keins?« Mitchell schüttelte den Kopf und winkte ab. Josh zögerte die Antwort weiter hinaus. Er öffnete ein Schapp, nahm einen Plastikbecher heraus, wischte ihn mit Küchenpapier aus, schenkte sich Bier ein und warf die leere Dose in den Mülleimer. Dann nahm er einen Schluck und kehrte mit dem Becher in der Hand zurück. Mitchell beobachtete Joshs Bewegungen und sah ihm in die Augen, als er sich hinsetzte. Nachdenklich nahm Josh noch einen Schluck, dann stellte er den Becher auf den Kaffeetisch. Er saß auf der Sitzkante und blickte Mitchell in die Augen, um seine Antwort auf die Anschuldigung zu unterstreichen.

»Josh!« Vom Steg hörte man Titus Banks rufen. »Josh!«

Das verschaffte Josh in letzter Sekunde einen Aufschub. Er stand mit unbewegter Miene auf, und Mitchell stieß wegen dieser ungelegenen Störung seine Faust in das Sofapolster.

Nicht zu glauben!

Josh schob die Kajüttür auf. »Titus, bleib hier und warte ein paar Minuten. Ich muss noch eben etwas mit Mitchell besprechen.«

»Klar doch, kein Problem.«

Josh schloss die Tür. Durch die Unterbrechung des Gesprächs hatte seine Anspannung nachgelassen. Josh setzte sich wieder, und Mitchell wartete gespannt auf die Antwort. Josh sah nicht mehr so nervös aus.

»Ich schwöre bei allem, was mir heilig ist, dass ich dir die Wahrheit gesagt habe. Ich bin unter Deck gegangen. Genau wie Colarossi habe ich Renata angebetet. Nie hätte ich ihr etwas antun können, schon gar nicht sie vergewaltigen und umbringen. Wenn ich sie getötet hätte, hätte ich dich bestimmt nicht gebeten, bei der Suche nach dem Täter zu helfen. Ich nehme deine Fragen nicht übel, denn ich habe sie schon erwartet. Es war nur eine Frage der Zeit.« Nach diesen Worten lehnte er sich zurück.

Mitchell verdaute die Erklärung seines Freundes.

»Ich bin froh, dass du es nicht übel nimmst«, antwortete er erleichtert. »Es tut mir wirklich leid, aber ich musste einfach danach fragen, um auch diese Möglichkeit auszuschließen. Manchmal geht meine Fantasie eben mit mir durch. Dann schrecke ich vor nichts zurück und misstraue jedem. Ich musste dich vor den weiteren Nachforschungen als Verdächtigen ausschließen, um mich nicht im Kreis zu drehen.«

»Und – kannst du weiter ermitteln?«, fragte Josh hoffnungsvoll.

»Ich treffe mich erst einmal mit Adam Farmer. Titus wartet auf dich.«

Josh schob die Tür zum Achterdeck auf. »Gut, Titus, komm an Bord, alles klar.«

Titus stieg an Bord und betrat mit einem breiten Grinsen den Salon.

»Wie geht's denn, Mr Fragensteller?«

»Hallo, Titus«, begrüßte ihn Mitchell und schüttelte ihm die Hand. »Ich bin schon auf dem Weg zu einer anderen Besprechung und kann nicht mehr bleiben.«

»Stellen Sie immer noch so viele Fragen?«

»Titus, nimm dir ein Bier«, sagte Josh. »Ich bringe Mitchell zu seinem Wagen. Im Kühlschrank ist kalter Braten. Bin gleich zurück.«

»Bis dann, Titus, und halten Sie die Stellung«, sagte Mitchell.

»Tu ich, Mitchell, tu ich immer, und dabei soll es auch bleiben. Wünsche viel Erfolg bei der Besprechung.«

Mitchell blieb aber noch und wandte sich an Titus.

»Titus, ich muss Ihnen einige Fragen stellen, obwohl ich Ihre Einstellung kenne. Sie müssen wissen, dass Lieutenant Mullins mich gebeten hat, die Ermittlungen zu unterstützen, indem ich mich hier umhöre. Wie ist es?«

»Ich wüsste nicht, womit ich helfen könnte. Aber diesmal mache ich eine Ausnahme, heute will ich mal nicht so sein.«

»Prima. In der Nacht, als Renata getötet wurde – waren Sie da bis Mitternacht im Dienst?«

»Ja, da habe ich das Sanitärgebäude abgeschlossen.«

»Und dann?«

»Wie ich bei der Polizei schon gesagt habe, bin ich an die Bar gegangen, um ein paar Bierchen zu trinken, und habe dann beschlossen, in meinem Büro zu übernachten.«

»Haben Sie auf dem Weg zur Bar oder auf dem Rückweg irgendwelche Leute auf den Bootsstegen gesehen?«

»Freitags ist immer viel los, aber nach Mitternacht wird es ruhig. Auf dem Parkplatz waren ein paar Leute, die aus dem Restaurant gekommen waren, nichts Ungewöhnliches eben. Wenn Sie mich jetzt fragen wollen, ob ich bis zu meinem Dienstschluss jemanden bei der CHAMPAGNE LADY gesehen habe, ist die Antwort nein. Während der Arbeit habe ich keine Zeit, auf alles zu achten, wenn nicht gerade etwas Besonderes passiert. So war es damals, es ist nichts Ungewöhnliches passiert, sonst hätte ich es bemerkt oder wäre benachrichtigt worden. In der Mordnacht geschah nichts Bemerkenswertes – jedenfalls schien es so. Dass doch etwas passiert war, stellte sich erst am nächsten Tag heraus. Ich hatte Renata sehr gern, aber ich weiß nicht, wer sie umgebracht hat. Das wüsste ich selbst gern.«

»Gut, ich staune, dass Sie so viel erzählen. Ganz so verschwiegen, wie Sie behaupten, sind Sie ja doch nicht. Halten Sie die Ohren offen, und informieren Sie mich, wenn Sie etwas hören, was uns weiterbringen könnte. Nur mal rein theoretisch: Wenn Sie nach Mitternacht ein Clubmitglied bei der CHAMPAGNE LADY gesehen hätten, würden Sie dann jemandem davon erzählen?«

»Nein.«

»Das habe ich mir schon gedacht.« Mitchell und Josh gingen von Bord und dann auf dem Steg in Richtung Parkplatz.

»Professor, was meinst du, mit wem ich an diesem Wochenende noch sprechen kann?«

»Die beiden, die guten Kontakt zu den Clubmitgliedern haben, sind Titus – aber der schweigt wie ein Grab, wenn es um den Schutz seiner sogenannten Bordkameraden geht – und Warren Moss, der

Barkeeper. Warren ist redselig. Er könnte etwas ausplaudern. Wir sprechen heute Abend mit ihm. Auch die anderen, die am Nordsteg auf ihren Booten übernachteten, als Renata starb, kommen infrage. Du bist auf dem besten Weg, Marlowes Rücktritt zu erzwingen. Und noch etwas, Mitchell.«

»Was denn?«

»Ich besitze keine Steakmesser.«

33

Lieutenant Ken Mullins, dem gute Freunde nach der Comicfigur Moon Mullins den Spitznamen Moon verpasst hatten, schloss die Tür seiner behelfsmäßigen Kommandozentrale, um über Mitchells Besuch nachzudenken.

Er war zu der Überzeugung gekommen, dass es richtig war, Mitchell zu beteiligen. In diesem Krieg des Guten gegen das Böse konnte Mitchell zu einer wichtigen Waffe werden. Mullins befand sich immer in diesem Krieg, wenn er gegen Verbrechen kämpfte, die in seine Zuständigkeit fielen. Es war ein Krieg, den er um jeden Preis gewinnen musste, ein Kampf bis zur letzten Patrone. Im letzten Jahr hatte es in Suffolk County 32 Tötungsdelikte gegeben. Nur vier davon waren noch unaufgeklärt, und zwei davon standen kurz vor der Aufklärung. Das war eigentlich keine schlechte Aufklärungsquote. In diesem Jahr wollte Mullins auf 100 Prozent kommen. Bis zu den Yachtclubmorden hatte er das auch geschafft.

Ob Mitchell über die Yachtclubmorde ein Buch schreiben würde? Er erinnerte sich, dass Josh Trimble auf dem Friedhof so etwas erwähnt hatte.

Ken Mullins war stolz auf seine Erfolge und sehr engagiert. Er hasste Niederlagen. Seine Leute und er waren dabei, den Krieg gegen den Rätselschreiber und Renatas Mörder zu verlieren. Mitchell hatte schon Erfahrung in der Zusammenarbeit mit Polizei und Justiz. Für Mullins war er jetzt ein Ermittler. Den Hauptunterschied sah Mullins aber darin, dass Mitchell Bücher schrieb, statt sich am Abschaum der Gesellschaft die Hände zu beschmutzen, dass er ein gutes Einkommen hatte und sich nicht tagein, tagaus mit einer nervenaufreibenden, zermürbenden Arbeit abmühen und die Nächte um die Ohren schlagen musste. Nach 30 Jahren bei der Polizei schaffte Mullins es noch immer nicht, ruhig und gelassen zu bleiben. Er hatte gehofft, dass die Nervenbelastung mit den Dienstjahren nachlassen würde. Sie wurde aber immer schlimmer. Er war auf Long Island geboren und aufgewachsen, hatte im Südteil von Huntington die Schule besucht, an der Hofstra-Universität studiert, seine Jugendliebe geheiratet und war nach Commack gezogen. Mit seiner Frau hatte er drei erwachsene Kinder.

Seine vier Enkelkinder sah er häufig, und das war Medizin für ihn. Die Enkel waren der Beweis, dass es auf der Welt und auf Long Island noch das Gute und Schöne gab und Menschen, mit denen man sich wohl fühlte.

Dass die Bundesbehörden sich jetzt eingeschaltet hatten, hatte den Druck noch erhöht. Mullins nahm verschiedene Papiere aus dem grünen Ordner und hängte sie neben der Tafel an die Wand. Damit bereitete er seinen Vortrag vor den neuen Gästen vor, die im Laufe des Nachmittags eintreffen sollten. Die Bundesbeamten waren für ihn zusätzliche Waffen gegen das Böse, aber Waffen, über die er keine Gewalt hatte. Mitchells Vorschlag, mit der Nachricht an die Öffentlichkeit zu gehen, dass zwei Männer bei Renata gewesen waren, würde die ganze Strategie ändern. Dass man es erst jetzt mitteilte, ließ sich damit erklären, dass die Indizien dazu vorher nicht genügt hätten. Die Mitteilung würde der Welt, den sensationslüsternen Medien und den Politikern, die jede Gelegenheit ergriffen, vor ein Mikrofon zu treten, zeigen, dass er und sein Team eine Strategie hatten und entschlossen waren, diese Verbrechen aufzuklären. Je mehr er darüber nachdachte, desto verlockender wurde der Gedanke. Noch besser wäre es, die Sache sofort bekannt zu geben, noch bevor die Bundesbeamten kamen und schon vor den Abendnachrichten. So wollte er den anderen mal wieder eine Nasenlänge voraus sein.

Danke für die Anregung, Mitchell Pappas!

Lieutenant Ken Mullins wollte auf keinen Fall den Eindruck aufkommen lassen, die Bundespolizei sei hinzugezogen worden, weil die Polizei von Suffolk unfähig wäre – unfähig, den Mörder zu fassen.

Mein Team ist das beste!

Dann rief er seinen Vorgesetzten an.

* * *

Mitchell glaubte an Joshs Unschuldsgelöbnis und war nach wie vor überzeugt, dass Deever, Horatio und Dryden wegen ihrer Verwicklung in die Strahlenmüllaffäre umgebracht worden waren. Josh glaubte noch immer, dass Marlowe Renata getötet hatte. Die beiden Alternativen – Marlowe hatte das Trio getötet, um die Zeugen seines Besuchs bei Renata zu beseitigen, oder Colarossi hatte sie aus Rache für Renata ermordet – nahmen auf der Wahrscheinlichkeitsskala den zweiten und dritten Platz ein.

Drei offene Fragen beantwortete die wirbelnde Roulettescheibe in seinem Kopf aber nicht: Warum musste Renata sterben? Wer war der zweite Mann? Lebt er noch?

Mitchell stimmte mit Josh überein: Colarossi hätte Renata niemals etwas angetan. Solange Marlowe nicht gestand und Josh nicht offenbarte, dass er Marlowe gesehen hatte, musste Mitchell Druck auf Marlowe ausüben. Dafür würden Adam Farmer und die *Newsday* sorgen. Mitchell wollte Adam von der Vergangenheit und von seinen Theorien über Marlowe erzählen, um auf diesem Weg Druck auf den mächtigen Mann auszuüben. Vielleicht würde das Marlowe zu der Aussage zwingen, dass er Renata besucht, aber nicht umgebracht habe.

Mitchell beschloss, Adam über die alte Geschichte aufzuklären und ihn selbst über die zweckmäßigste Verwendung der Hintergrundinformationen entscheiden zu lassen.

Wenn wir nur einen weiteren Zeugen hätten!

34

Mit einer Dose Bier in der Hand beobachtete Titus Banks vom Achterdeck der COYOTE aus, wie Josh und Mitchell weggingen. Er erwartete, dass sie zu Mitchells Wagen gehen würden, der in der Nähe des Nordstegs stand. Titus hatte es sich angewöhnt, ab und zu ein Bier mit Josh zu trinken. Dann und wann brachte er einen Sechserpack mit, um Joshs Vorräte aufzufüllen, wie es sich gehörte.

Mit Josh hatte Titus sich während der engen Zusammenarbeit beim Entwurf und Bau des dritten Stegs angefreundet. Josh respektierte ihn und betrachtete ihn als Freund. Die beiden unternahmen auch gemeinsame Bootsfahrten und hatten schon viele Abende zusammen mit anderen Mitgliedern an der Clubbar verbracht, auch mit Renata. In Titus' Berufs- und Privatleben drehte sich alles um den Yachtclub. Den Rest seiner Freizeit nutzte er, um sein Haus in Northport instand zu halten.

Josh erzählte Mitchell: »Titus ist verschwiegen und nimmt alle in Schutz. Er hat der Polizei nichts verraten. Aber ganz unter uns – er lügt. Davon bin ich mittlerweile überzeugt. Er wusste, dass Renata Affären hatte. Eines Abends bot er ihr an der Bar an, sie zu ihrer Yacht zu bringen, aber sie lehnte ab. Er hatte etwas getrunken, fühlte sich zurückgewiesen und machte eine böse Bemerkung, als sie gegangen war: ›Wenn es so weitergeht, ist sie bald mit allen hier im Bett gewesen. Sie fängt bei den oberen Rängen an.‹ Nun, damit könnte er den Kommodore gemeint haben oder Marlowe. Ich glaube, Titus hat Warren Moss, dem Barkeeper, Schläge angedroht, als der sagte: ›Aber du wirst nicht dabei sein.‹ Männer können ganz schön gehässig werden, wenn sie zusammen saufen.

Ich hatte ihr selbst schon einmal meine Begleitung angeboten, aber sie wollte allein sein und in Ruhe zurückschlendern, es sei so ein angenehmer Abend. Titus verhält sich manchmal eigenartig, aber er ist in Ordnung. Ich mag ihn. Doch er hat gelogen.«

35

Mitchell verließ den Clubparkplatz und fuhr am Wasser entlang in südlicher Richtung auf der landschaftlich schönen East Shore Road. Es war kurz vor 15.00 Uhr, als er Adam Farmer anrief und seinen Besuch in der nächsten halben Stunde ankündigte.

»Gerade wollte ich am Empfang einen Zettel für Sie hinterlegen«, antwortete Adam. »Ich muss unser heutiges Treffen absagen. Wir sind eben benachrichtigt worden, dass Lieutenant Mullins drüben im 2. Polizeirevier eine wichtige Pressekonferenz gibt. Wenn ich mit dem Bericht wieder hier bin, um ihn in Druck zu geben, wird es spät sein. Wissen Sie eigentlich, warum Mullins die Pressekonferenz hält?«

»Er hat nichts davon erwähnt. Ich bin selbst überrascht.«

»Könnte es um das gehen, was Sie mir erzählen wollten?«

»Das glaube ich nicht, Adam. Ich werde Ihnen berichten, was ich über Deever, Dryden, Horatio, Marlowe und Colarossi weiß – für den Fall, dass es in der Pressekonferenz nicht erwähnt wird. Dann können Sie es in dem Bericht von der Konferenz bringen oder in einem besonderen Artikel.«

»Gute Idee, also los.«

Mitchell erklärte die Sache mit den radioaktiven Abfällen, wer daran beteiligt gewesen war und welche Rollen die einzelnen Personen gespielt hatten. Dabei schlug er Adam vor, im Archiv der *Newsday* zu recherchieren. Mitchell hörte die Computertastatur klappern.

»Das ist ja hervorragend, Mr Pappas, ganz hervorragend!«

»Ganz gleich, welche Tendenz Sie dem Artikel geben – die Verbindung zu den Morden sollte auf jeden Fall Aufmerksamkeit erregen … und Marlowe wie Colarossi beunruhigen.«

»Wie ich das liebe! Ich glaube immer noch, dass Colarossi etwas mit dem Mord an Dryden zu tun hatte, um an dessen Frau zu kommen.«

Mitchell lachte leise über die vielfältigen Theorien. »Sie könnten Recht haben, Adam.«

»Wo erreiche ich Sie später?«

»Zu Hause. Sie haben die Nummer noch?«

»In Stein gemeißelt! Haben Sie noch etwas für mich?«

»Ja, aber nicht jetzt. Es könnte sein, dass Sie genau das heute von Mullins erfahren. Wenn er das bekannt gibt, ist es eine große Sache.«

»Ich kann aber nicht warten.« Adam klang noch immer aufgeregt. »Ich rufe zurück, sobald ich wieder am Schreibtisch bin. Danke, Mr Pappas. Ich bin Ihnen etwas schuldig.«

»Adam?«

»Ja, ich bin noch dran.«

»Ich möchte Ihnen etwas anvertrauen, was unter uns bleiben muss.«

»Bleibt unter uns, versprochen.«

»Lieutenant Mullins hat mich um Unterstützung gebeten, er hat mich sozusagen dienstverpflichtet.«

»Ausgezeichnet!«

»Behalten Sie es aber für sich. Ich möchte nicht von den Medien verfolgt werden. Ich verschaffe Ihnen einen Exklusivbericht, sobald es geht. Nicht vergessen, es bleibt unter uns.«

»Ich bin doch Reporter. Halten Sie mich für blöd? Ich schaue einem geschenkten Gaul nicht ins Maul, und ich beiße nicht die Hand, die mich füttert. Das sind alte Weisheiten, an die ich mich halte.«

Um 17.00 Uhr war Mitchell wieder zu Hause. Er stellte den Fernseher an, schaltete seine bevorzugte Nachrichtensendung ein, zog sich um und eilte ins Wohnzimmer zurück, gerade noch rechtzeitig, um die Vorankündigung zu hören: »Neue Indizien bei den rätselhaften Yachtclubmorden. Näheres nach der Werbung«, gab die Sprecherin mit einem leichten Lächeln bekannt. Mitchell ärgerte sich über sie und schaltete einen anderen Kanal ein.

Warum lächelt man bei Tragödien? Die machen sich mehr Gedanken über ihr Aussehen als über ihre Aussagen.

Mitchell wusste: Mullins würde bekannt geben, dass zwei Männer mit dem Mord an Renata zu tun hatten. *Gut überlegt!* Es war viel geschehen. Er tippte Notizen in den Computer, auch seine Meinung über die Nachrichtensprecherin.

* * *

»Mitchell, hast du Mullins' Erklärung gesehen?«, fragte Josh, der anrief, als Helene und Mitchell beim Abendessen waren. Helene griff nach der *Times*.

»Ja, habe ich. Ich möchte wissen, wie Marlowe die Nachricht aufgenommen hat.«

»Ich hoffe, er gesteht den Mord an Renata. Sonst haben wir nichts gewonnen, denn Titus bleibt verschwiegen. Nachdem du gegangen warst, eine Stunde und drei Biere später, hat Titus geleugnet, irgendetwas von Renatas Affären gewusst zu haben. Er erwähnte einige andere außereheliche Beziehungen, sagte aber nichts über Renata. Warum nicht?«

»Wir sprechen noch einmal mit ihm.«

»Ich warte noch einen Tag ab. Wenn die neuen Indizien Marlowe und Titus nicht zum Reden bringen, dann rede ich.«

»Endlich kommst du zur Vernunft.«

»Ich verspreche dir, noch an diesem Wochenende eine klare Entscheidung zu treffen. Wenn ich jetzt schon aussage, werden mir die Polizeibeamten und Reporter das Wochenende verderben. Wir haben eine ideale Wettervorhersage. Ich habe schon so lange mit der Aussage gewartet, da kommt es auf ein paar Tage mehr nicht an, meine ich.«

»Am Montag gehst du aber zu Mullins ins Büro?«

»Am Montag, abgemacht.«

»Halleluja, die Erweckung von Professor Josh Trimble.« Mitchell gab Helene mit erhobenem Daumen ein Zeichen.

»Was hast du für dieses Wochenende geplant? Hast du mit Helene gesprochen?«, fragte Josh. »Wir werden am Mittwoch spät kommen, erst nach dem Abendessen und nachdem der Urlauberverkehr nach Long Island nachgelassen hat.«

»Ich werde den Törn planen.«

»Auf jeden Fall müssen wir Port Jefferson anlaufen, wegen Helene.«

»Port Jeff und mehr. Ich werde einen interessanten Törn planen. Bis dann.«

Mitchell legte auf.

»Und der wesentliche Inhalt des Gesprächs war …?«, fragte Helene.

»Er freut sich auf das Wochenende und will am Montag seine Zeugenaussage machen.«

»Dann begleite ihn lieber aufs Revier, meinst du nicht auch? Er hat schon einmal einen Rückzieher gemacht.«

»Das werde ich auch tun, damit er keine kalten Füße bekommt. Ich glaube aber, dass er diesmal nicht kneift.«

Helene blickte über den Rand ihrer Brille und sagte lächelnd: »Ich schätze, er hatte die Hosen voll und hat jetzt den Mut wiedergefunden.«

36

Immer noch Montag

Direktor Edward Marlowe hatte seine Büroleiterin Betsy Hobart strikt angewiesen, ihn bei Besprechungen mit seinen leitenden Beamten nicht zu stören. Ausgenommen davon waren nur der Präsident, der Chef seines Stabes, die Leiter von Geheim- und Sicherheitsdiensten, eine begrenzte Anzahl weiterer Personen – und Anrufe wegen der Morde beim Eastern-Shore-Yachtclub.

Um 16.00 Uhr hatte eine Besprechung über CIA-Aktivitäten in Zentralafrika begonnen, wo die schwachen Regierungen kaum etwas gegen Korruption, Krankheiten, Sklaverei, Terrorismus und Mörderbanden taten. Die neuen Ölfunde von der Ostküste bis zur Westküste Afrikas hatten die wirtschaftlichen und politischen Bedingungen verändert. Bei Marlowe waren sein Direktor für Afrika-Angelegenheiten und sein Stellvertreter. Auf dem Tisch war eine Karte von Afrika ausgebreitet. Um 17.08 Uhr meldete sich Betsy, eine langjährige CIA-Angestellte in den Vierzigern, über die Sprechanlage.

»Ja, Betsy?«

»Direktor Marlowe, ich muss Ihnen etwas zeigen. Es ist wichtig.«

»Gut, Betsy, bringen Sie es herein.«

»Es wäre aber das Beste, wenn Sie herauskommen, Sir.«

Marlowe entschuldigte sich und ging ins Vorzimmer. Wenn Betsy sagte, etwas sei wichtig, dann war es das auch. Sie nahm regelmäßig die Abendnachrichten auf Video auf, für den Fall, dass darin etwas vorkam, was mit der CIA zu tun hatte. Marlowe sah es sich dann später an. Diesmal hatte sie die Nachrichtensendung aufgenommen, bis das Thema wechselte, und dann das Band zurückgespult. Als er ins Vorzimmer kam, stand sie mit dem Band in der Hand vor ihm.

»Wir gehen besser dort hinein.« Damit führte sie ihn zu seinem Besprechungszimmer und ging zum Videorekorder. Er schloss die Tür.

»Worum geht es, Betsy?«

»Um Ihren Club.« Die Worte beunruhigten ihn. Sie schob die Kassette ein, schaltete den 35-Zoll-Fernseher an und drückte die Abspieltaste.

Marlowe hörte Mullins' Mitteilung gebannt zu. Die Geschichte war zur wichtigen Meldung aus Washington geworden – mit seinem Bild. Betsy beobachtete ihren Chef, denn sie wusste, wie das Thema ihn seit dem Tod seiner ehemaligen Kanzleipartner berührte. Der Abschnitt war zu Ende.

»Noch einmal?«, fragte Betsy. »Nein, Sie können es löschen und dann nach Hause gehen. Sie brauchen nicht mehr zu bleiben. Die Besprechung wird sowieso noch eine Weile dauern.«

In Gedanken versunken verließ Marlowe sein Besprechungszimmer. Die Nachrichten hatten das Problem mit Renata wieder hochkommen lassen, das bei ihm auf Sparflamme geköchelt hatte, weil seine dienstlichen Aufgaben vorgingen. Jetzt schob sich das Problem in den Vordergrund und bedrohte seine Sicherheit.

Wie lange nach meinem Besuch ist der zweite Mann an Bord der CHAMPAGNE LADY *gekommen? Hat sie ihn eingeladen, als sie aufgewacht war? Als ich ging, war sie noch nicht wieder zu sich gekommen. Warum sollte irgendjemand Renata töten wollen?*

Marlowe überlegte, wie er seine Rolle an diesem verhängnisvollen Abend dem Präsidenten und der Öffentlichkeit plausibel erklären sollte. Wenn er jetzt die Wahrheit sagte, würde man dann annehmen, dass er sie umgebracht hatte? Oder dass er mit den inzwischen toten Zeugen ein Vertuschungsmanöver ausgetüftelt hatte? Und da sollte er aufrichtig sein? Würde weniger Scheinwerferlicht auf ihn fallen, sobald der zweite Mann gefasst wäre?

Direktor Edward Marlowe war zum Vertrauten des Präsidenten geworden, spielte regelmäßig Golf mit ihm und besuchte ihn gelegentlich in Camp David. Sein Ruf in Washington war bislang ungetrübt. Unter seiner Führung war die CIA dabei, sich einer Welt im Wandel anzupassen.

Jetzt stand er auf einer Eisscholle, die in warme Gewässer trieb – vielleicht würde er untergehen.

Marlowe zögerte, seine Bürotür zu öffnen, weil er an kaum etwas anderes denken konnte als an Renatas Tod. Er musste aber über

Afrika nachdenken, um die neuen Strategien zu entwickeln, um amerikanisches Eigentum und Amerikas Interessen dort zu schützen.

Afrika kam aber nicht gegen Renata an. Er sagte die Besprechung ab; ihm war speiübel.

Die Eisscholle driftete weiter nach Süden.

In der Einsamkeit seines Büros konnte er einen Gedanken nicht loswerden:

Wer, zum Teufel, ist der zweite Mann?

37

Dienstag, 2. Juli

Der nächste Tag gehörte den Medien, besonders der *Newsday*. Adam Farmer berichtete unter einer Titelschlagzeile über die Sache mit dem zweiten Mann. Auf der dritten Seite der Zeitung ging es um nichts anderes als den Yachtclub. Weiter hinten wurde der Artikel fortgesetzt. In der letzten Spalte begannen die Hinweise auf die Strahlenmüllgeschichte. Dieses Thema füllte zusammen mit Fotos der Mordopfer sowie von Marlowe und Colarossi noch eine weitere Seite. Dort wurden die Rollen der in die Angelegenheit verstrickten Yachtclubmitglieder beleuchtet. Adam hatte einen ausgewogenen Artikel geschrieben, in dem Fakten und Vorgeschichte sachlich dargestellt waren. Er hatte auch hinzugefügt, dass der Senat Edward Marlowes Rolle bei der Affäre untersucht hatte, ohne Grund zu Beanstandungen zu finden. Dadurch erschien die alte Geschichte nicht mehr ganz so skandalös. Alles in allem ein journalistisch sorgfältiger Bericht.

Alle lasen ihn.

»Bravo«, dachte Mitchell, »gut gemacht.«

»Wieder einmal eine Nasenlänge voraus«, strahlte Lieutenant Mullins.

»Durchhalten, durchhalten«, befahl Edward Marlowe sich, »es geht vorüber.«

»Ausgezeichneter Artikel«, sagte Professor Josh Trimble.

»Es wird immer schlimmer«, schüttelte sich Titus Banks.

Der Kommodore vergrub sein Gesicht in den Händen und murmelte ein hebräisches Gebet.

»Scheiße!«, schrie Mario Colarossi.

* * *

Titus Banks bereitete sich für das 4.-Juli-Wochenende auf größten

Andrang im Club vor, wusste aber, dass das eigentlich nicht nötig war. Die meisten Mitglieder würden dem Club fernbleiben oder mit ihren Booten in irgendeinen anderen Hafen verschwinden und dort einen drei- oder viertägigen Kurzurlaub verbringen. Die freien Bootsliegeplätze würden verwaist bleiben und nicht an Gäste vermietet werden. Der Club wies Liegeplatzanfragen anderer Yachtclubs zurück. Normalerweise wären die Gäste über das Wochenende gekommen, um den Swimmingpool oder die Tennisplätze zu benutzen, das Restaurant und das nahe gelegene Huntington Village zu besuchen. Der Club hatte einiges zu bieten. Diesmal würde es dort aber aussehen wie in einer Geisterstadt, dachte Titus Banks.

Die Einnahmeausfälle durch entgangene Liegegelder, die Einbußen bei Kraftstoffverkauf und Restauranteinnahmen an dem langen Wochenende würden sich wirtschaftlich unangenehm bemerkbar machen. Möglicherweise würde man wegen des Rückgangs der Saisoneinnahmen und wegen der erforderlichen Zuschüsse für den Restaurantbetrieb im nächsten Jahr die Mitgliedsbeiträge erhöhen müssen. Titus dachte schon daran, zwei oder drei seiner Helfer zu entlassen. Das waren Schüler und Studenten, die im Sommer aushalfen, um den zusätzlichen Andrang zu bewältigen. Am Wochenanfang würde er es ihnen mitteilen müssen. Auch sie waren Opfer der bedrückenden und ungeklärten Verhältnisse im Club. Das alles gefiel Titus überhaupt nicht. Die Helfer gehörten zu seiner Mannschaft, und er fühlte sich verpflichtet, sie zu schützen.

* * *

Lieutenant Mullins hatte für 16.00 Uhr eine weitere Pressekonferenz angesetzt.

Er wollte ankündigen, dass die Behörden von Suffolk Vertreter von CIA und FBI um Unterstützung bei der Fahndung nach den Mördern von Kommandant Deever und der weiteren Opfer gebeten hatten. Dadurch sollte zugleich der Schutz von Direktor Marlowe und der Zugang zu den kriminalistischen und kriminaltechnischen Mitteln der Bundesbehörden verbessert werden.

Er fügte hinzu, dass der Präsident selbst die Unterstützung durch die Bundesbehörden angeboten und die Kreisverwaltung das Angebot angenommen hätte. Das vorrangige Ziel sei, den Mörder zu fassen. Bei der Pressekonferenz wollte er die beiden Bundesbeamten vorstellen und betonen, dass die Ermittlungsbehörden des Kreises und des Bundes Hand in Hand an der Lösung des Falles arbeiteten.

Lieutenant Mullins hatte auch bei der Öffentlichkeitsarbeit die Nase vorn.

* * *

Mario Colarossi war Frühaufsteher. Schlaf war für ihn etwas Unproduktives, nichts als ein notwendiges Übel. Er lebte nach der Devise: Schlaf kostet unnötig Lebenszeit. Meist ging er erst nach Mitternacht schlafen, weil er es hasste, dass der Tag zu Ende war. Dann hielt er es vier oder fünf Stunden im Bett aus. Wenn er es brauchte und seine geschäftlichen Verpflichtungen es erlaubten, legte er sich manchmal nachmittags aufs Ohr. Mit seinem Boot fuhr er am liebsten abends, wenn er hellwach war.

In den Abendnachrichten hatte er von dem zweiten Mann gehört, der bei Renata gewesen war. Die Nachricht belastete ihn, jagte ihm aber bei Weitem keinen solchen Schrecken ein wie das, was er um 6.00 Uhr morgens in der *Newsday* las.

Als er den Bericht über die Strahlenmüllgeschichte sah, weiteten sich seine Augen vor Schreck. Er überflog den Artikel schon auf dem Weg vom Vorgarten zum Haus und stieß dabei zahlreiche Kraftausdrücke aus, darunter einige, die man seit Jahren nicht von ihm gehört hatte. Wegen der alten Geschichte in dem Artikel würden die Leser ihn für die Morde an Deever, Horatio und Dryden verantwortlich machen. »Das ist ganz übel«, murmelte er vor sich hin, als er die Haustür hinter sich zuzog.

Verdammt übel!

Nachdem das alles wieder an die Öffentlichkeit gezerrt worden war, würden die Mitglieder seiner »Familie« fragen: »Wer hat diese Leute umgebracht? Wer benutzt solche Mordmethoden?«

Er brauchte das Image des Geschäftsmanns und großzügigen Spenders – wie alle, die in vorderster Linie standen. Ein Negativimage konnte er sich nicht leisten.

Wie, zum Teufel, soll ich es diesmal erklären?

* * *

Valerie Dryden war früh aufgestanden und hörte hinter der Fliegendrahttür dem morgendlichen Vogelgesang zu. Jetzt wartete sie auf die abonnierte *Newsday*, nachdem sie am Vorabend nach einem Theaterbesuch mit ihren beiden Töchtern in den Spätnachrichten von dem zweiten Mann gehört hatte.

Mutter und Töchter hatten sich etwas Neues zur Gewohnheit gemacht. Mindestens einmal in der Woche wollten sie im Ort oder in New York ein Theater besuchen, zu Abend essen oder auch beides. Jede Tochter hatte einen Freund, der ihr Leben ausfüllte, aber wenigstens einen Abend in der Woche wollte Valerie mit den Mädchen ausgehen und etwas nicht Alltägliches unternehmen. So ein Abend war immer etwas ganz Besonderes. Valerie sah den braunen Lieferwagen kommen. Aus dem offenen Beifahrerfenster flog die Zeitung auf ihre Einfahrt. Sie hob das Bündel auf, ging in die Küche, goss sich eine zweite Tasse Kaffee ein, zog die Zeitung aus der Plastikhülle, schlug sie auf und sah die Schlagzeile.

Sie las den Artikel über den Skandal und sah zu ihrem Schrecken Marios Bild neben Arthurs Foto. Dann sagte sie sich: »Es ist nichts dran, die *Newsday* geifert nur.« Arthur hatte ihr gesagt, dass Mario unschuldig sei. Und er musste es wissen, denn er war damals einer von Marios Anwälten gewesen. Jetzt war Mario, ihr Schatz, Mario, der seit drei Jahren ihr Geliebter war, neben ihrem Arthur abgebildet. Sie wusste aber, dass das unbegründete öffentliche Aufsehen Marios Ruf nichts anhaben konnte.

Valerie wurde skeptisch. War ihr Arthur einer von Renatas Besuchern gewesen? War er untreu gewesen? Hatte sie sich in ihm getäuscht?

Sie schlug die Zeitung zu und behielt sie in der Hand, nahm die Plastikhülle, stand vom Tisch auf und warf die Hülle in den Abfalleimer unter der Spüle. Im Hauswirtschaftsraum öffnete sie den blauen Altpapiereimer und starrte wie gebannt hinein. Schließlich stopfte sie die Zeitung mit dem Titelblatt nach unten in den Eimer, als wolle sie die Artikel beerdigen. Aber die Möglichkeit, ja Wahrscheinlichkeit, dass Arthur sie betrogen hatte, bedrückte sie.

Valerie machte sich nie Gedanken über ihren eigenen Betrug an Arthur. Sie selbst hatte niemals billige, bedeutungslose Seitensprünge mit verschiedenen Männern gehabt. Mario schenkte ihr die

Leidenschaft und Liebe, die sie von Arthur nicht bekam. Arthur bedeutete für sie Familie und Geborgenheit und sorgte für eine behagliche Umgebung. Sie wollte auch ihren Töchtern ein gutes Familienleben als feste Grundlage ihrer Zukunft bieten.

Dann schloss sie den Altpapiereimer, um die Nachrichten von gestern zu verdecken – um sie aus ihrem neuen, wiedererstandenen Leben zu verbannen.

38

Am selben Tag, morgens

Colarossi fuhr mit seinem schwarzen Mercedes auf den Clubparkplatz und hielt am Zugang zum Nordsteg. Die Polizisten im Streifenwagen hatten den Fahrer erkannt und durchgewinkt. Er stieg mit einer Einkaufstüte voller Lebensmittel aus und ging zur MARIO-NETTE, um an Bord seine Ruhe vor Adam Farmer von der *Newsday* und anderen Medienvertretern zu haben, die unbedingt mit ihm sprechen wollten.

Für sein Tagesgeschäft genügte das voll ausgestattete Kleinstbüro auf der MARIO-NETTE. Nur seine Sekretärin wusste, wo er zu erreichen war. Reporter, die ihn hier aufstöbern wollten, würden an der Einfahrt von der Polizei abgewiesen werden: Zutritt nur für Mitglieder.

Titus Banks stand an der Südseite des Clubhauses und bemerkte Colarossis Ankunft nicht. Er sprach mit dem Vertreter der Wartungsfirma über die wöchentliche Pflege des Pools.

Mittags schlenderte Titus zum Nordsteg, um Josh Trimble auf ein Bier zu besuchen oder ihn zum Mittagessen im Clubrestaurant einzuladen. Am Bootssteg erkannte er Colarossis schwarzen Mercedes. Joshs Wagen war aber weg. Vielleicht war Josh trotzdem an Bord seiner Yacht.

Bei der COYOTE rief er Josh. Die Kajüttüren waren geschlossen. Titus stieg an Bord und zog an der Tür – abgeschlossen. Er ging wieder von Bord und hoffte, auf dem Steg nicht Colarossi zu begegnen, weil er keine Lust hatte, sich mit ihm zu unterhalten.

Nach dem Essen ging Titus zu dem neuen Steg, um mit den drei Helfern zu sprechen, die das letzte Stück der Wasserleitung verlegten. Die Pontons und die rechtwinklig daran angebrachten Ausleger waren fertig, Stromkabel und Telefonleitungen verlegt. Am Ende dieses Arbeitstages sollte der Schwimmsteg fertig sein. Ab Freitag würden die Inhaber der neuen Liegeplätze ihre Boote dort festmachen. Die meisten von ihnen waren Mitglieder mit Segelbooten, die bis jetzt an Bojenplätzen lagen. Die Liegeplätze waren unter Berücksichtigung der Bootsgröße in der Reihenfolge der Anmeldungen vergeben worden.

Die Verteilung der Liegeplätze hatte er gemeinsam mit Josh vorbereitet und vom Kommodore genehmigen lassen. Zum Gedenken an Arthur Dryden und Alvin Horatio hatte der Club beschlossen, deren Vereinsämter erst nach Verhaftung des Mörders neu zu besetzen.

Als Titus um 16.00 Uhr zum Parkplatz am Nordsteg blickte, sah er Joshs Wagen. Später würde er hinübergehen, um die Liegeplatzzuweisungen noch einmal mit Josh durchzugehen. Vorher hatte er noch in der Hafenschlosserei zu tun.

Die CHAMPAGNE LADY, die COURTSHIP der Drydens und Horatios COURTSIDE behielten bis auf Weiteres ihre gegenwärtigen Liegeplätze. Die COURTSHIP und die COURTSIDE standen zum Verkauf. Für diese Familien war Schluss mit dem Yachtsport. Anfang nächster Woche würde Renatas Familie die CHAMPAGNE LADY nach Florida überführen lassen.

Um 17.00 Uhr kehrte Titus ins Hafengebäude zurück, um die Liegeplatzlisten zu holen und anschließend Josh zu besuchen. Beim Blick zum Nordsteg sah er Colarossi mit Aktenordnern unter dem Arm von Bord der MARIO-NETTE gehen und den Steg verlassen. Titus wartete, um ihm nicht zu begegnen.

Als Colarossi sich gerade der COYOTE näherte, ging die Kajüttür auf, und Josh kam heraus, um auf dem Achterdeck ein Buch zu lesen.

»An Bord gearbeitet, Mario?« Colarossi blieb stehen.

»Hallo, Josh! Zu Hause und im Büro bin ich nach diesem *Newsday*-Artikel nicht zum Arbeiten gekommen.«

»Du bist eben ein gefragter Mann.«

»Ich bringe nur diese Ordner zum Wagen, dann esse ich im Club, und danach mache ich mir einen ruhigen Abend vor dem Fernseher. Heute Abend spielen die Yankees gegen Cleveland.« Plötzlich kam ihm ein Gedanke: »Komm doch mit mir zum Abendessen in den Club, und anschließend sehen wir uns gemeinsam das Spiel an. Oder noch besser – wir fahren mit dem Boot nach Norwalk, gehen dort essen und machen anschließend eine längere Nachtfahrt.«

Begeistert schnippte Josh mit den Fingern: »Gute Idee. Ich ziehe mich nur eben um.«

»Komm rüber, wenn du fertig bist.«

»Es dauert nicht lange.«

Gemeinsame Fahrten nach Norwalk und anderen Häfen zum Mittag- oder Abendessen waren nichts Besonderes. Nach Norwalk waren sie in den letzten Jahren schon häufig gefahren.

Titus sah Josh in der Kajüte verschwinden, während Colarossi zu seinem Wagen ging, den Kofferraum öffnete und die Akten hineinlegte.

Dann beobachtete Titus, wie Colarossi zurückkehrte, an der COYOTE vorbeiging und auf die MARIO-NETTE stieg. Wenig später sah er Josh in blauem Blazer und rotbraunen Freizeithosen von Bord der COYOTE kommen, zur MARIO-NETTE gehen und dort an Bord steigen.

Titus erschrak. *Josh darf auf keinen Fall mit ihm fahren!*

39

Titus rief zwei seiner Helfer, die an der Bootstankstelle standen, und wies sie an, die MARIO-NETTE loszumachen. Im Laufschritt eilten sie zum Liegeplatz des Bootes am Ende des Stegs. Dort machten sie die Achterleine los und reichten sie Josh, der an Bord war und schon den Wasserschlauch, das Telefon- und das Stromkabel gelöst hatte. Dann ging Josh aufs Vorschiff, um die Vorleinen und die Vorspring einzuholen. Die andere Spring blieb bis zur Rückkehr des Bootes am Steg. Langsam schob sich die MARIO-NETTE aus ihrem Liegeplatz hinaus.

In Titus' Kopf schrillten die Alarmglocken.

Die MARIO-NETTE drehte, gab den bei der Einfahrt in das Fahrwasser vorgeschriebenen Signalton und fuhr dann mit den erlaubten 5 Knoten im Fahrwasser nach Norden.

Titus befand sich in einer Zwickmühle. Was konnte er unternehmen? Wohin fuhren sie – nach Northport, Norwalk, Greenwich? Er tippte auf Norwalk, wo es genügend Liegeplätze für große Yachten gab. Mit 15 Knoten würden sie das dortige Hafenrestaurant in etwa 50 Minuten erreicht haben, die Zeit für das Anlegen und Festmachen schon mitgerechnet.

Wie konnte er Josh dazu bringen, zurückzukommen? Welchen glaubhaften Grund konnte er ihm dafür nennen, ohne ihn bloßzustellen? Er musste Josh das Leben retten, indem er etwas zerstörte!

* * *

»MARIO-NETTE, MARIO-NETTE, MARIO-NETTE. Hier Eastern-Shore-Yachtclub«, rief Titus die Yacht auf dem Verkehrskanal des Clubs an.

Colarossi meldete sich: »Ich höre, Titus. Was ist los?«

»Ich muss mit Josh sprechen. Es ist ein Notfall.«

»Bleib dran.«

»Was ist, Titus?«, fragte Josh.

»Josh, am Wasserzulauf deiner Bordtoilette hat sich ein Schlauch gelöst. Wir arbeiten gerade daran. Es geht schon klar, aber vielleicht solltest du zurückkommen. Das Wasser läuft jetzt nicht mehr, aber es ist ein ziemlicher Schweinkram geworden.«

Schweigen. Titus hielt die Luft an und hoffte auf die richtige Antwort.

»Wir kehren schon um«, erwiderte Josh. Kurz danach drehte die MARIO-NETTE bei der grünen Fahrwassertonne an der Hafenbiegung auf Gegenkurs. Titus sah, wie Josh die Fender ausbrachte. Mit dem Handsprechfunkgerät rief Titus seine Helfer. Sie liefen zum Liegeplatz der MARIO-NETTE, um beim Festmachen zu helfen.

»Wir haben das Leck gesichert«, rief Titus Josh schon zu, bevor die MARIO-NETTE auf ihren Liegeplatz drehte. Mit den Worten »Ich bin dann auf der COYOTE«, ging er. Colarossi legte an. Einer der Helfer sprang an Bord, um die Festmacher zu belegen, während Josh zur COYOTE eilte, um sich die Bescherung anzusehen. Ein Helfer schöpfte Wasser.

»Welche Toilette?«, brüllte Josh.

»Das Gäste-WC.«

»Verdammt noch mal, Titus, dort habe ich den Schlauch gestern erst festgezogen. Ich muss wohl gepfuscht haben.«

»Ich war auf dem Steg und hörte deine Bilgepumpen. Da habe ich selbst nachgesehen.«

Josh hatte sich rasch umgezogen. In Hemd und Shorts wischte er das Wasser mit Handtüchern auf und wrang sie aus.

Colarossi kam unter Deck, blieb auf der untersten Stufe der Niedergangstreppe stehen und schüttelte den Kopf. »Leckt es nicht mehr, Josh?«

»Bleib oben, Mario. Das Schlimmste ist vorbei.«

»Dann können wir ja zum Abendessen in den Club gehen. Komm hin, wenn du hier fertig bist.«

»Das dauert noch mindestens eine Stunde. Bis dann.«

Als die Arbeit getan war und die Helfer fort waren, sagte Josh fassungslos:

»Ich bin ganz sicher, dass ich diese Schlauchschelle festgezogen habe, aber ich danke dir, Titus.«

Die beiden saßen im Salon. »Wohin wolltet ihr denn?«

»Wir wollten nach Norwalk und uns dann noch etwas auf dem Sund herumtreiben.«

Bei dem Geständnis, das jetzt folgte, sah man Titus das schlechte Gewissen an: »Josh, ich muss dir etwas beichten, was dir überhaupt nicht gefallen wird. Ich selbst habe den Schlauch gelockert.«

Josh reagierte mit einem ohrenbetäubenden »Was? Warum, um Himmels willen?«

»Ich musste Mario zur Umkehr zwingen. Bei eurer Rückfahrt wäre es schon Nacht gewesen, und nachts sind während der Woche kaum Boote auf dem Sund.«

»Was hat das …?« Josh gab die Antwort schon selbst: »Willst du damit sagen, dass du Mario für den Mörder hältst und denkst, dass er mich als Nächsten ersäufen wollte?«

»Ja, das denke ich«, erwiderte Titus.

»Das kann ich einfach nicht glauben.« Josh war völlig perplex. »Steckt der Artikel in der *Newsday* dahinter?«

»Nur zum Teil. Ich war schon immer der Meinung, dass Mario etwas mit Deever, Alvin und Arthur zu tun hatte. Es war die Art, wie sie umgekommen sind.«

Josh fehlten die Worte, dann wies er auf einen Stuhl. »Setz dich, Titus.« Titus setzte sich, und Josh nahm ihm gegenüber Platz. »Sieh mal, ich bin dir dankbar, dass du mein Leben retten wolltest, aber ich war nicht in Gefahr. Mario ist ein guter Freund von mir. Du tippst auf Mario, aber ich tippe auf jemand anderen.«

»Wer denn, wenn nicht Mario?«

»Marlowe, und zwar aus demselben Grund, den du bei Mario annimmst: wegen der Vergangenheit. Wir können beide nur Vermutungen anstellen. Hör zu, Titus. Der Mörder schlägt zu, wenn er sicher ist, dass es keine Zeugen gibt. Das versteht sich. Du aber hast uns gesehen, deine Jungs ebenfalls. Außerdem hat Colarossi keinen Grund, mich zu töten. Ich habe mit seiner Vergangenheit, auf der dein Verdacht beruht, nichts zu tun.«

Titus überlegte, dann widersprach er: »Du hättest über Bord fallen können, und er hätte es der Küstenwache als Unfall gemeldet. Man hätte dich nicht wie Dryden mit einem Magneten im flachen Wasser gefunden.«

»Aber wir haben kein Rätsel bekommen. Vor jedem Mord kam ein Rätselbrief. Und noch einmal – er hat kein Motiv.«

Dass das Rätsel fehlte, überzeugte Titus. »Du hast Recht. Es tut mir leid, Josh. Ich habe überreagiert und nicht richtig nachgedacht. Ich komme für den Schaden auf.«

»Nein, das kommt nicht infrage. Ich kann dir deine Sorge um mich nicht hoch genug anrechnen. Du bist ein wahrer Freund. Gehen wir, ich bin mit Mario verabredet.«

Nachdem sie Ventilatoren aufgestellt hatten, damit die Teppiche im Salon schneller trockneten, gingen die beiden von Bord.

Titus ging zum Hafengebäude, um sein Büro abzuschließen und dann nach Hause zu fahren.

Die entsetzliche Angst machte sich schon wieder bemerkbar. Er wusste, dass er niemandem etwas erzählen durfte. Titus' Gefühlsleben glich einem Dampfkessel unter Überdruck.

Titus wusste, dass er seinen Seelenfrieden wiederfinden würde, wenn er sich zur rechten Zeit offenbarte … auf seine Art.

Er würde sie alle bloßstellen.

Dann würde alle Welt wissen, dass Mario Colarossi der zweite Mann war.

40

Der nächste Tag
Mittwoch, 3. Juli

Um 8.00 Uhr morgens verließ Ken Mullins sein Haus in Cormack und traf kurz vor 8.30 Uhr im 2. Revier ein. Seine Stimmung war so heiter und ungetrübt wie der Sommertag. Wenn nur die Verbrecher Urlaub nehmen würden, dann wäre der Tag perfekt. Mullins sehnte sich nach Sonne und frischer Luft, aber erst mussten diese Fälle gelöst werden. Manchmal glaubte er, dass er die Sonne nie wieder sehen würde.

Seine Pressekonferenzen unterstrichen, dass die Polizei von Suffolk die Ermittlungen leitete und die Beamten aus Washington nur Gäste waren. Den Lagevortrag vor den Bundesbeamten hatte er nicht am Montag nach der Pressekonferenz gehalten, sondern erst am nächsten Vormittag.

Bei der Pressekonferenz hatte er die Bundesbeamten vorgestellt und sie danach auf eigene Kosten zum Abendessen in ein italienisches Restaurant eingeladen. Bei der Mordkommission von Suffolk waren für Bewirtungskosten keine Mittel eingeplant. Er wollte den Kollegen den Eindruck vermitteln, dass sie willkommen waren und dass er mit ihnen an einem Strang zog. Mullins hatte dafür gesorgt, dass die Bundesbeamten die an seinen Besprechungsraum angrenzenden Büros bekamen. Die beiden Kollegen waren Ende dreißig und hatten schon vor einigen Jahren bei einer der seltenen gemeinsamen Aktionen von CIA und FBI zusammengearbeitet. Es waren höfliche, erfahrene Profis.

Auf der Fahrt zur Wache beschloss er, mehr Zeit mit den beiden zu verbringen, um sich ihre Kenntnisse und Erfahrungen zunutze zu machen. Nicht nur deshalb hielt er an einem kleineren Supermarkt an der Jericho Turnpike und kaufte für sich und die Kollegen zwölf Stück Kuchen.

An diesem Vormittag hatte er vor allem vor, die unzähligen Protokolle der Vernehmungen von Verdächtigen, Clubmitgliedern, Angestellten des Clubs und Familienmitgliedern der Opfer durchzusehen. Er kannte die Zusammenfassung jeder einzelnen Vernehmung, musste aber sichergehen, dass er nichts noch so Belangloses übersehen hatte, damit der kriminalistische Scharfsinn der Bundesbeamten nicht vor ihm darauf stieß. Er musste unbedingt die Oberhand behalten.

Im Büro würde er als Erstes seinen Vorgesetzten anrufen, der seit Renata Tredanaris Tod jeden Morgen anrief und fragte: »Was gibt es Neues?« Die Gespräche endeten immer damit, dass der Chef sagte: »Rufen Sie mich als Ersten an, wenn es einen Durchbruch gibt.« Mullins rief ihn an, und es folgten die gewohnten Redensarten.

Mullins respektierte seinen Chef und hatte Verständnis dafür, dass auch er der Öffentlichkeit den Eindruck vermitteln wollte, dass er die Oberhand hatte. Mitchells Idee, Adam Farmer die alten Geschichten zu stecken, gefiel Mullins, und die gestrigen Artikel des Journalisten fand er ausgezeichnet. Mit seiner Entscheidung, Mitchell ins Boot zu holen, war Mullins sehr zufrieden. Davon hatte er den Bundesermittlern allerdings noch nichts gesagt, wollte es aber irgendwann nachholen. Er war entschlossen, Adam Farmer als Verbündeten zu betrachten, denn er brauchte Hilfe – für Besserwisserei war keine Zeit mehr.

Am Tag vor dem 4. Juli schlossen die Geschäfte und Betriebe frühzeitig, um ihren Mitarbeitern noch etwas mehr Zeit für einen Kurzurlaub zu gönnen. Mullins erhoffte sich einen ruhigen Tag im Dienst.

Bei Kaffee und Kuchen plauderte er bis 10.00 Uhr mit den Bundesheinis und kehrte dann in sein Büro zurück, um die Ärmel aufzukrempeln und sich in die Akten der Yachtclubmorde zu vertiefen.

Als er sein Büro betrat, war sein Traum von einem geruhsamen Tag geplatzt.

Auf seinem Schreibtisch lag ein Eilbrief. Der Brief war an Kenneth Mullins adressiert, ohne Titel oder Amtsbezeichnung, und als Anschrift standen nur Straße und Hausnummer darauf, ohne die Angabe 2. Polizeirevier. Abgestempelt war der Umschlag in Hicksville, einem der größten Postämter auf Long Island.

Er fragte sich, warum ihm jemand einen teuren Eilbrief schickte. Dann öffnete er den Umschlag. Darin befand sich ein einzelner weißer Bogen. Er zog das Blatt heraus und las: »Die Geißel Gottes muss sterben … Mit 29 Jahren in einem Wirtshaus … Die Lösung folgt am Freitag.«

Mullins glaubte zunächst nicht daran, dass der gesuchte Rätselschreiber den Brief geschickt hatte, weil zwei Dinge anders waren als sonst: Der Poststempel war nicht von Northport wie bei den früheren Briefen, und außerdem waren die anderen Rätsel an den Club adressiert gewesen. War das eine neue Taktik? Wenn ja, warum? Oder wollte sich der Absender nur einen üblen Scherz erlauben? Ein Trittbrettfahrer?

Das war durchaus denkbar, aber damit konnte Mullins sich nicht zufrieden geben. Er musste davon ausgehen, dass der Rätselschreiber erneut zuschlagen würde und sein nächstes Opfer schon feststand.

Mullins grübelte angestrengt. Er würde das Rätsel veröffentlichen, eine Pressekonferenz einberufen, den Kommodore, Mitchell Pappas, Adam Farmer sowie Valerie Dryden anrufen. Die Bundesbeamten würde er ebenfalls benachrichtigen, um auch Washington auf die Fährte zu setzen. Außerdem würde er seinen Chef anrufen, der wiederum den Bezirksstaatsanwalt und die Kreisbehörden informieren würde. Mullins hoffte, dass das Echo in der Öffentlichkeit ebenso lebhaft sein würde wie bei dem Deever-Rätsel. Er brauchte nur einen einzigen Anrufer mit der richtigen Lösung, um die Geißel Gottes zu retten, wer immer das sein mochte.

Warum ging der Brief an mich?

Das konnte er sich nicht erklären. Erklären konnte er sich aber den Poststempel aus Hicksville und dass sein Titel auf dem Umschlag ebenso fehlte wie die Angabe 2. Polizeirevier.

Ein gewöhnlicher Brief wird in einen Briefkasten geworfen, er kann einige Tage bis zum Empfänger brauchen, und der Absender bleibt unerkannt. Einen Eilbrief muss man dagegen am Postschalter aufgeben. Wenn der Brief an einen Polizeibeamten mit Amtsbezeichnung und Angabe des Polizeireviers adressiert worden wäre, hätte das die Aufmerksamkeit des Schalterbeamten erregen können. Da Hicksville aber ein großes Postamt mit viel Betrieb ist, war ein Eilbrief ohne besondere Merkmale in der Menge der Briefsendungen nichts Auffälliges. Dadurch verringerte der Absender die Gefahr, dass ein Postbeamter sich an ihn erinnern könnte. Möglicherweise hatte sich der Absender beim Aufgeben des Briefes auch verkleidet, hatte eine Brille getragen, eine Perücke, einen falschen Bart, farbige Kontaktlinsen, eine Mütze oder mehrere dieser Dinge. Mullins schickte einen Ermittlungsbeamten zum Postamt nach Hicksville, um dort Erkundigungen einzuholen. Schon nach einer Stunde erfuhr er, dass sich dort niemand an den Absender des Briefes erinnern konnte.

Die nächsten beiden Tage bis zum Freitag, für den die Lösung angekündigt war, würden schnell vergehen, aber so ausgefüllt sein wie ein Monat. Dass der Rätselschreiber einen Eilbrief geschickt hatte, deutete für Mullins darauf hin, dass der Absender sich erst gestern oder vorgestern dazu entschlossen hatte, den Brief abzuschicken. Noch heute musste die Lösung her, sonst würde spätestens Freitag jemand sterben.

41

3. Juli
Derselbe Tag

Mullins rief Mitchell an und schilderte ihm den neuen Brief. Danach telefonierte er mit Adam Farmer, um ihn zu seiner gelungenen Berichterstattung zu beglückwünschen. Adam erzählte, dass Valerie Dryden ihn nach der Veröffentlichung angerufen hätte. Seinerzeit sei ihr Ehemann von Mario Colarossis Unschuld überzeugt gewesen und hätte die Anschuldigungen gegen ihn und seine Firmen für unbegründet gehalten. Sie bekräftigte, dass das seine ehrliche Meinung gewesen sei, und man solle ihren Mann in Frieden ruhen lassen. Adam Farmer hatte Mrs Dryden versichert, dass ihre Anmerkungen in dem nächsten Artikel über den Yachtclub abgedruckt würden.

Adam freute sich über Mullins' Anruf, durch den sich neue Informationskanäle eröffneten. Adam glaubte, dass die Witwe oder Colarossi oder beide zusammen Dryden getötet hätten. Valeries Anruf stärkte diese Überzeugung noch.

* * *

Helene und Mitchell trafen nach 21.00 Uhr am Yachtclub ein. Helene wollte einen Kurzurlaub antreten, Mitchell weiter ermitteln.

Professor Josh Trimble erzählte den beiden von dem Schlauch, der geleckt hatte, und entschuldigte sich für die Feuchtigkeit, obwohl die Teppiche schon wieder trocken waren. Er hatte Tag und Nacht sieben Ventilatoren laufen lassen.

Für den 4. Juli war Folgendes vorgesehen: Fahrt nach Port Jefferson, dann Rückkehr zum Recherchieren – danach am Freitag ein Törn zur New Yorker Battery Park City und zur Freiheitsstatue, um Manhattan herum und wieder zurück. Am Freitagmorgen wollte man schon um 7.00 Uhr auslaufen, damit Mitchell sich abends noch im Club umhören konnte. Am Sonnabend und Sonntag sollte eine Fahrt mit Übernachtung in Sag Harbor mit Abstechern zu den Hamptons per Taxi oder Mietwagen folgen.

Josh erwähnte, dass Mario Colarossi in Montauk beim dortigen Yachtclub sein würde. Mario überlegte, ob man sich am Sonntag zum Brunch treffen könnte. Seine Tochter besaß in East Hampton ein Ferienhaus. Er würde Helene und Mitchell mit dem Wagen abholen. Damit waren sie einverstanden.

* * *

Um 22.00 Uhr traf Edward Marlowe mit seiner Entourage ein und übernachtete mit Clair Roseman auf der LEGAL TENDER.

4. Juli

Helene und Mitchell wachten vor Josh auf und entschlossen sich zum Aufstehen. Mitchell wollte Frühstück machen. Helene trat aufs Achterdeck hinaus und genoss die Aussicht auf die Landschaft und den Anblick der vielen Boote im Yachthafen. Sie betrachtete die CHAMPAGNE LADY und die LEGAL TENDER, stellte sich das Mordopfer in der Yacht vor und dachte an das Geheimnis um die Tote und Marlowe.

Helene sagte Mitchell, dass sie einen Spaziergang machen wolle, und stieg von Bord. Sie ging nach rechts zum Ende des Stegs und blickte über den friedlich daliegenden Hafen. Auf den Pfählen hockten ein paar Möwen. Am oberen Ende eines Pfahls war eine Plastikeule angenagelt, um die Möwen zu verscheuchen. Das nützte aber nichts. Drei Leute trugen Proviant für einen Wochenendtörn zu ihrem Boot. Mit einem letzten Blick über den Hafen drehte Helene sich um und ging auf dem Steg landwärts. Dabei sah sie die Yacht COURTSHIP der Drydens und ihr gegenüber Horatios COURTSIDE – vier Yachten, drei Morde.

Vom oberen Ende der Stegrampe aus betrachtete Helene die Wohnhäuser am Hang, von denen aus man den Club und den Hafen überblicken konnte. Sie versuchte sich vorzustellen, aus welchem Haus ein Scharfschütze Josh treffen könnte.

Auf dem riesigen Parkplatz zählte Helene nur drei Dutzend Autos. Am 4.-Juli-Wochenende des letzten Jahres hatte sie keinen Parkplatz gefunden und musste die Schlüssel im Clubhaus abgeben, damit jemand vom Personal den Wagen einparkte. Dieser Kundendienst war diesmal nicht nötig. Am neuen Steg endete ihr Rundgang. Sie sah sich die leeren Tennisplätze, das Schwimmbecken und die Bootstankstelle an und warf einen Blick auf die Segelyachten am Südsteg.

Als sie wieder an Bord kam, hatten Mitchell und Josh gerade das Frühstück fertig. Es gab Rührei, Orangensaft, frisches Obst, kanadischen Schinken, Kaffee und belgische Waffeln. Der Tisch war auf dem Achterdeck gedeckt.

»Was ist denn in euch gefahren? Wir sind hier zu dritt, nicht zu sechst. Wie kommt es eigentlich, dass die Unvernunft regiert, sobald ihr beiden zusammen seid?«

»Genieße es heute einfach, denn morgen gibt es vielleicht nur noch Zimtbrötchen. Damit musste ich mich letztes Mal begnügen«, antwortete Mitchell. Die Männer servierten das Frühstück.

Mitchell sagte: »Professor, bei all den Frühstücksvorbereitungen habe ich etwas vergessen: Mitten in der Nacht musste ich wieder daran denken, was du über Titus erzählt hast.«

Helene blickte zu den Häusern an den Hügeln hinüber. Dort saßen zwei Bewohner auf Liegestühlen und lasen beim Frühstück die Zeitung. Den Gedanken an Scharfschützen verdrängte sie erst einmal.

»Das mit Colarossi?«, fragte Josh.

»Ja, Titus war überzeugt, dass Colarossi dich umbringen wollte, dass du das nächste Opfer sein würdest. Wie kam er dazu? Um dich zurückzuholen, hat er so getan, als ob dein Boot unterging. Er weiß etwas. Er hat aus purer Verzweiflung gehandelt. Bis Sonntagabend müssen wir ihn zum Reden bringen. Und dann machst du deine Aussage bei Mullins, ja?«

»Hundertprozentig, ich habe es schließlich versprochen.«

»Ich bin froh über deinen Entschluss. Gestern Abend habe ich noch kurz vor unserer Abfahrt Lieutenant Mullins angerufen. Er sagte, dass sich niemand mit einer Lösung des Rätsels gemeldet hätte.«

»Es ist schwierig, nicht so richtig greifbar.« Dabei nahm er mit der Gabel eine Waffel, träufelte etwas Ahornsirup darauf und aß sie. Dann schaltete sich Helene ein: »Ich will dir einmal etwas sagen, Josh.« Mitchell kannte diesen strengen Gesichtsausdruck. Sie stellte die Kaffeetasse heftiger als nötig auf den Tisch. Jetzt kam die Standpauke der Ersatzmutter: »Es ist besser, du raffst dich auf und tust das Unvermeidliche, bevor dich jemand ermordet. Hast du mich jemals fluchen hören?«

»Nein, du bist doch eine Dame.«

»Hast du mich irgendwann einmal wütend gesehen?« Ihre Augen wurden groß. »Nein, und das möchte ich auch nicht.«

Sie beugte sich zu Josh. »Wenn du Montag nicht Ernst machst, komme ich höchstpersönlich mit einem Schlachtermesser vorbei und schneide dir die Eier ab!« Mitchell applaudierte und lachte. »Bravo, bravo!« Helene blieb ernst.

Josh küsste sie auf die Stirn.

»Ich bin eben ein Schlappschwanz, deshalb habe ich bis jetzt noch nicht ausgesagt. Und ich liebe dich.«

Um 9.00 Uhr lief die COYOTE nach Port Jefferson aus.

* * *

Um 8.30 Uhr war Lieutenant Mullins im Büro – Feiertag hin oder her. Die Krise dauerte an. Polizeiwachen sind rund um die Uhr besetzt. Nach den Spätnachrichten hatte niemand angerufen. Wo waren denn die Literaturwissenschaftler – alle in Urlaub? Auch wenn die akademische Welt Ferien machte, mussten die Literaturexperten doch fernsehen und Zeitung lesen. Wenn der Rätselschreiber eine passende Literaturstelle finden konnte, warum fanden die Literaturkenner dann nicht die Quelle?

»Es dauert zu lange«, klagte er. Es musste einen Durchbruch geben.

Wir brauchen die Lösung, bevor der Rätselschreiber wieder zuschlägt.

42

Kurz nach 18.00 Uhr legte die COYOTE wieder im Yachthafen an, damit Mitchell mit den Hauptverdächtigen sprechen konnte. Um 20.15 Uhr wollte man wieder auslaufen, um ab 21.00 Uhr in Lloyd Harbor gemeinsam mit vielen anderen Bootsbesatzungen das Feuerwerk zu beobachten. Zum ersten Mal hatten die umliegenden Städte die Veranstaltung finanziell unterstützt. Der Nationalstolz hatte über politische Kleinkrämerei gesiegt.

Helene hatte sich während der Fahrt nach Port Jefferson beim Sonnenbaden auf dem Vorschiff einen Sonnenbrand geholt. Auch der Wind hatte dazu beigetragen. Als Mitchell und Josh an Land gingen, um Opfer für ihre Befragungen zu finden, blieb sie an Bord, um ein Schläfchen zu halten.

Die LEGAL TENDER war mit Direktor Marlowe und Gästen an Bord ausgelaufen.

»Vielleicht ist Marlowe bei den anderen Booten, um das Feuerwerk zu sehen«, mutmaßte Josh. Auch der Liegeplatz der Grants war leer. Die Robinsons und die Chus waren nicht gekommen. Matthew DiBiasi war an Bord seiner 44-Fuß-Searay BULL N' BARE, die neben dem Platz der Grants lag.

»Du hast Matt im Club gesehen, erinnerst du dich? Er hatte mit Colarossi gegessen.«

»Seine Verlobte heißt Gina Ferrara. Die Namen der beiden sind in meinen Aufzeichnungen enthalten.«

Matthew DiBiasi war ein gut aussehender Mann Mitte dreißig mit dunklem, nach hinten gekämmtem Haar. Mitchell fand, dass er dem Schauspieler Al Pacino ziemlich ähnlich sah.

Das schnittige und doch geräumige Luxussportboot beeindruckte Mitchell. Matthew entleerte gerade die Wassertanks. Aus zwei Auslässen strömte Wasser.

»Hallo, Matt«, rief Josh, »alles klar?«

Matt drehte sich um, sah die beiden und kam zum Steg.

»Alles Gute zum 4. Juli, Josh. Wie geht's?« Josh stellte Mitchell vor und erklärte, woran er als Schriftsteller gerade arbeitete.

»Bootseigner sehe ich immer nur bei der Arbeit, ständig reparieren sie etwas«, sagte Mitchell.

»Das gehört einfach dazu, Mitchell. Josh, ich habe beim Trinkwasser Schwierigkeiten mit der alten Plage, dem Gestank nach faulen Eiern. Das habe ich seit Jahren nicht mehr gehabt.«

»Vergiss nicht, ein, zwei Tropfen Clorox dazuzugeben.«

»Das vergesse ich nicht. Wir trinken sowieso kein Leitungswasser. Aber das ist heute mein kleinstes Problem. Die Steuerbordmaschine macht Mucken. Wir wollten eigentlich gestern auslaufen, konnten aber keinen Mechaniker bekommen. Dadurch sitze ich hier bis morgen fest. Dann kommt um 7.00 Uhr ein Mechaniker. Und ich habe mich so auf diese vier freien Tage gefreut. Das ist mein ganzer Jahresurlaub. Manchmal hat man die Nase voll, Mitchell. Boote machen einem manchmal zur falschen Zeit das Leben schwer, so wie jetzt.«

Matthew DiBiasi war schon lange Clubmitglied, ein geselliger, kontaktfreudiger und beliebter Mann. Weil er geschäftlich sehr eingespannt und oft auf Reisen war, hatte er kein Vereinsamt übernommen. Wenn es seine Zeit erlaubte, nahm er aber an geselligen Veranstaltungen teil. Mit Mario Colarossi war er besonders eng befreundet. Die beiden unternahmen oft gemeinsame Törns.

»Matt, Mitchell hilft bei der Aufklärung der Morde im Club. Darf er dir ein paar Fragen stellen?«

Matt lächelte verschmitzt: »Ich bin völlig ahnungslos. Kommt an Bord. Josh, stell bitte das Wasser ab.«

Josh drehte den Wasserhahn auf dem Steg zu. Die drei nahmen in dem geräumigen Cockpit auf Lederpolstern Platz.

»Wohin wolltet ihr?«, fragte Josh. »Wir kommen gerade aus Port Jeff.«

»Montauk. Ich wollte gestern zusammen mit Mario fahren. Meine Gina war verstimmt und ist nach Hause gefahren, sie kommt aber ungefähr in einer Stunde zum Abendessen wieder her. Sie ist auch enttäuscht, dass wir das Feuerwerk verpassen. An diesem Wochenende habe ich bei ihr keine guten Karten.«

»Fahrt doch mit uns«, schlug Josh vor. »Wir laufen gegen halb neun aus. Damit können wir Gina eine Freude machen, und Helene, Mitchells Frau, hat eine Gesprächspartnerin.«

»Fabelhaft, das hört sich gut an. Wenn Gina glücklich ist, bin ich es auch.«

»Ist Mario allein gefahren?«, fragte Josh.

»Du kennst ihn ja, es macht ihm keine Schwierigkeiten, allein zu fahren, und er unternimmt auch gerne Nachtfahrten. Dann brennt die Sonne nicht, es gibt weniger Verkehr auf dem Wasser, man kann sich an den Leuchtfeuern leicht orientieren, und die Besoffenen sind alle schon im Hafen. Gestern Abend ist er gegen 19.00 Uhr ausgelaufen.«

»Ein gutes Gespräch«, dachte Mitchell. Matt würde vielleicht bereitwilliger auf Fragen antworten als Titus Banks.

»Ich habe einen Liegeplatz längsseits von Marios Yacht reservieren lassen, den ich bezahlen muss«, fuhr Matt fort. »Mit dem Feuerwerk als Zugabe ist das schon in Ordnung – eine Art Rabatt.«

»Wir wollen uns am Sonntag mit Mario zum Brunch in Sag Harbor treffen. Wollt ihr nicht mitkommen?«, fragte Josh.

»Abgemacht. Mitchell, was wollen Sie wissen?«

»Ich weiß, dass Sie schon vernommen worden sind, aber als Enthüllungsautor kann ich nicht aus meiner Haut. Josh meinte, ich könnte helfen, indem ich einige Tatsachen bewerte. Ich habe nur wenige, einfache Fragen.«

»Das geht in Ordnung«, erwiderte Matt.

»In der Nacht, als Renata getötet wurde, waren Sie auf Ihrem Boot?«

»Richtig. Ich bin während der *Tonight Show* eingeschlafen und habe Jimmy Buffetts Auftritt verpasst. Ich habe auch nicht mitbekommen, was auf dem Steg los war. Um 1.00 Uhr hat sich der Fernseher abgeschaltet.«

»Wie gut kannten Sie Renata?«

»Ich habe mich öfter mit ihr oben an der Bar unterhalten, mal mit, mal ohne Gina.«

»Sie sind ein gut aussehender Typ. Hat sie Sie irgendwann einmal angemacht?«

»Niemals. Das konnte ich aber gar nicht verstehen«, lachte er. »Wir waren nicht richtig befreundet, es war mehr eine Bekanntschaft. Sie wissen schon, die Geselligkeit in so einem Club, wo sich alle als große Familie betrachten.«

»Haben Sie irgendeine Vermutung, warum jemand ihren Tod wollte?«

»Null Ahnung.«

»Irgendwelche Ahnungen oder auch nur vage Vermutungen, warum Alvin Horatio, Arthur Dryden und Kommandant Deever sterben mussten?«

»Null Komma null null. Die *Newsday* hat so eine alte Geschichte ausgegraben und einen Zusammenhang mit den Toten angedeutet. Ich war mit den Opfern auch nicht näher befreundet. Die einzige Juristin, mit der ich befreundet bin, ist Gina. Ich kann mir einfach nicht vorstellen, dass Renata Feinde hatte oder wer einen Grund hatte, sie umzubringen.«

Mitchell hatte zwar keine Offenbarungen erwartet, war aber doch enttäuscht.

»Ihr Bootsname BULL N' BARE gefällt mir«, sagte Mitchell.

»Manche halten mich für einen Börsenmakler. Das bin ich aber nicht. Ich investiere mein Geld in verschiedene Dinge, auch in Aktien und Warenwerte. Und ich bin ein Bulle und meistens blank. Gina kann das bestätigen.« Sie lachten.

»Danke, Matt. Entschuldigen Sie, dass wir Sie von der Arbeit abgehalten haben«, beendete Mitchell das Gespräch. »Wir lassen Sie jetzt mal mit Ihrem Problem, oder besser Problemen, allein.«

»Bis später dann«, verabschiedete sich Josh. »Ach, soll ich mir die Maschine einmal ansehen?«

»Danke, nicht nötig, der Mechaniker ist schon bestellt.«

Mitchell schüttelte Matt die Hand und ging von Bord der BULL N' BARE. Josh drehte den Wasserhahn wieder auf. Die beiden gingen auf dem Steg in Richtung Ufer.

»Der ist mir sympathisch«, sagte Mitchell. »Es freut mich, dass du ihn für heute Abend eingeladen hast.«

»Wir sehen uns mal an der Bar, im Restaurant und am Pool um.«

Auf den Tennisplätzen spielte niemand. Im Schwimmbecken tummelten sich Familien, die den heißen Tag ausnutzten. In der Bar saßen zwei Paare beim Abendessen. Warren Moss, der Barkeeper, hatte seinen freien Tag. Im Speisesaal aß niemand. Am Eingang standen drei Bedienungen und tuschelten über das entgangene Trinkgeld.

»Willst du mit Titus sprechen?«, fragte Josh.

»Das machen wir morgen Abend an der Bar. Lass uns zurückgehen.«

Als sie wieder an Bord kamen, wachte Helene auf, die auf einer Liegematte auf dem Vorschiff geschlafen hatte. Sie fragte Josh: »Wo hast du dein Fernglas?«

»Oben, rechtes Schapp.«

»Danke, Kapitän.«

Sie holte sich das Fernglas und richtete es auf die Häuser am Hang gegenüber dem Yachtclub, immer noch auf der Suche nach Stellen, wo sich Scharfschützen verbergen könnten.

43

Am selben Tag

Lieutenant Ken Mullins blieb bis Mitternacht im 2. Polizeirevier. Diesmal war der 4. Juli ein furchtbarer Tag für ihn. Niemand rief an, um die Lösung durchzugeben. Im Fernsehen hatte er sich das Feuerwerk von Macy's am East River angesehen – so viel Zeit musste sein. Auch nach den 23-Uhr-Nachrichten, seiner letzten Hoffnung, meldete sich niemand. Tagsüber hatten einige Leute, die mit der Sache befasst waren, darunter Adam Farmer und Mitchell, nachgefragt, ob schon eine Lösung eingegangen sei. Als Mullins sein Büro verließ, war ihm klar, dass der Mörder zwei Tage Vorsprung hatte. Die letzte Hoffnung bestand darin, dass der Rätselschreiber am nächsten Tag selbst die Lösung liefern würde und das Opfer dann noch am Leben wäre.

Oder würde die Lösung wieder zu spät eingehen … wie bei Deever?

* * *

Während des Feuerwerks lagen unzählige Boote längsseits aneinander festgemacht im Hafen. Nachdem das Feuerwerk zu Ende war und auf allen Yachten zum Ausklang des Feiertags die Signalhörner getutet hatten, sprach Mitchell mit den Grants und mit dem Kommodore an Bord ihrer Schiffe.

Matthew DiBiasi und seine Verlobte Gina Ferrara hatten mit ihrem freundlichen und geselligen Wesen sehr zum Gelingen des Abends beigetragen. Helene war gern mit den beiden zusammen. Gina war eine anregende Gesprächspartnerin. Wenn sie lachte, strahlten ihre grünen Augen. Sie war Mitte dreißig, hatte schulterlange Haare, ausgeprägte Grübchen und war mit 1,67 Meter eine Handbreit kleiner als Matthew. Gina gehörte einer Strafrechtskanzlei in Garden City (Nassau County) an und erzählte von den Schwierigkeiten und dem Frust einer Strafverteidigerin. Helene erwähnte, dass sie zwei Romane von ehemaligen Strafverteidigern herausgegeben hatte, die ihren Beruf an den Nagel gehängt hatten und jetzt von der Schriftstellerei lebten.

»Ich habe nicht die geringste schöpferische Ader«, erklärte Gina. »Ich bin die geborene Juristin und liebe alle Seiten meines Berufs, auch die Enttäuschungen und das ewige Einerlei.«

Alles in allem waren 17 Motor- und Segelyachten zusammengekommen und hatten aneinander festgemacht. Auch die LEGAL TENDER war dabei, aber es gab keinen Besuch bei Marlowe und seinen Gästen. Die Gespräche hatten Mitchell nicht weitergebracht.

Blieb nur noch Titus.

Freitag, 5. Juli
Der gefürchtete Morgen

Obwohl die Post normalerweise erst nach 9.00 Uhr kam, war Ken Mullins bereits um 7.30 Uhr im 2. Revier. Um 8.30 Uhr trafen die besorgten Bundesbeamten ein. Mullins versprach ihnen, sie sofort nach Eingang der Post anzurufen.

Schon um 7.10 Uhr lief die COYOTE zu ihrer Manhattan-Fahrt aus, um im East River den mitlaufenden südwestlichen Ebbstrom auszunutzen. Die Gezeitenströme waren dort tückisch, der Flutstrom erreichte immerhin 4 Knoten, der Ebbstrom sogar 5,2 Knoten. Dort mit dem Strom zu fahren – sei es ein- oder auslaufend – erforderte gute Seemannschaft.

Um 8.40 Uhr lief die BULL N' BARE mit frisch gefüllten Wassertanks und reparierter Steuerbordmaschine nach Montauk aus. Matt DiBiasi löste die Festmacher und holte sie ein. Gina steuerte die Searay aus der Marina hinaus ins Fahrwasser. Das hatte Matt ihr beigebracht. Er rief Colarossi an, dass die Maschine repariert, er mit Gina auf dem Weg sei und in drei bis vier Stunden eintreffen würde. Mario freute sich, dass es mit der Reparatur geklappt hatte, und erwartete die beiden zum Mittagessen.

* * *

Um 9.15 Uhr war die Post noch nicht da. Mullins ging nervös auf und ab wie ein werdender Vater vor dem Kreißsaal. Nachdem der Briefträger eingetroffen war, brachte ein damit beauftragter Beamter die Post um 9.25 Uhr sofort in Mullins' Büro.

Mullins schloss die Tür und las die Adresse auf dem Umschlag. Auch diesmal fehlte sein Titel sowie die Angabe 2. Polizeirevier. Aufgegeben war der Brief in einem anderen großen Postamt, dem Long-Island-City-Postamt in Queens. *Er hat sich gedacht, dass wir das Postamt in Hicksville überwachen und dort auf ihn warten würden.* So war es auch.

Mit einem tiefen Atemzug sagte Mullins vor sich hin: »Also gut, mal sehen, was du uns zu sagen hast, du ausgekochter Hund.«

Er zog das weiße Blatt heraus und las eilig den getippten Text: »Das Zitat – Die Geißel Gottes muss sterben – ist von dem ersten großen elisabethanischen Dramatiker im 16. Jahrhundert. Die Stelle stammt aus *Tamerlan der Große*. Der Verfasser starb mit 29 Jahren bei einem Wirtshausduell. Er ist auch geheimdienstlich für die damalige Regierung tätig gewesen. Er hieß Christopher Marlowe.«

Mullins rief den CIA-Beamten Charlie Messina an. Die LEGAL TENDER hatte die Nacht in Lloyd Harbor an der Festmachetonne des Clubs verbracht. Messina, der wusste, wo Marlowe zu erreichen war, benachrichtigte ihn per Sprechfunk, und sofort kehrte die LEGAL TENDER zu ihrem Liegeplatz im Clubhafen zurück. Dort warteten schon Polizeibeamte, die zu Marlowes Schutz abgestellt waren. Seine Leibwächter wurden abgelöst, und er fuhr nach Hause. Den Direktor auf dem Wasser zu schützen, wäre sicherheitstechnisch ungünstig gewesen.

* * *

Die COYOTE war unterwegs. Die Yachtclub-Probleme waren weit weg. Das Schiff fuhr in der äußeren Bucht von New York an Battery Park City vorbei Richtung Verrazano-Brücke, passierte dann das Wall-Street-Viertel, um schließlich zum Mittagessen in der Nähe der Freiheitsstatue zu ankern. Von dort hatte man einen erstklassigen Blick auf Manhattan. Anschließend fuhr die Yacht den Hudson River hinauf, lief dann mit dem schwachen Strom auf dem Harlem River flussabwärts und schließlich in den nach Nordosten setzenden Flutstrom des East River hinein. Eine gemütliche zweistündige Fahrt entlang der Küste von Connecticut und über den Sund nach Huntington Bay sollte sich anschließen. Für Helene war es ein wundervoller, erholsamer Tag – Medizin für die Seele.

Als die Rückfahrt begann, rief Mitchell Ken Mullins an. Mullins las ihm die eingegangene Rätsellösung vor und fügte hinzu, dass Marlowes polizeilicher Personenschutz verstärkt worden war. Mitchell notierte sich die Lösung. »Mitchell, Marlowe könnte als vierter Beteiligter des Strahlenmüllskandals zum Tode verurteilt sein. Sieht aus, als sei Colarossi der Täter – der einzige, der von dem Quartett noch übrig ist.«

»Einleuchtend, Lieutenant, aber nicht leicht zu beweisen.«

»Ja, das wird schwierig.«

Mitchell schlug Mullins auch vor, Adam Farmer anzurufen, um ihn mit Nachrichten aus erster Hand bei der Stange zu halten. Mitchell wiederholte das Gesagte für Helene und Josh.

»Es freut euch sicher, dass auch ich herumschnüffle, um den Rätselschreiber zu finden«, sagte Josh.

»Sei nicht so voreilig, was Marlowe betrifft, Professor. Denk an den zweiten Mann. Wenn Marlowe am Montag zu deiner Aussage gehört wird, werden wir sehen, was passiert. Zügle deinen Ärger bis dahin.«

»Zügeln, Mitchell? Hier an Bord müsstest du eher sagen ›Lass deinen Ärger nicht aus dem Ruder laufen‹ – oder so ähnlich. Ist es nicht ein wunderschöner Tag auf See? Heute ist der Tag vor dem Fall des Hauses Marlowe.«

* * *

Mit einer Marschfahrt von 25 Knoten überquerte die BULL N' BARE »The Race«, das Gebiet am östlichen Ende der Inseln vor Long Island und Fisher's Island, wo der Long Island Sound zum Block Island Sound wird. Die Yacht steuerte direkten Kurs nach Montauk, das man am Horizont ausmachen konnte.

Gina und Matt liefen in die Bucht ein und änderten an der Küstenwachstation von Star Island den Kurs nach Backbord, um dann einen Liegeplatz neben der MARIO-NETTE im Hafen des Yachtclubs von Montauk am Lake Montauk anzusteuern. Colarossi sah die

BULL N' BARE einlaufen, während er, seine Tochter, sein Schwiegersohn und zwei Enkelkinder sich auf dem Oberdeck sonnten.

Colarossi wartete ab, bis Gina, Matt und die Hafenhelfer die Yacht festgemacht hatten, dann ging er an Bord. Er küsste Gina und umarmte Matt. Bevor man zusammen an Bord der MARIO-NETTE und anschließend zum Essen ins Restaurant ging, erzählte er, dass Valerie Dryden morgen kommen würde, um den Tag an Bord zu verbringen. Wegen ihrer Töchter könne sie nicht über Nacht bleiben, denn es sei noch zu früh, um sich öffentlich mit einem anderen Mann zu zeigen, ganz zu schweigen von einer Übernachtung an Bord. Gina und Matt wussten von der langjährigen Freundschaft zwischen Mario und Valerie. Mario vertraute ihnen so, wie Valerie ihnen von Anfang an vertraut hatte. Gina und Valerie waren Freundinnen.

* * *

Lieutenant Mullins fuhr mit den beiden Bundesbeamten zum Yachtclub, um sich dort mit Edward Marlowe zu treffen und ihm die Auflösung des Rätsels zu zeigen. Für den Fall, dass Marlowe in der Gegend bleiben sollte, wollte er auch dessen Personenschutz besprechen. Die Bundesbeamten blieben auf dem Clubgelände, und Mullins kehrte zum 2. Revier zurück, um die für diesen Nachmittag angesetzte Pressekonferenz vorzubereiten. Er wusste, dass die Schlagzeilen anschließend etwa so lauten würden: »Yachtclubmörder bedroht hohen CIA-Beamten.« Oder: »Rätselschreiber gibt nächstes Opfer bekannt.« Vielleicht auch: »Rätselschreiber nimmt sich CIA vor.« Oder: »Gefahr für Marlowe.«

Auf der Rückfahrt zur Polizeiwache rief Mullins Adam Farmer an, um ihm von der Pressekonferenz zu erzählen, vom Inhalt des Briefes und davon, dass Marlowe sich unter verstärktem Personenschutz beim Eastern-Shore-Yachtclub aufhalte. Adam bedankte sich, kündigte an, dass er zur Pressekonferenz kommen würde, und machte sich dann mit einem Fotografen, der ein Teleobjektiv dabeihatte, auf den Weg zum Yachtclub.

Schon wieder ein Erstbericht!

44

Die Gäste auf der COYOTE sahen die Pressekonferenz im Fernsehen, als das Boot den am Wasser gelegenen Vergnügungspark von Rye, New York, passierte.

Das Polizeiboot machte an einem Außenliegeplatz des Nordstegs fest, als die COYOTE sich gegen 18.00 Uhr dem Clubhafen näherte. Zwei Beamte standen am Polizeiboot und zwei am oberen Ende der Rampe, die vom Steg zum Ufer führte. Auf dem Gelände parkte ein weiterer Streifenwagen. Ein Beamter beobachtete von der Stegrampe aus mit einem Fernglas die Häuser am Hang. »Sieh dir bloß dieses Polizeiaufgebot an, Josh«, sagte Mitchell.

Josh kochte vor Wut: »Marlowe ist einfach zu blöd – der bleibt hier, anstatt nach Washington zu verschwinden«, schimpfte er, während er die COYOTE zum Anlegen mit dem Heck zum Steg drehte. »Er richtet hier alles zugrunde, soweit das überhaupt noch möglich ist. Er muss mit seiner Freundin hier sein.«

»Beruhige dich, Josh. Nach dem Anlegen kannst du dich wieder aufregen.« Josh fuhr rückwärts. Auf dem Steg stand Titus und erklärte einem Beamten, dass die COYOTE hierher gehöre und dass er die Leute an Bord kenne. Der Beamte ging wieder, und die COYOTE legte an. Das Polizeiaufgebot auf dem Steg wurde von den vorbeifahrenden Booten aus begafft. Im Fahrwasser bildete sich fast ein Stau.

Joshs üble Laune hielt an. Es gelang Mitchell nicht, ihn zu beruhigen. Dann versuchte Helene es. Aber auch die Ersatzmutter schaffte es nicht. Joshs Ärger war unüberwindlich.

»Ich muss hier weg, bevor ich ihn erwürge und dafür erschossen werde«, zischelte Josh.

Er ging von Bord und trabte auf dem Steg an Land. Am Parkplatz bog er nach links zum neuen Steg ab, schlenderte mit nachdenklich gesenktem Kopf bis zum Ende und zurück. Zwischendurch machte er Streckübungen, um die Anspannung abzubauen. Mitchell beobachtete ihn. Nach der Rückkehr schien Josh sich beruhigt zu haben.

Helene wartete mit einem gekühlten Bier auf ihn.

»Geht es dir besser?«, fragte sie.

»Tausendmal besser. Aber ich will nicht hier draußen sitzen und hinüberstarren. Gehen wir hinein.«

Mitchell schloss die Kajüttür, sodass Marlowe und der Polizeiauftrieb nicht mehr zu sehen waren.

Schon nach einer Dreiviertelstunde, als Mitchell und Josh sich zum Dinner umgezogen hatten und auf dem Achterdeck auf Helene warteten, legte Josh wieder los.

»Sieh dir das an! Er hat Renata umgebracht, und jetzt schützen CIA und Polizei den Hurensohn! Das Ganze ist ein geschickter Winkelzug, den er sich ausgedacht hat, um von sich, dem wirklichen Mörder, abzulenken. Das Rätsel und die Lösung sind gefälscht. Und er wird damit durchkommen!«

»Professor, es gab den zweiten Mann!«

»Ist mir egal. Der andere Mann könnte der erste Besucher gewesen sein, und er ist der zweite Mann, der Mörder. Er hat auch die anderen umgebracht. Es ist ein übler Trick, sage ich dir. Ich halte es kaum aus.« Seine Augen blickten ins Leere.

»Lass das, Professor. Quäl dich nicht so. Geh und warte beim Wagen. Je länger du dir seine Yacht und seine Leibwächter ansiehst, desto mehr nimmt es dich mit. Ich schließe ab.«

Josh holte tief Luft. »Tut mir leid, Mitchell. Ich verspreche dir, beim Essen ein guter Gesellschafter zu sein. Ich werde Helene nicht den Tag verderben. Kein Wort über Renata oder Marlowe.«

»Mutter Helene wird das zu schätzen wissen. Sie hat heute einen wundervollen Tag verbracht, also ärgere sie nicht, sonst bekommst du Haue. Meist behält sie die Oberhand, und ich schlage mich auf ihre Seite.«

Vor Mitternacht kehrten die drei auf die COYOTE zurück. Das Polizeiboot fuhr vor dem Yachthafen Streife, die Polizeiwagen standen auf dem Gelände, und das Tor war geschlossen. Die beiden Beamten am Zugang des Stegs wünschten freundlich lächelnd einen guten Abend.

Im Salon der COYOTE erklärte Helene: »Das war ein perfekter Tag, meine Herren, mit zwei meiner Lieblingsmänner. Danke und gute Nacht.« Sie ging unter Deck.

»Wann macht Titus heute Abend Schluss?«, fragte Mitchell. »Es ist ruhig da draußen. Könnte er vor Mitternacht Feierabend machen? Wir müssen ihn heute Nacht knacken.«

Josh ging auf und ab, dann starrte er zur CHAMPAGNE LADY und zur LEGAL TENDER. Mit einem mürrischen, traurigen Gesichtsausdruck sagte er: »Ich habe heute viel nachgedacht. Titus ist nicht mehr wichtig.«

»Wieso denn das?«, antwortete Mitchell auf die seltsame Bemerkung. »Ich dachte, wir waren uns einig, dass er die Schlüsselfigur ist.«

»Nein, ich selbst bin der Schlüssel, der genau ins Schloss passt. Lass uns Mario morgen früh anrufen und Sag Harbor abblasen.«

»Damit wirst du Helene aber sehr enttäuschen. Sie hat sich dort schon telefonisch mit Freunden und Geschäftspartnern verabredet. Ich bin sicher, dass Mario ebenso enttäuscht sein wird.«

»Der Einzige, der enttäuscht sein wird, ist Marlowe. Ich möchte, dass du morgen mit mir kommst. Ich bringe ihn hinter Gitter.«

45

Nach der guten Nachricht, dass Josh aussagen wollte, konnte Mitchell nicht schlafen, denn er zermarterte sich den Kopf wegen der schlechten Nachricht: Josh könnte sich in Gefahr bringen. Sobald er sich als Augenzeuge meldete, würde Marlowe es wahrscheinlich schwer haben, politisch zu überleben und im Amt zu bleiben. Würde man Marlowe festnehmen? Er hatte drei Entlastungszeugen, hinzu kam seine eigene Einlassung und die Aussagen seiner beiden Beamten. Wem würde die Polizei wohl eher glauben, sechs glaubwürdigen Personen oder Josh?

Sollte Marlowe Renata und seine früheren Partner umgebracht haben, dann war er möglicherweise noch immer gefährlich. Falls Colarossi der zweite Mann war und glaubte, dass Josh ihn gesehen hatte, dann stand Josh zwei Feinden gegenüber. Es war nicht damit getan, einfach als Zeuge auf der Polizeiwache zu erscheinen, zu sagen: »Tut mir leid, dass ich so lange gewartet habe«, um dann in aller Ruhe abzuwarten, wie sich das Drama entwickelt. Kritiker könnten ihn deswegen zur Schnecke machen.

Mitchell verkannte nicht, dass Josh durch eine Aussage viele Nachteile drohten. Seine Aussage war aber dringend erforderlich, um der Lösung des Geheimnisses um Renata zumindest näher zu kommen. Wer die anderen getötet hatte, war nicht weniger rätselhaft. Begann man aber mit dem Fall Renata, konnte das ein erster Schritt zur Aufklärung der weiteren Mordfälle und zur Überführung des Rätselschreibers sein. Joshs Entscheidung zu reden war für Mitchell eine zweischneidige Sache.

Er ging hinaus und setzte sich aufs Achterdeck. Marlowes Sicherheitskräfte waren auf dem Posten – das Polizeiboot, zwei Streifenwagen und Beamte zu Fuß. Auf dem Steg war niemand. An Bord der LEGAL TENDER war kein Licht zu sehen – eine ruhige, friedliche Stimmung. Die Nacht war windstill, sodass die Boote sich nicht bewegten. Ungestört umschwirrten Insekten die Lampen.

Mitchell dachte über die gedämpfte, aber ausreichende Beleuchtung des Bootsstegs nach. Die Laternen gaben genügend Licht, sodass jeder sehen konnte, was sich am Heck der CHAMPAGNE LADY, eines anderen Bootes oder irgendwo auf dem Steg abspielte. Mitchell zweifelte nicht daran, dass Josh den Mann erkannt hatte, der Renatas Yacht verlassen hatte. Wegen der ausreichenden Beleuchtung würde auch die Staatsanwaltschaft davon ausgehen. Man würde Josh ausfragen und ausforschen – und ihn eventuell als unglaubwürdig hinstellen. Marlowe war ein beliebter Sohn der Stadt, und seine Angaben wurden durch Zeugenaussagen gestützt.

Mitchell blickte zum Südsteg hinüber, wo sich auch das Restaurant mit dem großen Balkon und das Hafengebäude befanden. Wenn dort zur Tatzeit jemand gewesen wäre, hätte er oder sie den »Herumtreiber« auf dem Nordsteg erkannt, vor allem, wenn die Person ihn schon kannte.

Die andere Seite der Hafenbucht, das Westufer, war zu weit entfernt. Von dort aus hätte niemand etwas Genaues erkennen können. Vielleicht war draußen im Fahrwasser ein Boot vorbeigefahren? Dann blickte er nach links zu den im Dunkeln liegenden Häusern am Hang. Von dort aus jemanden eindeutig zu erkennen wäre schwierig. Saß damals vielleicht jemand auf seiner Veranda und hat gesehen, wie viele Besucher in jener Nacht bei Renata waren? Er vertraute darauf, dass die Polizei mit den Hausbewohnern gesprochen und auch nach Booten geforscht hatte, die vielleicht in der Nähe gewesen waren.

Dann richtete sich Mitchells Aufmerksamkeit auf das Hafengebäude und die Umgebung des Clubhauses. Titus hatte sich verdächtig benommen. Was mochte er von dort aus gesehen haben?

Josh hatte Marlowe gesehen. Hatte Titus den zweiten Mann gesehen? Glaubte er deshalb, dass Colarossi Josh töten wollte?

Sonnabend, 6. Juli

Um 8.30 Uhr verließen Mitchell und Josh den Yachtclub und machten sich auf den Weg zum 2. Revier, das zehn Autominuten entfernt lag. Josh war wenig gesprächig – seine Stimmung war wie bei einem

Begräbnis. Auch Mitchell redete nicht, er wollte nachdenken. Josh hatte sich zu einer schwierigen Entscheidung durchgerungen. Mitchell hoffte, dass er dabei bleiben würde. Nach der halben Fahrtstrecke brach Josh das Schweigen.

»Sollten wir Mullins nicht anrufen, dass wir kommen?«

Mitchell betrachtete die Frage als gutes Zeichen. »Wenn wir das tun, könnten sie dich gleich am Eingang in Empfang nehmen. Die Polizei könnte übereifrig werden, weil sie endlich einen Zeugen hat. Willst du nicht lieber einfach in sein Büro treten, die Tür hinter dir schließen und deine Aussage machen? Vielleicht wartet draußen auch schon die Presse.« Mitchell fühlte Josh auf den Zahn, ob er wirklich zu Mullins wollte, denn er hatte schon einmal gekniffen.

»Bloß kein Theater«, sagte Josh. »Wir erzählen es ihm in seinem Büro. Ich bin auf alles vorbereitet.« Er schien entschlossen zu sein.

Seine Antwort ermutigte Mitchell. Als die beiden das Polizeirevier erreichten, stand dort auf dem Besucherparkplatz ein Übertragungswagen des Fernsehens. Die Fernsehleute waren ausgestiegen und unterhielten sich mit Reportern und Fotografen der Lokalpresse. Bei diesem Anblick sagte Mitchell: »Du hast die richtige Entscheidung getroffen, Professor.«

»Ja, ab und zu kommt das vor.«

»Wie fühlst du dich?« »Ich bin bereit. Es ist höchste Zeit.« Mitchell fuhr auf den Parkplatz für die Beamten, um so zu tun, als seien Josh und er Polizisten.

Sie traten ein, wurden Mullins gemeldet und in sein Büro begleitet. »So weit, so gut«, dachte Mitchell, »Josh macht keinen Rückzieher.«

Mullins freute sich über den Besuch. »Nehmen Sie bitte Platz. Worum geht es?«

»Ich glaube, wir schließen besser die Tür«, sagte Mitchell und zog die Tür zu. Mit den Worten »Josh, setz dich dort«, zeigte Mitchell auf den Stuhl vor Mullins' Schreibtisch und setzte sich dann neben den entschlossen blickenden Josh.

Mullins wunderte sich über die umständliche Einleitung. »Was ist los? Was ist so geheimnisvoll? Warum die ernsten Gesichter?«

»Das wird Josh Ihnen gleich erklären«, antwortete Mitchell. »Es geht um Renata Tredanari.«

»Und worum genau?«

Zögernd begann Josh: »In der Nacht, als Renata Tredanari getötet wurde, saß ich im Dunkeln auf meinem Boot. Mein Liegeplatz ist genau gegenüber. Gegen 2.00 Uhr morgens habe ich gesehen, wie der CIA-Direktor Edward Marlowe Renatas Yacht verließ.«

Diese Aussage traf Mullins wie ein Blitz aus heiterem Himmel. Einige Sekunden war er wie betäubt. Skeptisch wandte er sich an Mitchell: »Ist das wahr?«

»Er hat Marlowe wirklich gesehen. Davon bin ich überzeugt, sonst hätte ich ihn nicht hergebracht.«

Mullins vertraute Mitchell als Glaubwürdigkeitszeugen bei diesem ersten größeren Durchbruch in den Ermittlungen. »Sie können also eindeutig bestätigen, dass dieser Zeuge seriös und glaubwürdig ist?«

»Ja, ohne jeden Zweifel. Ich kenne ihn seit Jahren, und er ist Professor an der New Yorker Universität.«

Mullins stand auf und ging mit skeptischem Gesicht auf und ab, dann sah er Josh an. »Ist Ihnen klar, dass Marlowe Zeugen hat? Erhalten Sie Ihre Aussage auch gegen die Angaben dieser Zeugen aufrecht?«

»Ja, ich habe die Wahrheit gesagt. Die anderen Zeugen haben alle gelogen, um ihn zu decken.«

»Aber sie sind alle *tot*, Professor Trimble. Ich kann mich nur an ihre eidesstattlichen Erklärungen halten, die nach wie vor gültig sind und deutlich für Marlowes Unschuld sprechen.«

»Es ist mir gleich, wofür die Erklärungen sprechen. Ich kann meine Aussage beschwören«, entgegnete Josh unbeirrt.

Mullins nahm die Aussage ernst und ging zur Tür.

»Warten Sie bitte hier, ich bin sofort wieder da.«

»Wir warten hier«, erwiderte Josh. »Ich habe lange gebraucht, bis ich hergekommen bin, da werde ich jetzt nicht weglaufen.«

Aufgeregt, dass er einen Zeugen hatte, ging Mullins hinaus.

»Ich bin stolz auf dich, Josh«, sagte Mitchell. »Er ist zwar noch skeptisch, aber er glaubt dir. Das ist ein guter Anfang. Sei auf alles gefasst, und tu, was er sagt.« Um Josh zu zeigen, dass er zu ihm stand, klopfte er ihm auf den Unterarm.

»Ich bin auf alles vorbereitet. Ich hätte schon lange reden sollen, hätte es wagen müssen. Es war idiotisch von mir, so lange zu zögern.«

»Es hat keinen Sinn, das nachträglich zu bedauern.«

Josh überflog die Angaben über den Yachtclub, die an der Wand hingen. Die Rätsel hingen in großer Schrift an der rückwärtigen Wand.

Schon nach wenigen Minuten kehrte Mullins mit den Beamten Charlie Messina und Kelvin Jackson sowie einem Aufnahmegerät zurück und schloss die Tür. Vorläufig verzichtete er darauf, den Bundesbeamten mitzuteilen, was Josh ausgesagt hatte. Er wollte, dass sie es unvoreingenommen aus erster Hand hörten.

»Professor Trimble, Mr Pappas, diese Herren sind Charlie Messina vom CIA und Kelvin Jackson vom FBI.« Die beiden nickten zur Begrüßung, dann nahmen sie gegenüber von Josh und Mitchell Platz – ganz dienstlich und als offizielle Vertreter der Bundesbehörden.

Mullins schloss den Kassettenrekorder an und drückte den Aufnahmeknopf. Dann nahm er das Mikrofon, sprach die Namen der Anwesenden sowie Datum und Uhrzeit auf das Band und nahm auf, dass Professor Trimble unaufgefordert erschienen war, um eine Aussage zu machen.

»Professor Trimble, bitte wiederholen Sie, was Sie mir vorhin mitgeteilt haben.« Die Bundesbeamten warteten gespannt auf die Aussage. Josh beugte sich zum Mikrofon und wiederholte seine Aussage Wort für Wort, als hätte er sie auswendig gelernt.

Die Bundesbeamten waren sprachlos. Mullins ließ den Rekorder während des Schweigens weiterlaufen, dann sagte er: »Professor Trimble, ist das, was Sie gerade ausgesagt haben, die volle Wahrheit?«

»Ja, ich habe Edward Marlowe gesehen.«

»Den Direktor der Central Intelligence Agency?«, fragte Mullins nach.

»Ja, den CIA-Direktor.«

»Mr Pappas, können Sie bestätigen, dass Professor Trimble zurechnungsfähig, verantwortungsbewusst und glaubwürdig ist?«

»Ja, das kann ich bestätigen.«

Mullins schaltete das Aufnahmegerät ab und schob es beiseite. »Ich möchte Sie um etwas bitten, Professor Trimble, etwas, das Sie auch ablehnen können. Normalerweise müssten wir Sie gar nicht fragen. Ich tue es aber, weil Ihre Erklärung sich erheblich auf Direktor Marlowes Amt und auch auf unsere Regierung auswirkt. Sie dürfen mich auch nicht falsch verstehen und denken, ich sei parteiisch oder glaubte Ihnen nicht. Aber ich wiederhole, dass Marlowes Einlassung durch Zeugenaussagen gestützt wird. Wären Sie bereit, Ihre Aussage bei einer Gegenüberstellung mit Edward Marlowe zu wiederholen? Noch einmal – es ist völlig freiwillig.«

»Ja, das will ich. Ich weiß, was ich gesehen habe.«

Mullins sah die Kollegen von CIA und FBI an und zuckte mit der Schulter, als wolle er sagen »Das war's dann.« Die Bundesbeamten sahen sich an und quittierten die Zeugenaussage mit Kopfnicken.

»Charlie«, sagte Mullins, »rufen Sie vorher an, vergewissern Sie sich, dass er an Bord seiner Yacht ist. Wir geben ihm die Ehre und gehen zu ihm.« Der CIA-Beamte Messina nahm das Telefon und wählte die Handynummer eines Kollegen. »Sam, ist der Direktor an Bord? Gut, halte ihn auf, bis ich komme … Sag ihm, es sei dringend.« Messina legte auf und sagte: »Er ist gerade im Aufbruch nach Washington.«

* * *

Mullins ließ die Aussage unter strenger Geheimhaltung abschreiben und durch Josh unterzeichnen. Dann fuhr er mit Mitchell und Josh zum Yachtclub. Die Bundesbeamten folgten in einem Zivilfahrzeug.

* * *

Charlie Messina fuhr sehr unkonzentriert. »Ich kann einfach nicht glauben, was ich da gehört habe, Kelvin. Ich komme damit nicht klar.«

»Du fängst besser an, es zu glauben, Charlie. Trimble scheint ein seriöser Mann zu sein. Seine Aussage bedeutet ja nicht, dass dein Chef die Frau umgebracht hat. Vielleicht war er nicht der zweite Mann. Er könnte durchaus unschuldig sein.«

»Wenn Trimble ein seriöser, verantwortungsvoller Bürger ist, dann werden sich die Medien und die Oppositionspartei wie Hyänen auf Direktor Marlowe stürzen.«

»Wir werden ja sehen, wie er reagiert, wenn Trimble seine Aussage vor ihm wiederholt. Denk daran, wir haben unterschriebene Zeugenerklärungen von Deever, Horatio, Dryden und den beiden Beamten. Das alles spricht gegen Trimbles Aussage. Drei der Zeugen sind tot. Die Toten können ihre Aussagen nicht mehr ändern. Die Frage ist, ob Marlowe von seinen Angaben abrückt. Wenn nicht, dann steht Trimbles gegen Marlowes Aussage.«

»Die beste Lösung wäre, dass Trimble lügt und der Direktor die Wahrheit gesagt hat.«

»So, wie der Fall liegt, dürfte Trimbles Aussage, die Aussage eines einzigen Zeugen, für einen guten Anwalt kein allzu großes Problem darstellen.«

»Ich bin sicher, Direktor Marlowe kennt viele gute Anwälte.«

46

Lake Montauk

Um 9.20 Uhr traf Valerie Dryden am Yachtclub von Montauk ein, um den Tag mit Mario zu verbringen. In ein oder zwei Monaten würden ihre Töchter es akzeptieren, dass die Mutter nach dem Tod des Vaters Beziehungen zu anderen Männern hatte. Schließlich hatte sie Bedürfnisse. Sie war zuversichtlich, dass ihre Mädchen es wie Erwachsene aufnehmen würden. Dann würde sie ihnen Mario vorstellen. Die beiden würden ihn, der ein Freund und Mandant ihres Vaters gewesen war, als neuen Partner – und vielleicht irgendwann Ehemann – ihrer Mutter annehmen. Dann würden alle vier zufrieden und glücklich sein.

Valerie ging zur MARIO-NETTE, die sie schon vom Parkplatz aus gesehen hatte. Dabei kam sie an der BULL N' BARE vorbei. Gina und Matt waren nicht an Bord.

Mario stand an Deck und betrachtete Valerie voller Bewunderung und Verlangen. Er liebte ihren geschmeidigen Gang.

»Val«, rief er ihr zu.

Sie hörte ihn, winkte ihm zu und ging schneller. Die beiden trafen sich an den Landgangsstufen der Yacht, und Valerie stieg an Bord. An Deck – in der Öffentlichkeit – wurden nur Wangenküsse getauscht. Erst in der Kajüte umarmte und küsste er sie leidenschaftlich.

»Ich habe dich so vermisst, Valerie, Liebling. Ich konnte es gar nicht abwarten, dich wiederzusehen.« Wieder küssten sie sich.

»Ein Tag ohne dich ist ein vergeudeter Tag.«

Er nahm sie bei der Hand und führte sie in die Schlafkajüte.

* * *

»Professor Trimble«, sagte Mullins. »Ihre Aussage war mutig, und

Sie hatten gute Gründe, so lange damit zu warten. Sie sollten wissen, dass ich Ihnen glaube. Ihre Aussage steht jetzt allein gegen die Aussagen Marlowes und seiner Entlastungszeugen. Wenn er Renata Tredanari nicht umgebracht hat, gibt er seinen Besuch bei ihr vielleicht zu. Jetzt, nach Ihrer Zeugenaussage könnte er sich der Wahrheit stellen. Ich muss hinzufügen, dass ich ihn nicht verhaften kann, falls er Ihre Aussage bestreitet. In diesem Fall könnte er ungehindert nach Washington fahren.«

»Lieutenant, wenn er nicht gesteht, kann es sein, dass Sie im Sund nach meiner Leiche suchen müssen.«

»Sie halten ihn für den Rätselschreiber?«

»Ganz sicher. Er war in den Müllskandal verwickelt. Die Toten können über die alte Geschichte nicht gegen ihn aussagen, und sie können ihre entlastenden Zeugenaussagen nicht mehr ändern. Er kämpft um sein Amt und seine Macht.«

»Dann werden wir Marlowe als Rätselschreiber in Betracht ziehen, in dieser Richtung ermitteln und ihn unter Druck setzen.«

Auch Mitchell meinte, dass Josh tapfer gehandelt habe, und Mullins glaubte ihm als Joshs Leumundszeugen. Was würde Marlowe zu Joshs Aussage erklären?

Titus Banks stand neben dem Hafengebäude, als die beiden Wagen ankamen. Als er Mullins erkannte, wurde er neugierig. Was hatten Josh und Pappas mit Mullins zu tun? In den anderen beiden erkannte er die Beamten, die gestern auf dem Nordsteg gestanden hatten. Er beobachtete die Leute, bevor sie an Bord der LEGAL TENDER und in die Kajüte gingen.

Kurz vor Marlowes Boot flüsterte Mitchell Josh warnend zu: »Wenn wir bei ihm an Bord sind, bleib ruhig und zeige keine Erregung.«

»Ich werde meinen Hass nicht offen zeigen, das verspreche ich.«

Edward Marlowe war benachrichtigt worden, dass Besucher wegen einer wichtigen Angelegenheit zu ihm unterwegs seien. Er hatte die Besucher kommen sehen und erwartete sie gelassen im Salon. Er hoffte, dass sie gute Nachrichten brachten.

»Treten Sie ein, meine Herren«, begrüßte Marlowe sie. »Willkommen an Bord. Nehmen Sie Platz, wo Sie wollen, und fühlen Sie sich wie zu Hause.«

»Sir«, begann Charlie Messina. »Lieutenant Mullins muss Sie sprechen.«

Marlowe wandte sich an Mullins. »Bitte, Lieutenant. Ich bin froh, dass Sie mich noch erwischt haben, denn ich wollte gerade nach Washington fahren. Da geht es nicht so chaotisch zu«, lachte er. »Haben Sie den sogenannten Rätselschreiber schon gefunden? Ich hoffe es. Ich wüsste auch gern, warum er es auf mich abgesehen hat und ob er zu einer ausländischen Terroristengruppe gehört oder zu der einheimischen Sorte wie den Leuten, die den Bombenanschlag auf das Bundesgebäude in Oklahoma City verübt haben.«

»Nein, Sir. Wir sind aus einem anderen Grund hier. Ich versichere Ihnen, dass wir unser Möglichstes tun, den Rätselschreiber zu fassen, aber das wird Ihnen auch Mr Messina schon gesagt haben. Professor Trimble hat bei mir heute Morgen folgende Aussage zu Protokoll gegeben und unterschrieben: In der Nacht, als Renata Tredanari getötet wurde, habe er jemanden um 2.00 Uhr morgens von Bord ihrer Yacht kommen sehen – und dabei habe es sich um Sie gehandelt.« Marlowes Gesicht verfinsterte sich.

Völlig überrumpelt lehnte er sich gegen die Pantry, wie um die plötzliche Anschuldigung, diesen unerwarteten Schlag, zu verarbeiten und wieder klare Gedanken zu fassen. Er war am Scheideweg angekommen. Welchen Weg sollte er einschlagen? Bei der Lüge bleiben oder die Wahrheit sagen, die sich als harmloser Besuch erklären ließ. Er richtete sich auf und trat auf Mullins zu. Seine Entscheidung war gefallen.

»Ich kenne Professor Trimble schon einige Zeit und habe ihn immer geschätzt. Ich habe aber unter Eid erklärt, dass ich die ganze Nacht hier an Bord war, und drei rechtschaffene, glaubwürdige Bürger, darunter ein Kommandant der Küstenwache, haben das bestätigt. Sie sind alle tot – ermordet. Warum hat Josh Trimble so lange mit seiner Aussage gewartet? Etwa, weil die anderen nicht mehr am Leben sind? Ich muss heute unter verstärktem Personenschutz leben, weil irgendein Serienmörder mein Leben bedroht. Ich wiederhole meine Erklärung: Ich habe nichts mit dem Mord an Renata zu tun und habe keine Ahnung, wer sie umgebracht hat. Für mich war sie eine gute Freundin. Josh Trimble ist entweder verwirrt, er lügt, oder er führt etwas im Schilde.«

Mitchell sah Josh die aufsteigende Wut an. Er packte ihn am Arm und bedeutete ihm, ruhig zu bleiben.

Darauf antwortete Mullins: »Das kann sein, Direktor Marlowe, aber ich frage Sie noch einmal direkt und für das Protokoll: Haben Sie Renatas Yacht in jener Nacht aus irgendeinem Grund betreten? Wir wissen, dass Renata in der fraglichen Stunde Besuch von zwei Männern hatte. Gehörten Sie dazu?«

Marlowe blickte in Joshs empörtes Gesicht, dann sah er Mullins an.

»Die Antwort ist ein einfaches, klares Nein.«

47

Auf dem Parkplatz versuchte Mullins, Josh zu beruhigen. »Professor Trimble, ich weiß, dass Sie ebenso enttäuscht sind wie ich und sich Sorgen um Ihre Sicherheit machen. Wenn Marlowe nach Washington abgereist ist, bin ich nicht mehr für seinen Schutz zuständig. Zu Ihrem Schutz bleiben die beiden Streifenwagen hier, und eine Streifenwagenbesatzung wird besonders auf Sie und Ihr Boot achten. Ich muss mit der Geschäftsstelle des Bezirksstaatsanwalts besprechen, was zusätzlich getan werden kann. Ich werde eine Pressekonferenz ansetzen und Ihre Aussage bekannt geben. Sie werden dann im Blickpunkt der Medien stehen. Solange Sie hier auf dem Gelände bleiben, sind Sie in Sicherheit. Möchten Sie an der Pressekonferenz teilnehmen?«

»Wäre das zweckmäßig?«, fragte Josh, der anscheinend wenig Lust dazu hatte.

»Wir könnten damit zeigen, dass Sie unbeirrt zu Ihrer Aussage und zur Wahrheit stehen.«

Josh sah Mitchell fragend an. »Was hältst du davon, Mitchell?«

»Tu, was der Mann sagt. Mach dich selbst zur Waffe. Versteck dich nicht, sondern kämpfe mit offenem Visier. Vielleicht schlägst du ja eine Bresche in Marlowes Verteidigungslinien.«

»Ja, so mache ich es. Ich kann nicht einfach so dasitzen.«

Samstag, 6. Juli
Lake Montauk

Valeries Besuch in Montauk ging zu Ende. Sie hatte den Tag sehr genossen. Nach dem Abendessen in einem Fischrestaurant am Hafen, wo man sich an fangfrischem Blaubarsch gütlich getan hatte, begleiteten Gina, Matt und Mario Valerie zu ihrem Wagen. Mario hielt ihre Hand, Gina und Matt gingen neben den beiden her. Am

Wagen angekommen, küsste Valerie Mario, umarmte Gina, gab Matt einen Kuss auf die Wange, wünschte Gute Nacht und fuhr ab.

Während Matt ihrem roten Lexus nachsah, sagte er zu Mario: »Ich kenne dich schon jahrelang, aber noch nie habe ich erlebt, dass eine Frau so für dich bestimmt war wie Valerie. Wenn du sie nicht heiratest, ist dir nicht zu helfen.«

»Ich würde dann an deinem Verstand zweifeln«, fügte Gina hinzu.

»Ja, sie ist etwas ganz Besonderes«, lächelte Mario.

»Ich melde mich freiwillig als Trauzeuge«, erklärte Matt.

»Das musst du mir schriftlich geben. Lass uns schlafen gehen.« Mario ging an Bord der MARIO-NETTE, schloss die Tür ab und zog sich in seine Eignerkabine zurück. Der Tag mit Valerie klang in ihm nach. Jetzt hatte er ihr all seine Liebe geschenkt. Die Sehnsucht nach Renata lenkte ihn nicht mehr ab. Seine Gefühle gehörten Valerie. Mit dem Gedanken, dass er Valerie liebte, schlief Mario bald ein, erschöpft durch den erregenden Sex mit ihr.

Zum Fernsehen hatten Valerie Dryden und Mario Colarossi an diesem Tag keine Zeit gefunden. Dadurch hatten sie die Pressekonferenz mit Josh und die Nachrichten verpasst. Mario hatte daher keine Ahnung, dass Josh Marlowe beschuldigt hatte. Er wachte schon vor 7.00 Uhr morgens auf, duschte, rasierte sich und fuhr in die Stadt, um eine Sonntags-*Newsday* für sich und ein Exemplar für Gina und Matt zu kaufen. Die Überschriften sprangen ihm sofort ins Auge und zwangen ihn dazu, den Artikel schon im Wagen zu lesen: »Marlowe war am Tatort. Zeuge sagt aus«. Auf der Titelseite sah man Marlowe unter einer fetten roten Schlagzeile – »Ausgespäht«. Joshs Foto erschien auf der dritten Seite.

Mario fragte sich, warum Josh gerade jetzt ausgesagt hatte. *Warum hatte er keine Angst vor Marlowe? Was hat er sonst noch gesehen?*

Samstag, 6. Juli

Nachdem Josh und Mitchell zum Polizeirevier gefahren waren, saß Helene mit einem Roman in der Hand auf dem Achterdeck, während der Fernseher ohne Ton lief. Einige Minuten vor der Pressekonferenz schaltete sie den Ton ein.

Nach der Konferenz machte sich Helene um Joshs Sicherheit mehr Gedanken als Mitchell. Marlowe war ein Lügner und Betrüger, hatte eine Vertuschungsaktion eingefädelt und wurde des Mordes beschuldigt. Ein Trost war, dass Josh jetzt in der Öffentlichkeit stand. Das würde Marlowe vielleicht von Vergeltung abhalten. Man beschloss, in der Kajüte zu essen, damit Josh nicht gezwungen war, mit Vorbeigehenden zu reden. Helene erklärte sich bereit, sechs Dutzend Muscheln zum Dünsten zu kaufen, die mit Senf und Bier ausgezeichnet schmeckten, außerdem Salatzutaten und Feta.

Josh und Mitchell beschlossen, später mit Titus zu sprechen. Um 22.00 Uhr verließen sie die COYOTE, um zum Hafengebäude am Südsteg zu gehen. Titus war aber nirgendwo zu sehen. Einer seiner Helfer sagte, er hätte früh Feierabend gemacht und sei um 20.00 Uhr gegangen.

48

Sonntag, 7. Juli
Lake Montauk

Mario Colarossi kehrte auf die MARIO-NETTE zurück, nachdem er die zweite *Newsday* in die Plicht der BULL N' BARE gelegt hatte, auf der Gina und Matt noch schliefen. Seine Gedanken kreisten jetzt nicht mehr um Valerie, sondern um Renata.

Er saß in dem geräumigen Salon mit der maritimen Note und konnte an nichts anderes denken als an die Nacht, in der Renata starb.

Josh Trimble hat Marlowe gesehen. Wenn er auch mich gesehen hat, warum hat er mir dann von Marlowe erzählt? Inzwischen weiß jeder, dass es einen zweiten Mann gab. Wann wird man mich beschuldigen? Gibt es einen Zeugen? Ist es Josh?

Nach der Rückkehr zum Club würde er sich Josh vornehmen.

In der Nacht, als Renata umkam, war Colarossi wach gewesen. Weil er nicht schlafen konnte, wollte er sich mit ein, zwei Gläsern Wein die nötige Bettschwere verschaffen. Er hatte versucht, Valerie zu einem kurzen Besuch bei ihm zu überreden, aber ihre Töchter waren an Bord der COURTSHIP, und Arthur spielte in der Nähe auf der LEGAL TENDER Binokel. Valerie wollte nichts riskieren.

Als er die ganze Flasche geleert hatte, stolperte er unbeholfen ins Ruderhaus. Dort konnte er das Boot bei ungemütlichem Wetter steuern. Er hatte Schwierigkeiten, den Mann mit den Augen zu fixieren, der gerade von Bord der LEGAL TENDER ging. Dann erkannte er Marlowe. Colarossi war kurz davor, an Deck zu gehen und ihn zu einem Drink einzuladen, als Marlowe sich nach rechts wandte und die CHAMPAGNE LADY bestieg.

Dass Marlowe bei der leidenschaftlichen Renata offenbar willkommen war, machte Colarossi wütend. Er war nie damit fertig geworden, dass sie ihn abgewiesen hatte. Jetzt war er allein, Marlowe war bei Renata, und Valerie war mit ihren Töchtern zusammen – beide Frauen zum Greifen nahe.

Warum kam Marlowe nicht gleich wieder heraus? Colarossi wartete und wartete. Dann kam Marlowe an Deck, sah sich um wie ein Einbrecher und kehrte auf seine Yacht zurück. Während Colarossis Gedanken wie verrückt darum kreisten, was zwischen Renata und Marlowe geschehen sein mochte, entkorkte er eine zweite Flasche Wein, kehrte ins Ruderhaus zurück und schenkte sich noch ein Glas ein. Inzwischen hätte er es nicht einmal mehr gemerkt, wenn der Wein völlig verdorben gewesen wäre. Nachdem er wütend das halbe Glas ausgetrunken hatte, beschloss er, Renata zu besuchen. Es war jetzt an der Zeit, sie zur Rede zu stellen, warum sie ihn immer wieder abgewiesen hatte – der Entschluss eines Betrunkenen. Wenn Marlowe gut genug für sie war, dann war er besser. Er liebte sie, Marlowe nicht.

Trotz seines Alkoholpegels war Colarossi so vorsichtig, dicht an den Yachten entlangzugehen, die ihn vor Blicken vom Parkplatz abschirmten. Um ein Haar wäre er dabei ins Wasser gefallen. Nur der schnelle Griff nach einem der weißen Stromanschlusskästen bewahrte ihn davor. Er stieg auf die CHAMPAGNE LADY.

Im Salon war es dunkel, und Renata war nicht dort. Er kannte sich an Bord der Yacht aus. Nachdem er sich einen Augenblick am Tisch festgehalten hatte, weil ihm schwindelig war, erreichte er die Eignerkammer. Hier, in der Schlafkajüte, brannte das Licht, und die Tür stand halb offen. Er sah die Schränke, aber nicht das Bett. Während er näher trat, zwinkerte er mit den Augen, um besser zu sehen.

Das bisschen Vernunft, das ihm in seinem Zustand noch geblieben war, veranlasste ihn, ihren Namen zu rufen, um sich bemerkbar zu machen: Sie hätte eine Waffe haben und ihn als unbekannten Eindringling erschießen können. Aber es kam keine Antwort – vielleicht war sie im Toilettenraum.

Er rief lauter ... noch immer keine Antwort. Dann stieß er die Tür auf und sah sie besinnungslos ausgestreckt breitbeinig auf dem Bett liegen, neben ihr ein umgekipptes Champagnerglas. Colarossi bewunderte seine schöne Renata, seine ersehnte Angebetete. Sie lag so einladend vor ihm, dass er sich nur zu bedienen brauchte. Er stupste sie an. Sie lebte, lag aber in tiefem Schlaf, wie im Koma.

Zart und sehnsuchtsvoll berührte er ihr Gesicht. Seine Hände wanderten über ihre Brüste und ihren Unterleib, verweilten an den Innenseiten ihrer Oberschenkel, dann strichen sie über die Beine und Füße. Er berührte und liebkoste den zarten Körper, das Objekt seiner Begierde. Auch, als er ihre Füße küsste und ihren großen Zeh in den Mund nahm, rührte sie sich nicht. Dann küsste er ihr Gesicht, ohne lange an einer Stelle zu verweilen. Er atmete ihren Atem ein, streichelte ihren Busen und nahm ihre Brustwarzen in den Mund. Sie bewegte sich kurz, dann lag sie wieder still da. Er war so erregt, dass sein Alkoholrausch fast verflogen war. Die Belohnung für seine Liebe zu ihr gefiel ihm sehr.

Dann stand er auf und trat vom Bett zurück. Auf dem Weg zur Tür schwankte er, und seine Augen konnten sich nicht von der nackten Geliebten losreißen.

Sein Herz raste, und ein neuer Gedanke hielt ihn davon ab zu gehen. Der Gedanke ließ ihn nicht los: Nach all den Jahren des Sehnens wollte er sie endlich für sich. Sie lag nackt da, er brauchte sie nur zu nehmen.

Colarossi zog seine Hose aus und schob sich behutsam auf allen Vieren ins Bett und über sie. Jetzt gehörte sie ihm. Würde sie aufwachen und ihn abwehren? Er verdrängte den Gedanken daran und schob ihre Beine vorsichtig weiter auseinander. Schon drang er in sie ein, und bald konnte er sich nicht mehr zurückhalten. Seine rhythmischen Bewegungen befreiten ihn von dem Frust jahrelanger Zurückweisung. Sie hatte sich noch einmal kurz bewegt, aber er kümmerte sich nicht darum. Das konnte er jetzt auch nicht mehr, denn dazu war es schon zu spät. Nach dem Höhepunkt blieb er noch so lange in ihr, wie er konnte, dann schaffte er es, das Bett zu verlassen, küsste ihre Lippen und zog seine Hose an.

Nach dem Verlassen des Bootes sah er sich auf dem Steg vorsichtig um, genau wie Marlowe es getan hatte, und ging dann wieder an Bord der MARIO-NETTE. Er war sicher, dass ihn niemand gesehen hatte. Reue ließ sein benebelter Zustand nicht zu. Dazu kam es erst am nächsten Tag, als ihm klar wurde, dass er sie vergewaltigt hatte.

Danach lebte Mario Colarossi ständig mit einer bohrenden Frage: *Da Renata lebte, als ich sie besuchte, hat Marlowe sie nicht getötet. Auch ich habe sie nicht getötet … aber wer dann?*

49

Sonntag, 7. Juli

Am Morgen verließ die COYOTE ihren Liegeplatz, um zu einer Festmachetonne des Clubs in Lloyd Harbor zu fahren. Zum Mittagessen steuerte Josh einen Yachtclub in Greenwich, Connecticut, an. Um 18.00 Uhr kehrte man zum Eastern-Shore-Yachtclub zurück. Die Presseleute, die morgens am Eingang herumgelungert hatten, waren nicht mehr da. Abendessen gab es dann in Huntington Village.

Lake Montauk

Mario Colarossi verbrachte den Tag mit seiner Familie in East Hampton am Strand, kehrte um 16.00 Uhr auf die MARIO-NETTE zurück, um gegen 20.00 Uhr gemeinsam mit der BULL N' BARE zurückzufahren. Marios Tochter hatte ihn mit dem Wagen nach Montauk gebracht.

Matt wollte zur Sicherheit hinter der MARIO-NETTE herfahren, weil Colarossi allein an Bord war, und das bei Nacht. Gina und Matt hatten darauf bestanden, im Konvoi zu fahren. Colarossi wusste es zu schätzen, dass die beiden sich so um ihn sorgten. Bei einer gemeinsamen Fahrt war immer jemand zum Helfen in der Nähe, wenn etwas schief ging. Um 19.45 Uhr kam Matt an Bord der MARIO-NETTE und erzählte, dass seine Maschine wieder nicht anspringen wolle. Gina erklärte sich bereit, an Bord zu bleiben, um am nächsten Morgen einen Mechaniker zu holen. Matt würde mit Colarossi auf dessen Boot nach Hause fahren, nach einem wichtigen Termin mit dem Zug wiederkommen und dann gemeinsam mit Gina mit der eigenen Yacht zurückfahren. Colarossi war einverstanden und freute sich auf den Törn mit Matt.

Vormittags verließen die Gastlieger nach und nach ihre Wochenendliegeplätze. Als die MARIO-NETTE klar zum Auslaufen war, lag außer ihr nur noch die BULL N' BARE auf ihrem Platz.

Der orangefarbene Himmel verblasste, und die Nacht brach an. Gina machte die Leinen los, winkte zum Abschied und sah der MARIO-NETTE nach, die in das Fahrwasser einfuhr, um zum Block Island Sound zu gelangen. Colarossi verabschiedete sich mit einem Signalton.

»Mach dir keine Sorgen um Gina, Mario. Sie fährt morgen und hat ohnehin nichts für Nachtfahrten übrig. So denken außer dir sowieso die meisten. Die meisten Leute schlafen nachts lieber. Glaub mir – sie war ganz froh über den Motorschaden. Sie kann auf sich selbst aufpassen und kann auch mit der Schrotflinte umgehen.«

In der Bucht passierten sie die Küstenwachstation, die Fischerboote, die Restaurants und dann die Mole mit Kurs auf die schwarzweiße Glockentonne. Dort würden sie auf Westkurs gehen in Richtung auf »The Race« und das dortige Leuchtfeuer. Die Wegpunkte nach Huntington und »The Race« waren eingegeben.

An diesem warmen, angenehmen Abend saßen die beiden auf dem offenen Oberdeck, Colarossi im Steuerstuhl am Fahrpult, Matt auf dem Sitz neben ihm. Die Sicht war klar, die Leuchtfeuer entlang der Küste waren für einen ortskundigen Bootsführer vertraute Landmarken. Beide Männer kannten das Gebiet von vielen früheren Fahrten. Voraus, auf der anderen Seite des Block Island Sound, waren die vielen dicht gedrängten Lichter von Watch Hill, Rhode Island, und die vereinzelten Lichter von Fisher's Island zu sehen.

Die MARIO-NETTE passierte die Glockentonne und blieb noch eine Weile auf Nordkurs, um im weiten Bogen die Fischernetze zu umfahren, die irgendwo weiter westlich lagen. Die Lichter von Montauk blieben zurück. Dann begann Colarossi, auf den neuen Kurs zu drehen, und erhöhte die Fahrt auf 15 Knoten, die bequeme Marschgeschwindigkeit seines Bootes. Er wollte gerade die Selbststeueranlage einschalten, als Matt sagte: »Dreh nach Steuerbord, Mario. Halte auf Block Island zu!« Colarossi drehte sich um und fragte nach dem Grund für die seltsame Aufforderung, fast auf Gegenkurs zu gehen. »Wir machen eine Spritztour, Mario.« Bei diesen Worten stand Matt hinter dem Steuerstuhl, in der Hand eine Pistole mit Schalldämpfer.

Colarossi war eher überrascht als in Panik.

»Tu, was ich sage, Mario. Bitte.«

Colarossi ging mit der Fahrt herunter und drehte auf Nordostkurs.

»Was, zum Teufel, soll das, Matt?«, fragte er, ohne die Beherrschung zu verlieren. Seit seiner Jugend in Brooklyn waren schon öfter Waffen auf ihn gerichtet worden, und er wusste, dass Matt ihn nicht verletzen, geschweige denn töten würde.

»Man hat mich gebeten, dir eine Warnung zu verpassen. Man wusste, dass ich an diesem Wochenende einige Zeit mit dir verbringen würde. Da hat man beschlossen, dass es besser wäre, wenn wir beide uns einmal unterhalten, als dass sie dir einen Besuch abstatten.«

»Du brauchst keine Pistole, um mich zu warnen. Worum geht es?« Er wusste, dass es um seine schlechte Presse ging.

Matt DiBiasi hielt die Waffe noch immer auf ihn gerichtet. »Sie dient nur zur Verdeutlichung. In deinem Territorium gibt es zu viele Leichen, und man glaubt, dass du dafür verantwortlich bist. Das gefällt denen gar nicht. Dein Foto ist in der Zeitung, und die Strahlenmüllgeschichte wird wieder ausgegraben. Man ist über den ganzen Medienrummel sehr ungehalten.«

Colarossi machte sich allmählich Sorgen, aber er betrachtete Matts Auftritt als bloße Warnung. Er kannte ihn zu gut, um sich von ihm bedroht zu fühlen.

»Ich habe mit diesen Rätseln und den Morden nichts zu tun. Das hat mir auch noch niemand vorgeworfen. Nimm jetzt das verdammte Ding weg. Ich werde selbst hingehen und es ihnen erklären. Du hast dich ja deutlich genug ausgedrückt, und ich habe verstanden.«

Matt senkte die Waffe nicht. »Man wird dir nicht glauben, dass du nichts damit zu tun hast, denn ich habe ihnen klargemacht, dass du diese Leute umgebracht hast. Was sagst du nun?«

Wie vom Schlag getroffen, schrie Colarossi: »Was? Was, zum Teufel, soll das? Warum tust du das?«

»Sie waren schon von selbst darauf gekommen. Es war eine einmalige Gelegenheit, dir das Ganze in die Schuhe zu schieben. Und man hat mir geglaubt. Es lief wie geschmiert.« Bevor Colarossi eine nähere Erklärung verlangen konnte, ergänzte DiBiasi: »Das Wichtigste habe ich dir noch nicht gesagt. Sobald du es gehört hast, nehme ich die Waffe weg, das verspreche ich.«

Colarossi beruhigte sich etwas, begriff aber noch immer nicht, warum Matt ihn verleumdet hatte. Den Gesprächsverlauf bestimmte jetzt eindeutig Matt. Bevor er die Erklärung gab, feuerte er zwei Schüsse ab.

»Da hast du deine Erklärung, Mario ... und was ich fast vergessen habe: Der erste Schuss war Auftragsarbeit, der zweite Privatsache – Rache für meinen Bruder, den du auf deiner Schute umbringen lassen hast, nachdem er deinen radioaktiven Müll verklappt hatte. Deine Zeit ist abgelaufen.« Colarossi hörte die Worte noch, konnte aber nicht mehr antworten. Er rang verzweifelt nach Luft, dann fiel er tot gegen das Fahrpult – ein Schuss hatte die rechte Seite seiner Brust getroffen, einer den Hals.

Matt DiBiasi zog die Fahrhebel zurück, und das Boot wurde langsamer. Andere Boote oder Schiffe waren nicht in der Nähe, die Küste weit entfernt. Nachdem Matt unter Deck eine Leine geholt hatte, richtete er Colarossis Leiche auf und fesselte sie an den Steuerstuhl.

»Und jetzt die gute Nachricht, Mario. Ich habe bei ihnen durchgesetzt, dass du nicht über Bord geworfen wirst wie die anderen, sondern als warnendes Beispiel an Bord bleiben sollst. Das kam gut an. Auf diese Weise bekommst du ein anständiges Begräbnis, wenn man dich findet. Alle werden da sein und um dich trauern, mit Unmengen von Blumen. Gina und ich werden auch kommen, und wir werden Valerie trösten. Auch ich werde um dich trauern, Mario, weil ich gerade anfing, dich zu mögen – trotz meines Hasses. Aber Ehre bleibt Ehre, und ich habe lange gewartet und alles genau geplant. Du hast meinen Bruder umgebracht, du Schwein.« Dabei spuckte er dem Toten ins Gesicht.

Matt fuhr noch eine Meile mit höherer Fahrt, dann drehte er im weiten Bogen nach Süden auf das Leuchtfeuer von Montauk zu, stellte die Selbststeueranlage an und ging unter Deck, um die Kajütbeleuchtung einzuschalten und damit Leben an Bord zu zeigen. Zurück an Deck stellte er an der Selbststeueranlage einen Kurs ein, der in großem Abstand am Leuchtturm und an Montauk Point vorbeiführte.

»Sylvio, mein Bruder«, schrie er in die Nacht hinaus, »ich habe es für deine Ehre getan! Ruhe in Frieden!«

Er war sehr zufrieden – es war geschafft. Als er sich nach achtern umblickte, sah er, dass sich ein Boot näherte. Matt erhöhte die Fahrt auf 22 Knoten und motorte in den Atlantik hinaus, dorthin, wo die dunkle See mit dem ebenso finsteren Himmel verschmolz – wo die Fanggründe der Fischereiflotte von Montauk lagen. Weit entfernt an Backbord sah man die roten Lichter von drei Booten, die zur Küste strebten. Wegen dieser Schiffe machte sich Matt keine Sorgen, dazu waren sie zu weit entfernt. Achteraus folgte ihm noch immer dasselbe Boot und zeigte rotes, weißes und grünes Licht.

Sieben Meilen vor der Küste folgte ihm das Fahrzeug immer noch – das einzige weit und breit. Matt ging mit der Fahrt auf 12 Knoten herunter. Das andere Schiff lief jetzt an Steuerbord querab mit knapp 50 Meter Abstand auf Parallelkurs. Matt prüfte noch einmal die Funktion der Selbststeueranlage. Es kam ihm nicht auf einen genauen Kurs oder ein bestimmtes Ziel an, Hauptsache, es ging ungefähr nach Süden, hinaus in den weiten Atlantik.

Dann legte er eine orangefarbene Rettungsweste mit Nachtrettungslicht an und winkte zu dem anderen Boot hinüber. Dort drüben wurden die Lichter einmal aus- und wieder eingeschaltet, als Zeichen, dass sein Signal bemerkt worden war. Matt kletterte auf die Reling und sprang weit vom Boot weg, um nicht in die Schrauben zu geraten. Als er wieder aufgetaucht war, schwamm er auf das sich nähernde andere Boot zu.

Die BULL N' BARE hatte auf das blinkende Nachtrettungslicht zugehalten. Gina stoppte genau neben dem Licht und half Matt an Bord. Dort streifte er die Rettungsweste und die nasse Kleidung ab, trocknete sich ab und zog die trockenen Sachen an, die Gina bereitgelegt hatte.

Als Gina mit der Yacht aus der Bucht herausgekommen war, hatte sie die Kajütbeleuchtung der MARIO-NETTE gesehen. Das war für sie das Zeichen, dass Colarossi tot war, und half ihr, die MARIO-NETTE im Dunkeln zu erkennen und zu verfolgen. Die beiden Verlobten standen eine Weile da und sahen, wie die Lichter der MARIO-NETTE sich zum unsichtbaren Horizont hin entfernten und immer schwächer wurden.

»Er war bis zum Schluss völlig arglos«, sagte Matt. »Ich mochte ihn trotz allem.«

Gina nahm sein Gesicht in die Hände, gab ihm einen Kuss und sagte: »Er wurde allmählich gefährlich. Außerdem hattest du deiner Familie gegenüber eine Verpflichtung. Das war Grund genug, und es war genau der richtige Zeitpunkt.«

»Ich bin froh, dass ich noch das Wochenende mit ihm verbracht habe. In seiner Gesellschaft habe ich mich immer wohl gefühlt.«

»Hast du ihm verraten, dass du denen eingeredet hast, er habe alle Morde begangen?«

»Ja, kurz bevor er auch das Letzte erfuhr.«

»Du hast endlich das Richtige getan. Du hattest ihn schon zu lange verschont. Wir brauchen doch nicht mehr im Yachtclub zu bleiben, oder? Ich halte es dort nicht aus und brauche auch nicht mehr so zu tun, als ob ich Valerie gern hätte.«

»Wir bleiben noch dabei, bis die Saison zu Ende ist, dann verkaufen wir das Boot. Jetzt sind alle tot, und die Mitgliedschaft im Club hat ihren Zweck erfüllt.«

* * *

Helene und Mitchell gingen nach dem Abendessen fort, ohne noch einmal mit Titus gesprochen zu haben.

Josh lief ruhelos auf und ab, bis die Sonne über den Hügeln aufging. Erst dann fand er Schlaf.

Edward Marlowe versteckte sich erneut in seinem Büro, um sich nicht zu Joshs Zeugenaussage äußern zu müssen.

Titus blieb am Montag zu Hause. Als das Clubbüro dort anrief, nahm er nicht ab.

Die MARIO-NETTE brummte nach Süden und sollte bald das blaue Wasser des Golfstroms erreichen.

50

Bevor er sich in sein Projekt vertiefte und das Konzept für das neue Buch entwickelte, gab Mitchell einiges in das elektronische Yachtclubtagebuch ein: Gespräche, Joshs Aussage, die Reaktionen von Mullins und Marlowe – alles, was in den letzten vier Tagen geschehen war.

Diese Eintragungen hielt er immer gewissenhaft auf dem Laufenden. Nach Abschluss des Falles mit Ergreifung des Täters würde er Josh die Aufzeichnungen und die Zeitungsartikel geben und ihn ermuntern, das Buch zu schreiben. Die Sammlung und Ordnung des Stoffes machte einen großen Teil der Arbeit an einem solchen Buchprojekt aus.

Bei der Pressekonferenz hatte Josh 15 Minuten lang seinen großen Auftritt. Der Bestseller war ihm sicher – Inhalt: die Hintergründe der aufsehenerregenden Morde. Das Buch würde sein Sprungbrett zu Ruhm und Reichtum werden. Dass er so im Rampenlicht stand, sollte ihn anspornen, einen Tatsachenroman zu schreiben. Josh hatte den Erfolg verdient, und Mitchell würde ihm als Freund dazu verhelfen.

* * *

Mittags trafen Gina Ferrara und Matt DiBiasi wieder am Eastern-Shore-Yachtclub ein. Nach ihrem Atlantikausflug waren sie zunächst zu ihrem Liegeplatz in Montauk zurückgekehrt. Später wollten sie es so darstellen, dass Mario am Sonntagabend ausgelaufen sei, während sie selbst in Montauk übernachtet und den Hafen erst am Montagmorgen verlassen hätten.

Tagsüber heuchelten sie im Yachtclub Besorgnis, weil Mario nicht vor ihnen eingetroffen war. Titus bestätigte, dass die MARIO-NETTE nicht zurückgekehrt war. Manche nahmen an, dass Colarossi mit seinem Schiff woanders übernachtet hätte.

* * *

Nachdem Valerie Dryden erfahren hatte, dass Mario nicht im Büro war, rief sie ihn in seinem Haus und an Bord an. Marie Benetos vom Yachtclubbüro teilte ihr mit, dass die MARIO-NETTE noch immer nicht zurück sei. Nervös und besorgt rief Valerie immer wieder an Bord der Yacht an, bei Mario zu Hause, bei seiner Tochter und seinen Firmen. Warum meldete Mario sich nicht? Er besaß doch die modernste Kommunikationstechnik.

* * *

Titus blieb den ganzen Montag zu Hause und ging nicht ans Telefon, weil er Ruhe brauchte. Im Fernsehen sah er Joshs Pressekonferenz. Was nützte die Aussage schon? Marlowe war immer noch frei und hielt sich in Washington auf. Wenn man schon einem renommierten Universitätsprofessor nicht abnahm, dass er Marlowe gesehen hatte, dann würde ihm, Titus, erst recht niemand glauben, wenn er über Marlowe und Colarossi aussagte. Dann würde sich die Presse auf ihn stürzen und über seine Vergangenheit herziehen.

Der Nachrichtensprecher von News 12, einem regionalen Kabelfernsehsender, der ausschließlich Nachrichten brachte, bestätigte, dass Professor Josh Trimble mit seinen belastenden Aussagen gegen Direktor Marlowe ziemlich allein dastand, weil Zeugen Marlowes Angaben gestützt hatten. Als Marlowe Josh einen Lügner nannte, fragten manche Medienvertreter: Warum tut Trimble Marlowe das an? In den Talkshows kamen misstrauische Spekulationen auf, und es wurde über Joshs Ehe und seinen beruflichen Werdegang berichtet. »Journalisten können schon eine Plage sein«, klagte Titus.

Welche Chancen hätte er, ein einfacher ehemaliger Marinesoldat aus Texas, gegenüber den sensationsgierigen Medien? Sie würden seine Vorgeschichte ans Licht zerren und die Sache mit der Vergewaltigung in Perth falsch darstellen. Er würde also einem Rufmord zum Opfer fallen. Deshalb beschloss er, zu Hause zu bleiben und seine Gedanken zu ordnen. Er würde versuchen, das Wissen um Renatas Besucher aus seinem Gedächtnis zu verbannen.

Und er hoffte, dass niemand *ihm* Renatas Tod anlasten würde.

* * *

Mullins, der CIA-Beamte Charlie Messina und der FBI-Mann Kelvin Jackson trafen sich mit dem Bezirksstaatsanwalt, spielten das Band noch einmal ab, sahen sich erneut die Aufzeichnung der Pressekonferenz an und gingen alle Erkenntnisse durch, die mit Marlowe zu tun hatten. Einhelliges Ergebnis war, dass die Verdachtsmomente nicht für eine Festnahme ausreichten. Der Staatsanwalt, ein langjähriger Freund Marlowes, fragte, ob Trimble einen persönlichen Rachefeldzug gegen Marlowe führte.

»Nein«, antwortete Mullins. »Mitchell Pappas, von dem ich Ihnen schon erzählt habe und der Trimble zur Aussage ermutigt hat, bestätigt dessen Glaubwürdigkeit. Ich glaube ihm. Ohne Pappas' Überredungskunst wäre Trimble überhaupt nicht zu uns gekommen. Er fürchtete Marlowes Rache. Marlowe ist schuldig. Wir müssen ihn unter Druck setzen.«

»Dann beschaffen Sie mir mehr Beweise.«

Mullins schnippte mit den Fingern: »Einfach so?«

»Noch schneller.«

* * *

Der Dienstag war für Professor Josh Trimble noch belastender als die Zeugenaussage und der Auftritt bei der Pressekonferenz. Sophia und George Slater, Renatas Schwester und Schwager, waren angereist, um die CHAMPAGNE LADY nach Florida zu bringen. Sophia hatte Josh gestern angerufen. Er hatte ihr zugesagt, sich um einen Mechaniker zu kümmern, der um 8.00 Uhr mit einer Inspektion des Bootes beginnen sollte.

Sophia, Renatas jüngere Schwester, ähnelte ihr sehr. Wenn Josh sie ansah, hatte er gleichzeitig Renata vor sich. George Slater war Steuerberater in Boca Raton, Florida. Seine wichtigsten Kunden waren Computerfirmen von Floridas »Silicon Beach«.

Die Kajüttür der CHAMPAGNE LADY stand offen, als Sophia und George mit Nate Wheeler, ihrem Überführungskapitän, eintrafen. Im Motorraum arbeitete der Mechaniker. Josh grüßte und blieb auf dem Achterdeck, während die anderen unter Deck gingen. Dann kamen Sophia und George wieder herauf.

Sophias Augen waren gerötet und voller Tränen. Sie lehnte sich an die Reling.

»Das war nicht leicht«, sagte sie.

»Wir gehen besser auf mein Boot«, schlug Josh vor. »Bald kommt der Taucher, der das Unterwasserschiff reinigen soll. Der Mechaniker ist schon bei der Arbeit. Wir müssen ihnen ein paar Stunden Zeit lassen, dann eine Probefahrt, und ab geht's.«

»Ich muss etwas Proviant einkaufen«, sagte Sophia. »Außerdem habe ich dies und das mitgebracht, auch Bettlaken. Unterwegs sind wir an einem Supermarkt vorbeigekommen, Josh. Ist der zu empfehlen?«

»Ja, da kaufe ich auch selbst ein. Da ist auch eine Apotheke.« Sophia brach auf, während George und Josh an Bord der COYOTE gingen. George war etwa 45 Jahre alt, schmächtig, und sein Haar lichtete sich bereits.

»Wie geht es Sophia?«, fragte Josh.

»Sie ist noch nicht darüber hinweggekommen. Die beiden Schwestern hatten ein sehr inniges Verhältnis. Es war sehr schwer für Sophia, als sie unter Deck Renatas persönliche Sachen sah. Vielleicht erinnern Sie sich – nach der Beerdigung wollte sie erst einmal nicht an Bord gehen, sie brachte es einfach nicht über sich. Mit der Zeit wurde es aber leichter für sie. Allmählich kann sie damit leben. Als wir Renatas Wohnung betraten, war es dasselbe. Wir müssen bald entscheiden, was mit der Wohnung passieren soll. Vielleicht behalten wir sie.«

Eine Stunde später winkte Sophia vom Parkplatz herüber, weil sie Hilfe beim Schleppen der Einkäufe brauchte. Kaum eine Stunde danach war die CHAMPAGNE LADY fertig zur Seeerprobung. Nach der Probefahrt waren der Mechaniker und der Überführungsskipper mit dem Schiff vollauf zufrieden.

Die CHAMPAGNE LADY war seeklar, um ihren neuen Heimathafen anzusteuern. Josh wünschte eine gute Reise und umarmte Sophia zärtlich, als wäre sie Renata.

»Danke für alles, Josh«, sagte Sophia, »auch dafür, dass Sie meiner Schwester so ein guter Freund waren.«

»Es freut mich, dass ich helfen konnte. Ich wünsche eine gute Fahrt.«

»Die werden wir haben. Wir haben dem Kapitän gesagt, dass wir lieber die Binnenroute, den Intracoastal Waterway, fahren wollen.«

»Ja, das ist bequemer und sicherer als über See, auch wenn die Strecke etwas länger ist.«

Schweren Herzens löste Josh die Festmacher, die Leinen, die auch die Erinnerung an Renata festhielten. Traurig sah er die CHAMPAGNE LADY rückwärts ablegen, nachdem er die letzte Leine losgeworfen hatte. Josh winkte der CHAMPAGNE LADY Lebewohl und gleichzeitig ihrer toten Eignerin, der Champagnerdame.

Als die Yacht mit einem Signalton die Marina verlassen hatte und ins Fahrwasser eingebogen war, ging Josh auf die COYOTE und warf vom Vorschiff aus einen letzten Blick hinterher. Mit feuchten Augen sah er das Boot hinter der grünen Fahrwassertonne entschwinden.

* * *

Am Dienstagabend war Valerie Dryden außer sich vor Sorge. Von Mario fehlte jede Spur. Sie rief bei allen größeren Yachthäfen von Nantucket bis Newport, von Block Island bis Essex und Port Jefferson an. Aber nirgendwo war die MARIO-NETTE aufgetaucht.

Inzwischen rechnete sie mit dem Schlimmsten – mit einem Unfall oder einer Havarie auf See. Er könnte irgendwo im Long Island Sound vor Anker liegen. Warum rief er niemanden an? War er krank? Vielleicht hatte er eine Herzattacke oder einen Schlaganfall gehabt und war außer Stande, Hilfe zu rufen. Valerie rief die Küstenwache und die Polizei an und teilte mit, dass er überfällig sei … Sie meldete ihn als vermisst.

* * *

Am Dienstagabend trat Direktor Edward Marlowe beim Fernsehsender CNN in der *Larry King Show* auf. Dort wurde er eine halbe Stunde lang über die Yachtclubmorde, über Professor Josh Trimble und den Strahlenmüllskandal ausgefragt. Marlowe, der vor der Kamera immer einen guten Eindruck machte, überzeugte auch diesmal: Seine Version erschien glaubwürdig.

51

Mittwoch

Der Golfstrom hatte die MARIO-NETTE von ihrem Südsüdostkurs in östlicher Richtung versetzt. Auf unheilvollem Weg pflügte das Schiff führerlos durch die ruhige See, während der Glanz der frühen Morgensonne den Horizont vergoldete.

Die Reise ins Nichts sollte auf den Kitchen Shoals, einer Untiefe nördlich der Bermudainsel St. George, enden. Dass der Kurs geradewegs auf die Sandbänke führte, blieb nicht unbemerkt. Ein einheimisches Fischerboot, das in der Nähe des Mills-Breaker-Fahrwassers stand, versuchte die Motoryacht über Funk zu warnen, dass sie einen gefährlichen Kurs steuerte und die Tonne unbedingt an Steuerbord lassen sollte.

Als niemand antwortete, liefen die Fischer mit erhöhter Fahrt auf das Geisterschiff zu, um Hilfe zu leisten, falls es auf Grund laufen sollte.

Am selben Tag

Titus ging wieder zum Dienst. Er rief den Kommodore an, dass er eine Magenverstimmung gehabt hätte. Mittags kam Josh zum Hafengebäude und lud Titus zu Bier und Mittagessen ein. Titus nahm die Einladung an.

»Ich habe jede Menge zu essen und trinken an Bord«, sagte Josh. »Du brauchst nichts mitzubringen, nur dich selbst.«

Titus freute sich über die Einladung. Seit der Sache mit dem gelockerten Schlauch auf Joshs Boot hatte sich die Freundschaft zwischen den beiden noch weiter gefestigt. Als Titus den Salon betrat, saß Mitchell auf dem Sofa.

Titus war misstrauisch. »Josh hat mir nicht erzählt, dass Sie hier sind. Bitte keine Fragen, ich kann sie nicht beantworten.«

»Nett, Sie zu sehen, Titus«, lächelte Mitchell. »Ich leiste Josh nur Gesellschaft. Er hat es nach seiner Aussage gegen Marlowe nicht leicht.«

»Er hat getan, was er tun musste«, sagte Titus.

»Setz dich irgendwo, Titus«, sagte Josh. »Hier hast du ein Bier. Wie wär's mit einem Truthahnsandwich?«

»Prima, mit Mayo bitte.«

Josh blieb in der Pantry, wo er doppelte Portionen zubereitete.

»Josh hat jetzt einiges auszustehen, Titus. Gestern Abend ist Marlowe bei Larry King aufgetreten und hat Joshs Glaubwürdigkeit angezweifelt. Marlowe hat Zeugen, die seine Angaben stützen, Josh nicht.«

Josh brachte ein Tablett mit Bier und belegten Broten und stellte es auf den Tisch, bevor er sich setzte.

»Inzwischen bereut Josh schon, dass er die Wahrheit gesagt hat«, fuhr Mitchell fort. »Wenn Marlowe der Rätselschreiber ist, dann bekommt Josh noch größere Schwierigkeiten. Wir brauchen Ihre Hilfe, Titus. Wir müssen Beweise finden, um Josh beizustehen, um sein Leben zu retten. Josh braucht unbedingt einen weiteren Zeugen, aber es gibt keinen.«

Titus wurde noch misstrauischer. »Und wie kann ich dabei helfen?«

»Indem Sie einfach die Ohren offen halten. Achten Sie nur darauf, was die Clubmitglieder erzählen. Sie wissen schon – irgendwelche Andeutungen oder Anspielungen.«

»Das hört sich einfach an, aber in Wirklichkeit wollen Sie doch etwas ganz anderes, oder?« Er sah wütend aus. »Sie wollen mich wohl reinlegen.«

»Nein, auf keinen Fall, Titus. Neulich waren Sie überzeugt, dass Colarossi Josh umbringen wollte. Wie kamen Sie darauf? Josh hat Marlowe gesehen. Haben Sie Colarossi denn gesehen? Haben Sie etwa beide gesehen? Könnten Sie Joshs Aussage bestätigen?«

Wütend antwortete Titus: »Nein, kann ich nicht, verdammt noch mal!« Er stand auf und stürmte verärgert von Bord, ohne das Essen angerührt zu haben.

»Nun«, sagte Josh, »das war keine Glanzleistung von dir, lange nicht so raffiniert wie sonst.«

»Betrachte es einfach als Gong zur ersten Runde. Wenn wir etwas aus ihm herausbekommen wollen, dürfen wir nicht locker lassen. Heute Abend, noch vor dem Essen, werde ich mich wieder auf seine Fährte setzen und nach Feierabend noch einmal. Ich werde die Mücke unter seinem Moskitonetz sein.«

»Sehr bildhaft ausgedrückt, Mitchell.« Josh prostete ihm mit seinem Bier zu. »Auf dich, Mitchell, auf Professor Josh Trimbles alten Wachhund.«

»Ich muss Mullins anrufen und mich bei ihm melden.« Er wählte und wartete, bis er verbunden wurde.

»Lieutenant Mullins.«

»Hier ist Mitchell Pappas, Lieutenant. Ich bin mit Josh Trimble im Yachtclub. Ich kann zwar keine neuen Tatsachen durchgeben, aber ich verfolge eine heiße Spur, die Joshs Aussage stützen könnte.«

»Ein weiterer Zeuge?«

»Vielleicht.«

»Ich bin froh, dass Sie anrufen. Das erspart mir einen Anruf bei Ihnen. Die Polizei der Bermudas und unser Außenministerium haben uns benachrichtigt, dass Mario Colarossi tot an Bord seiner Yacht gefunden wurde.«

»Was, wie?« fragte Mitchell entgeistert.

»Sein Boot ist dort auf Grund gelaufen. Fischer haben ihn gefunden. Er war mit zwei Schüssen getötet und an seinen Sitz gefesselt worden. Man hatte ihn regelrecht hingerichtet.«

»Und niemand kennt den Täter, nehme ich an.«

»Genau, aber ich schätze, es waren seine eigenen Gorillas«, erwiderte Mullins.

Mitchell legte die Hand auf die Sprechmuschel und flüsterte Josh zu, dass Colarossi tot sei. Dabei machte er mit Daumen und Zeigefinger eine Pistole nach und drückte auf den imaginären Abzug. Josh wurde hellhörig.

»Schon wieder ein Rätsel, das Sie lösen müssen, Lieutenant«, sprach Mitchell ins Telefon.

»Wir haben mit Gina Ferrara und Matthew DiBiasi geredet, die das Wochenende mit ihm zusammen in Montauk verbracht hatten. Sie haben Alibis. Wenn Sie mich fragen: Es ist gut, dass wir Colarossi los sind. Sie wollen es sicher Josh Trimble erzählen, weil Sie gerade mit ihm zusammen sind. Bald werden Sie mehr über Colarossi hören. Wir informieren die Medien. Ich habe Adam Farmer und Sie zu Hause angerufen und Nachrichten hinterlassen. Wie wirkt sich das mit Colarossi auf Ihre Theorien aus?«

»Ich werde es durchdenken und Ihnen Bescheid sagen.«

»Ich muss ein paar Leute anrufen. Wir unterhalten uns später.«

Mitchell legte auf, und Josh fragte ungeduldig: »Was, zum Teufel, ist passiert?«

»Man hat Mario Colarossi tot vor den Bermudas gefunden – hingerichtet. Seine Yacht ist dort auf Grund gelaufen.«

Wie vom Blitz getroffen, lehnte sich Josh zurück. »Marlowe. Es muss Marlowe gewesen sein. Jetzt ist er von den Akteuren des Strahlenmüllskandals der einzige Überlebende.«

»Das glaube ich nicht, Professor. Colarossi musste aus anderen Gründen dran glauben. Außerdem wurde er erschossen, nicht gefesselt über Bord geworfen. Die Tatausführung war also anders.« Josh war noch immer verstört: »Werden die Ermittlungen durch seinen Tod einfacher oder schwieriger?«

»Sein Tod könnte bei Titus unsere Trumpfkarte sein. Vielleicht hatte er Angst, gegen Colarossi auszusagen – wie du Angst vor deiner Aussage gegen Marlowe hattest.«

»Das klingt aber sehr gewagt.«

»Ja, aber wir müssen es wagen. Lass uns sehen, wie Titus reagiert.«

Titus machte an der Bootstankstelle gerade das Fährboot klar, um zwei Clubmitglieder zu ihrem Bojenliegeplatz zu bringen. Auf der Aluminiumrampe, die zum südlichen Schwimmsteg führte, rief Josh ihm zu, er solle warten. Das tat er auch, ärgerte sich aber über die Begegnung mit den beiden. Mitchells nervender Fragerei konnte er nicht entgehen. Doch warum sollte er in Gegenwart seiner Fahrgäste eine Szene machen. Josh und Mitchell kamen mit auf das Fährboot. Josh kannte und begrüßte das Paar, das im Boot saß. Titus schwieg.

Er machte die Leinen los, fuhr rückwärts vom Steg weg, drehte, steuerte aus dem Yachthafen hinaus, überquerte das Fahrwasser und ging dann an einer gut elf Meter langen Segelyacht, der KALLIOPE, längsseits. Titus griff nach den Relingstützen der Yacht, um das kleine Boot dicht an der Bordwand der KALLIOPE zu halten, während seine Fahrgäste überstiegen.

Auf der Rückfahrt sagte Mitchell: »Titus, Lieutenant Mullins hat mir erzählt, dass Mario Colarossi mit zwei Schüssen getötet wurde – hingerichtet. Die MARIO-NETTE ist vor den Bermudas mit der Leiche an Bord auf Grund gelaufen.« Titus schwieg und konzentrierte sich auf den Slalomkurs durch das Bojenfeld, um sicher das freie Fahrwasser zu erreichen.

»Er ist tot, Titus«, wiederholte Mitchell. »Noch heute Abend wird es im Radio und im Fernsehen gemeldet werden. Was bedeutet sein Tod für Sie, Titus? Ihr Freund Josh, den Sie vor Colarossi retten wollten, braucht Ihre Hilfe. Freunde müssen zur Stelle sein, wenn sie gebraucht werden, und Josh braucht Sie. Colarossi kann Ihnen jetzt nichts mehr anhaben.« Während Titus das Fahrwasser querte und den Liegeplatz des Fährboots ansteuerte, blieb er still und konzentrierte sich auf das Steuern. Nachdem er das Boot mit zwei Leinen festgemacht hatte, stellte er den Motor ab. Josh und Mitchell stiegen aus und warteten auf dem Steg auf Titus' Reaktion. Titus kam ebenfalls auf den Steg und blieb dort tief in Gedanken versunken stehen. Mitchell sah das als gutes Zeichen, denn immerhin lief der Hafenmeister nicht weg, um ihnen aus dem Weg zu gehen. Dann trat Titus näher.

»Josh.«

»Ja?«

»Ich habe Marlowe gesehen.« Josh lachte erleichtert. »Danke, Titus! Du bist ein wahrer Freund. Was du jetzt gesagt hast, bedeutet für mich noch mehr als dein Versuch, mich vor Colarossi zu retten.«

»Und Colarossi? Haben Sie den auch gesehen?«, fragte Mitchell, der sich freute, dass seine Hartnäckigkeit etwas bewirkt hatte. Titus antwortete knapp: »Den auch.«

»Sind Sie bereit, bei Mullins auszusagen?«

»Ja, um Josh beizustehen – sobald die Mittagspause meiner Helfer vorbei ist.«

52

Nachdem Valerie Dryden Colarossi als vermisst gemeldet hatte, rief Lieutenant Ken Mullins sie an, um ihr mitzuteilen, was geschehen war. Er sprach auch von irgendeinem Formular, das sie unterschreiben müsse, aber das bekam sie in ihrer Trauer nicht mehr richtig mit.

Valerie war am Boden zerstört. Während Mullins mit ihr telefonierte, hielt sie die Hand auf den Mund, um nicht schreien zu müssen. Sie wollte sich kühl und beherrscht zeigen. Erst, nachdem sie aufgelegt hatte, übermannte sie der Schmerz. Die tiefe Trauer überraschte ihre Töchter. Beim Tod des Vaters hatte ihre Mutter weniger Trauer gezeigt. Ihre Tochter Tina rief Valeries Hausarzt an und bat ihn, der Mutter ein Beruhigungsmittel zu verschreiben.

* * *

Lieutenant Mullins traf sich mit zwei Ermittlern und den beiden Bundesbeamten. Das Telefon läutete, aber er nahm nicht ab. Seine Besprechung wegen der Hintergründe von Colarossis Tod war wichtiger. Das Telefon verstummte, begann erneut zu läuten und hörte wieder auf. Ein Beamter klopfte an die Tür. Mullins unterbrach sein Gespräch.

»Was ist denn?«, rief er. Die Tür ging auf. »Ich bedaure die Störung, aber Mr Pappas will unbedingt mit Ihnen sprechen. Es sei dringend.«

»Gut, stellen Sie ihn auf Leitung eins durch. Alle anderen Anrufer können warten. Vielen Dank.« Der Beamte ging hinaus. Mullins sah seine Gäste an. »Warten Sie ab, meine Herren. Eine unserer Geheimwaffen sagt, es sei dringend.« Das Telefon klingelte. Er nahm das Gespräch an.

»Gewinnen wir den Krieg, der dort tobt, Mitchell?«

»Ich würde gern vorbeikommen. Haben Sie jetzt gleich Zeit?«

»Für Sie breche ich meine Besprechung ab. Wo sind Sie gerade?«

»Wir sind nur etwa eine Meile entfernt und sind gleich da.«

»Bringen Sie jemanden mit?«

»Ja, Josh Trimble und Titus Banks.«

»Ich erwarte Sie.«

Danach legte er auf. »Jungs, die Besprechung wird später fortgesetzt.« Er wandte sich an seine Ermittlungsbeamten: »Marvin, Felipe, nehmt all dieses Zeug über Colarossi und seinen Müll mit und fangt an.« Die beiden nahmen die Unterlagen und gingen. »Charlie, Kelvin! Wenn Mitchell einen weiteren Hinweis hat, dann setzen wir ihm hier vor dem Gebäude ein Denkmal.«

»Nein, ich weiß was Besseres«, lächelte Kelvin: »Er übernimmt deinen Posten, und du schreibst die Romane.«

»Ha, ha. Wo ist der Rekorder? Ich weiß nicht, ob wir ihn brauchen, aber ich halte ihn bereit. Pappas hat versucht, einen weiteren Zeugen zu finden.«

»Einen weiteren Zeugen wofür?«, fragte Kelvin.

Mullins zuckte mit den Schultern. »Wir lassen uns überraschen.«

»Das Gerät steht hier hinten auf dem Tisch«, sagte Kelvin und prüfte es. »Ich brauche eine Kassette.« Mullins nahm eine aus seiner Schreibtischschublade und warf sie Kelvin zu.

Wenige Minuten später kam ein Beamter mit Titus, Josh und Mitchell ins Zimmer.

Wortlos wies Mullins auf die drei freien Stühle gegenüber den Bundesbeamten.

»Sprechen Sie, Mitchell«, sagte Mullins voller Neugier. »Sie haben das Wort, und wir sind ganz Ohr.«

»Dieser Herr ist Titus Banks, Hafenmeister beim Eastern-Shore-Yachtclub. Lassen Sie gern das Band laufen. Titus hat etwas Wichtiges zu berichten.«

Gespannt und erwartungsvoll stellte Mullins wie gewünscht den Rekorder an und sprach die einleitenden Angaben auf das Band, wie er es bei Josh getan hatte. Mitchell bat um das Mikrofon. Nach vorn gebeugt begann er: »Mein Name ist Mitchell Pappas. Mr Banks hat mir Informationen zu den Yachtclubmorden gegeben. Genau wie bei Professor Josh Trimble kann ich bestätigen, dass es sich um einen voll zurechnungsfähigen Menschen handelt und dass ich glaube, was er sagt. Er sagt erst jetzt aus, weil er um sein Leben fürchtete. Außerdem vermeidet er es grundsätzlich, sich um Dinge zu kümmern, die nichts mit seinem Beruf zu tun haben. Das sind die Gründe für sein langes Schweigen. Habe ich es richtig wiedergegeben, Titus?«

»Ja, völlig richtig.« Nervös sah Titus Mitchell an.

Josh beugte sich zum Mikrofon und sprach hinein: »Mein Name ist Josh Trimble, auch ich lege für Titus Banks meine Hand ins Feuer. Ich kenne ihn seit vielen Jahren.«

Mullins und die Bundesbeamten waren äußerst gespannt. Titus war nervös und versuchte, seine Gedanken zu ordnen.

»Titus«, sagte Mitchell, »fangen Sie doch einfach mit Ihrem Namen und den üblichen Angaben an, um den Einstieg zu finden. Sie brauchen nicht nervös zu sein. Erzählen Sie uns einfach, was Sie zu sagen haben, ganz wie in einer normalen Unterhaltung.«

»Einverstanden.« Titus räusperte sich, und Kelvin schob das Mikrofon näher zu ihm. »Eine Frage, bevor ich anfange: Stimmt es, dass Mario Colarossi tot ist? Dass er umgebracht wurde? Erschossen? Ist sein Schiff wirklich auf den Bermudas?«

»Ja, das stimmt alles. Mario Colarossi ist tot«, antwortete Mullins. Titus sah Mitchell entschuldigend an. »Ich wollte nur sichergehen, denn im Autoradio habe ich nichts davon gehört.«

»Das ist schon in Ordnung, Titus«, sagte Mitchell. »Ich bin froh, dass Sie danach gefragt haben. Fangen Sie jetzt bitte an, wenn Sie so weit sind.«

»Ich bin so weit. Mein Name ist Titus Banks, und ich bin seit acht Jahren Hafenmeister beim Eastern-Shore-Yachtclub. Ich kenne alle Mitglieder und ihre Boote. Mit den Mitgliedern habe ich beruflich und auch privat zu tun.

In der Nacht, als Renata Tredanari umgebracht wurde … tut mir leid, aber ich kann mich an das Datum nicht mehr erinnern …, da habe ich gegen 2.00 Uhr morgens bemerkt, dass sich bei der CHAMPAGNE LADY, der Yacht von Renata Tredanari, etwas tat. Ich war allein im Hafengebäude und konnte nicht schlafen. Das Licht war ausgeschaltet, und ich blickte aus dem Fenster über den stillen Yachthafen. Das ist für mich Entspannung, wenn ich nicht schlafen kann und auf dem Clubgelände übernachte. Das tue ich an den Wochenenden dann und wann. Wenn das Licht aus ist, sieht man alles besser.«

Er sprach langsam; Mullins und die Bundesbeamten hingen an seinen Lippen.

»Ich muss noch erklären, dass das Hafengebäude auf der anderen Seite des Yachthafens steht, genau gegenüber der CHAMPAGNE LADY. Ich habe gesehen, dass Edward Marlowe von Bord seiner Yacht LEGAL TENDER kam und dann auf die CHAMPAGNE LADY ging. Nach einer Weile habe ich gesehen, wie er von Bord der CHAMPAGNE LADY kam und zurück zu seiner Yacht ging. Ja, das habe ich gesehen.« Titus lehnte sich auf seinem Stuhl zurück.

Im Raum hätte man eine Stecknadel fallen hören können.

Der CIA-Beamte Charlie Messina war tief getroffen. Als Titus nichts mehr sagte, ergriff Mullins das Wort.

»Mr Banks, Sie sind also ganz sicher, dass die Person, die Sie gesehen haben, Edward Marlowe war.«

Titus räusperte sich und beugte sich nach vorn. »Absolut sicher. Es war Edward Marlowe, der Direktor der Central Intelligence Agency, Irrtum ausgeschlossen.«

»Haben Sie noch etwas zu sagen, Mr Banks? Möchten Sie noch irgendetwas hinzufügen?«, fragte Mullins in der Annahme, dass Titus' verblüffende Aussage beendet war.

Titus nickte. »Damals habe ich mir nicht viel dabei gedacht, denn ich wusste, dass Marlowe und Renata etwas miteinander hatten. Es war gar nichts Besonderes oder Verdächtiges, dass er zu ihrem Boot ging. Ich nehme an, er wollte ein Nümmerchen machen. Sie wissen, was ich meine?« Sein leichtes Grinsen wurde aber nicht erwidert. »Ich habe mir also nichts dabei gedacht, aber nach knapp zehn Minuten sah ich einen anderen Mann von Bord seines Bootes kommen. Der hatte anscheinend etwas zu tief ins Glas geschaut, denn er stolperte und fiel beinahe ins Wasser. Auch dieser Mann ging an Bord der CHAMPAGNE LADY.« Mullins und die Bundesbeamten horchten auf. »Diese Person, die in der Presse der zweite Mann genannt wird, seit Sie bekannt gegeben haben, dass es zwei unterschiedliche Spermaspuren gab, kam aus der Kajüte der CHAMPAGNE LADY heraus und ging dann zurück auf sein Boot. Dieser Mann war Mario Colarossi.«

Die Stille war jetzt fast mit Händen greifbar, das Erstaunen grenzenlos. Der Kassettenrekorder lief weiter und weiter. Niemand rührte sich. Dann sah Mullins Mitchell an. Er hoffte, dass Mitchell Titus' Glaubwürdigkeit bestätigen würde. *Welch eine Entdeckung!* Mitchell nickte mit dem Kopf. Titus war ein glaubwürdiger Zeuge.

Als Titus schwieg, fand Mullins die Sprache wieder.

»Noch einmal – gibt es noch etwas zu sagen, Mr Banks?« Auf diese Frage hatte er schon die unglaublichsten Antworten bekommen. Vielleicht gab es doch noch mehr zu sagen.

Titus dachte über die Frage nach. »Im Augenblick nicht.« Dasselbe, was er jetzt ausgesagt hatte, hatte er auch Mitchell und Josh erzählt. Es gab keinen Grund, noch mehr zu sagen. Er tat nur, was er Josh schuldig war.

»Und das ist die Wahrheit?«, fragte Mullins. »Sie haben wirklich gesehen, was Sie hier berichtet haben? Wenn das der Fall ist, wiederholen Sie Ihre Aussage bitte.«

»Ich habe Edward Marlowe, den CIA-Direktor, und Mario Colarossi an Bord der CHAMPAGNE LADY gehen sehen und auch, wie sie später wieder von Bord kamen … In der Nacht, als Renata Tredanari getötet wurde … Ungefähr um 2.00 Uhr morgens, da habe ich die beiden gesehen.«

»Können Sie diese Angaben mit Ihrer Unterschrift und unter Eid bekräftigen?«, fragte Mullins.

»Ja, ich werde meine Aussage unterschreiben, und ich schwöre, dass ich die Wahrheit gesagt habe.«

»Sind Ihnen, Mr Banks, die Vorgänge um die Morde im Club bekannt, nicht nur, was Renata Tredanari betrifft, sondern auch die anderen Taten?«

»Ja, das ist mir alles bekannt. Ich habe auch an allen außerordentlichen Versammlungen teilgenommen, die deswegen stattfanden. Aber ich weiß nicht, wer Kommandant Deever, Alvin Dean Horatio, Arthur Dryden und Mario Colarossi umgebracht hat. Ich habe nicht die geringste Ahnung. Ich weiß nur, was bei Renata Tredanari war. Außerdem habe ich alle Zeitungsberichte darüber gelesen und die Fernsehnachrichten gesehen. Ich bin also auf dem Laufenden, soweit es veröffentlicht wurde.«

»Um auf Direktor Marlowe und Mario Colarossi zurückzukommen«, fuhr Mullins fort, »was glauben Sie als Augenzeuge der Besuche, wer Renata Tredanari getötet hat? Lassen Sie mich erläutern und etwas weiter ausholen, bevor Sie antworten. Wenn Marlowe die Frau umgebracht hat, dann war sie schon tot, als Colarossi kam. Sie sagten, er habe geschwankt. Dann müsste er mit einer Toten geschlafen haben und zu betrunken gewesen sein, es zu merken. Aber das Messer in ihrer Brust hätte er unmöglich übersehen können.

Deshalb spricht die Logik dafür, dass erst Marlowe mit ihr geschlafen hat und anschließend Colarossi, der sie dann umbrachte. Und wenn es so war, ist es ziemlich egal, denn er ist tot. Wenn Sie sich daran erinnern, wie Sie die beiden gesehen haben und wie sie sich beim Verlassen der Yacht verhielten – wer von beiden war nach Ihrer Meinung der Mörder?«

Titus zögerte.

»Tippen Sie auf einen«, drängte Mullins ihn.

Titus blickte unruhig im Raum umher und überlegte, wie er seinen Albträumen ein Ende setzen könnte. Jetzt war die Gelegenheit dazu. Er würde sich von den quälenden, vergiftenden Gedanken befreien und gleichzeitig jeden Verdacht im Keim ersticken, dass er selbst Renata umgebracht hätte.

Gespannt warteten die Zuhörer.

Eine Weile grübelte Titus noch, dann beugte er sich erneut zum Mikrofon:

»Ich muss noch eine Aussage machen. Es kam noch eine dritte Person zu Besuch.«

53

Valerie Drydens älteste Tochter Tina fuhr zur Apotheke am Einkaufszentrum, um das Rezept für ihre Mutter einzulösen. Valerie hatte sich schon ein wenig gefangen. Sie stellte den Nachrichtenkanal an, um zu erfahren, was es Neues gab. In der Hoffnung, Näheres über ihren Mario zu erfahren, hörte sie sich auch die Rundfunknachrichten an.

Wie ist es passiert? Gina und Matt hatten doch versprochen, hinter ihm herzufahren, weil er allein an Bord war und Gina sich deshalb Sorgen machte. Warum haben sie das nicht getan? Wo sind sie jetzt? Wie ist der Mörder an Bord von Marios Yacht gelangt? Haben die beiden ihm nicht beim Ablegen geholfen?

Valerie rief in Ginas Büro an, aber sie war bei Gericht. Dann rief sie Matt an. Er war zu einem Treffen von Finanzleuten in Los Angeles geflogen und würde in einigen Tagen zurück sein, wenn alles nach Plan verlief. Enttäuscht wollte Valerie Marios Tochter noch einmal anrufen, verzichtete aber darauf: Wenn die Tochter etwas Neues wüsste, hätte sie schon von sich aus angerufen.

Warum musste er sterben?

Warum gerade jetzt, wo er ihr für immer gehören sollte? Wieder beweinte sie ihre verlorene Zukunft mit Mario.

Ihre Töchter verstanden, dass sie um einen langjährigen Freund trauerte, auch wegen der Art, wie er umgebracht worden war. Aber wie lange sie trauerte, wunderte die Mädchen noch immer. Warum berührte dieser Tod ihre Mutter so sehr?

Was wäre gewesen, überlegte Valerie, wenn die MARIO-NETTE nicht vor den Bermudas gestrandet wäre? Wie weit wäre das Boot mit seinem Kraftstoffvorrat wohl gekommen, wie weit hinaus in die Sargassosee und den Südatlantik? Dann hätte Mario monatelang verschollen sein können, bis das Totenschiff an irgendeine Küste getrieben wäre. Hätte es bis in die Antarktis driften können? Valerie verdrängte diese Gedanken, weil sie nichts davon wissen wollte. Sie musste unbedingt an etwas anderes denken, um über die Katastrophe hinwegzukommen, die sie wie ein Schleier umgab.

Sie lag auf dem Sofa, mit dem rechten Unterarm über den verweinten Augen, als ihre Tochter Elizabeth eilig ins Zimmer trat und mitteilte, dass Lieutenant Mullins draußen sei und sie sprechen wolle.

»Vielleicht hat er zusätzliche Informationen über Mario. Er wollte auch, dass ich irgendetwas unterschreibe, weil ich Mario als Erste als vermisst gemeldet habe. Egal, lass ihn rein.« Dann überlegte sie es sich anders. »Ich komme besser selbst an die Tür. Sag ihm, dass ich gleich da bin.« Elizabeth verließ das Zimmer. Valerie sah in den Spiegel und ordnete ihr Haar. Sie sah furchtbar aus – übermüdet infolge schlafloser Nächte. Ein bisschen Make-up würde nichts schaden, aber niedergeschlagen, wie sie war, konnte sie sich nicht dazu aufraffen. Sie fand sich mit ihrer Grabesmiene und den geröteten Augen ab. So, wie die Dinge lagen, war sie eben in Trauer. Mullins hatte ja ihr tragisches Gesicht gesehen, als ihr Ehemann in Ketten ertränkt worden war.

Auf dem Weg zur Haustür versuchte sie, ein energisches Gesicht aufzusetzen. Elizabeth trat beiseite, als ihre Mutter kam. Mullins stand in der Tür, hinter ihm ein Mann im Anzug.

»Guten Tag, Lieutenant. Danke, dass Sie wegen Mario angerufen haben. Haben Sie Neuigkeiten? Haben Sie das Formular dabei, das ich unterschreiben soll?«

»Mrs Valerie Dryden, Sie sind vorläufig festgenommen. Ihnen wird zur Last gelegt, Renata Tredanari getötet zu haben.«

54

Valeries Tochter Elizabeth schrie gellend auf und hielt beide Hände vor den Mund. Ihre Augen weiteten sich. Entsetzt lehnte sie sich Halt suchend an die Wand. Sie hielt das Gehörte für Wahnsinn. Valerie entgegnete entrüstet: »Soll das etwa ein Witz sein?«

»Es gibt einen Zeugen, der Sie gesehen hat, als sie in der Mordnacht Ms Tredanaris Boot verließen. Von mehreren Besuchern gingen Sie als letzte Person von Bord«, erklärte Mullins.

Der andere Kriminalbeamte zog Handschellen aus der Tasche und trat damit an Valerie heran. Sie wich einen Schritt zurück.

»Mrs Dryden, Sie haben das Recht, zu schweigen …« Mullins belehrte Valerie über ihre Rechte und bedeutete seinem Kollegen mit einem Kopfnicken, ihr die Handschellen anzulegen. Der Beamte packte ihre Arme. Valerie entwand sich dem Griff.

»Das ist Irrsinn!«, schrie sie. »Wer hat das gesagt? Ich bin noch nie auf ihrem Boot gewesen! Noch nie! Ich habe mit meinen Töchtern auf meinem Boot übernachtet und habe geschlafen! Die Mädchen können es bezeugen!«

»Titus Banks, der Hafenmeister, hat Sie erkannt.«

»Er lügt! Warum glauben Sie ihm? Er hat sie selbst umgebracht und schiebt es mir in die Schuhe! Es ist ein schrecklicher Irrtum! Ich bin unschuldig!« All das schrie sie, während der Beamte ihre Arme festhielt, ihr die Handschellen anlegte und abschloss.

»Vielleicht ist er der Mörder meines Mannes. Sie müssen ihn festnehmen! Er ist ein verdammter Lügner!« Sie drehte sich zu ihrer Tochter um. »Elizabeth, ruf Roger im Büro an und sag ihm, was hier vor sich geht!« Elizabeth war noch immer hysterisch. »Beeil dich!«, drängte die Mutter sie. »Mach schon!« Erst da setzte Elizabeth sich in Bewegung und stürzte in die Küche zum Telefon. Mullins und der zweite Beamte mussten Zwang anwenden, um die sich sträubende Valerie in den Streifenwagen zu bringen. Valerie protestierte weiter, bis sie im Wagen saß und die Autotür geschlossen wurde. Gerade, als Elizabeth wieder an der Haustür war, um ihrer Mutter zu sagen, dass sie Roger angerufen habe, verließ der Polizeiwagen das Grundstück. Valerie Dryden, die in Handschellen neben Ken Mullins saß, sah vor dem Haus ihre Tochter, die völlig außer sich war. Sie wandte sich ab, um nicht mit ansehen zu müssen, welche Qualen ihr Kind litt. Dabei hörte sie nicht auf, Titus zu beschuldigen.

* * *

In der Nacht, als Renata starb, hatte Valerie mit ihren Töchtern an Bord ihrer Yacht geschlafen. Nachdem sie aufgewacht war, weil sie zur Toilette musste, konnte sie nicht wieder einschlafen. Sie beschloss, im Salon der Yacht fernzusehen. Weil die Abendkühle so verlockend war, öffnete sie die Tür zum Achterdeck, bevor sie den Fernseher einschaltete. Die frische, aber milde Nachtluft tat gut.

Erstaunt sah sie Mario Colarossi so auf dem Steg entlangwanken, dass er fast ins Wasser fiel. Er ging auf ihr Schiff zu. Zuerst glaubte sie, er wolle sie besuchen. Das kam ihr ungelegen, weil ihre Töchter an Bord waren. Sollte er näher kommen, wollte sie ihm auf dem Steg entgegengehen und ihn zur Umkehr überreden.

Dann sah sie, dass er sich nach rechts wandte, an Bord der CHAMPAGNE LADY stieg und in der Kajüte verschwand. Sie ließ das Boot nicht aus den Augen und wartete, bis er wieder ging. Sie liebte Mario, er aber wollte Renata. Das wusste sie schon lange. Es machte sie rasend, dass Mario Renata besuchte. Es konnte für sie und ihn keine glückliche Zukunft geben, solange er Renata begehrte – Valerie wollte ihn ganz für sich.

Aus der Pantry griff sie sich ein Steakmesser, mit dem sie Renata nur bedrohen wollte. Zuerst sah sie zum Parkplatz. Es war niemand zu sehen. Dicht am Rand des Stegs schlich sie geduckt zur CHAMPAGNE LADY und stieg an Bord. Unter Deck sah sie Renata ausgestreckt und ohne Bewusstsein auf dem Bett liegen. Spermaspuren in der Nähe ihrer Scheide bewiesen Marios Untreue. Da vergaß sie sich.

Ohne zu zögern oder zu überlegen, nahm Valerie mit der linken Hand ein kleines Sofakissen, bedeckte damit Renatas Gesicht und stieß ihr mit der rechten Hand das Messer ins Herz. Als der Körper heftig zuckte, drückte Valerie mit dem Kissen fester zu, um Renatas Gesicht nicht sehen zu müssen und um sie zu ersticken. Als Renata sich nicht mehr rührte, rieb Valerie das Kissen an ihrer Kleidung ab, um Fingerabdrücke zu verwischen, ließ es auf den Boden fallen und stieß es weg. Danach zog sie ihr Top aus und wischte damit die Fingerabdrücke vom Messergriff ab. Anschließend wischte sie Renatas Leiche und das Bett ab, um Marios Fingerabdrücke zu beseitigen. Dabei achtete sie sorgfältig darauf, nicht an das Blut zu kommen. Nachdem sie für Mario getötet hatte, durfte er auf keinen Fall in Verdacht geraten. Er sollte frei bleiben. Schließlich zog sie sich an und kehrte zur COURTSHIP zurück, wobei sie sorgfältig darauf achtete, ungesehen zu bleiben.

Anschließend trank Valerie ein Glas Wodka und tilgte den Mord aus ihrem Gedächtnis, als sei er nie geschehen. Sie vergaß aber nicht, den Rest der Messergarnitur über Bord zu werfen.

* * *

Im Schlick in der Nähe der COURTSHIP fanden Polizeitaucher vier zueinander passende Fleischmesser. Als man Valerie Dryden die erdrückenden Indizien und die Zeugenaussage vorhielt, bestand sie eisern darauf, nichts mit Arthurs Tod zu tun zu haben – sondern nur mit Renatas Tod.

55

Sobald Mullins wieder auf der Polizeiwache war, setzte er eine Pressekonferenz an, die er für dringend erforderlich hielt. Mitchell und Josh waren dabei, sie standen vorn an der Seite. Diesmal waren der Polizeichef, der Bezirksstaatsanwalt und der County-Verwaltungschef anwesend, um den zahlreich erschienenen Medienvertretern Folgendes mitzuteilen und anschließend näher zu erläutern:

Renata Tredanaris Mörderin wurde gefasst und hat gestanden. Dieser Fall ist geklärt.

Auch der Zeuge Titus Banks hat erklärt, dass Direktor Edward Marlowe an jenem Abend die Yacht von Ms Tredanari verlassen hat. Banks hat damit die Aussage von Professor Josh Trimble gestützt.

Mario Colarossi hat Ms Tredanari in der Tatnacht ebenfalls besucht, was die unterschiedlichen Spermaspuren erklärt. Er wurde vom Zeugen Titus Banks gesehen.

Auf die Frage, ob er Marlowe festnehmen würde, antwortete der Bezirksstaatsanwalt: »Wir haben Renata Tredanaris Mörderin gefasst. Direktor Marlowe war nicht an der Tat beteiligt, weder durch Anstiftung noch durch Beihilfe. Er hat Ms Tredanari nur besucht und hat allenfalls ein Problem mit der Wahrheit. Wir werden deshalb noch prüfen, ob er sich wegen Behinderung der Justiz strafbar gemacht hat.«

Jetzt stand Lieutenant Mullins im Blitzlichtgewitter vor den Mikrofonen.

»Anschließend werde ich alle Ihre Fragen beantworten. Ich gehe nicht weg. Sie bekommen alle nötigen Informationen. Wir haben heute Neuigkeiten für Sie. Bitte warten Sie mit Ihren Fragen noch. Falls Sie es noch nicht erfahren haben – Mario Colarossi ist ein Opfer der organisierten Kriminalität. Er wurde mit zwei Schüssen getötet, auf seinem Boot an einen Sitz gefesselt und auf See hinausgeschickt. Die Yacht lief schließlich vor den Bermudas auf Grund.

Mario Colarossi war in alte Geschichten verwickelt und stand dadurch in Verbindung mit den Opfern des Rätselschreibers, also Alvin Dean Horatio, Kommandant Douglas Deever und Arthur Dryden, dem Ehemann von Valerie Dryden, die den Mord an Renata Tredanari gestanden hat. Nach Sichtung und Prüfung aller Erkenntnisse sind wir zu dem Schluss gekommen, dass Mario Colarossi Alvin Dean Horatio, Arthur Dryden und Kommandant Douglas Deever getötet oder töten lassen hat. Dabei hat er den Tredanari-Mord als Tarnung benutzt, um die Hauptbeteiligten des Skandals um den radioaktiven Müll zu beseitigen. Ich kann mit Bestimmtheit sagen, dass es Mario Colarossi war, der diese Rätsel geschrieben hat. *Er* war der Rätselschreiber. Der Rätselschreiber-Fall ist aufgeklärt.«

Im Raum kam Gemurmel auf. Ungeduldig hoben manche die Hand, und laute Stimmen baten um Gehör. Mullins kümmerte sich nicht darum, sondern sprach einfach lauter.

»Warum wurde Colarossi nun getötet? Colarossi gehörte zum organisierten Verbrechen, das sich seiner Feinde auf die Weise entledigt, wie er getötet wurde. Man lässt die Leiche verschwinden. Ich kenne die Arbeitsweise dieser Organisation und kann Ihnen sagen, dass Mario Colarossi wegen des Mordes an jenen Leuten umgebracht wurde – weil diese Taten Aufsehen erregt hatten. Er wurde getötet, weil er den – sagen wir einmal – guten Ruf der Organisation geschädigt hatte.« Gelächter im Saal. »Kurz: Der Fall Tredanari ist aufgeklärt und abgeschlossen. Dasselbe gilt für die anderen Yachtclubmorde. Der Rätselschreiber ist tot. Die Logik und die vorliegenden Beweise lassen keinen anderen Schluss zu.

Danken möchte ich Professor Josh Trimble, weil er sich so mutig als Zeuge gemeldet hat. Dabei zeigte er auf Josh. Dank verdient auch Titus Banks, der Hafenmeister des Eastern-Shore-Yachtclubs, der heute nicht kommen konnte. Ebenso danken wir dem berühmten Schriftsteller Mitchell Pappas, der mit Rat und Tat zum Erfolg der Ermittlungen beigetragen hat.«

Dabei zeigte er auf Mitchell, der lächelte und winkte. Anschließend gab es Gelegenheit zu Fragen.

* * *

Die Abendnachrichten berichteten über die Pressekonferenz.

Mullins und die Bundesbeamten bekamen Lob von ihren Vorgesetzten. Charlie Messina und Kelvin Jackson mussten nach Washington zurück … und damit fort von Mullins' Kuchentabletts.

Der Kommodore und alle Clubmitglieder waren froh, dass die Mordserie vorbei war und dass sie überlebt hatten. Das Leben würde wieder normal verlaufen. Die Gemeinschaftsfahrt nach Newport würde wie geplant Ende Juli stattfinden.

* * *

Als Direktor Edward Marlowe erfuhr, dass die Polizei von Suffolk eine Pressekonferenz über die neuesten Entwicklungen bei den Yachtclubmorden angesetzt hatte, sagte er alle Termine ab. Er schickte seine Sekretärin nach Hause und stellte seine Telefonanlage so ein, dass jeder Anrufer das Besetztzeichen hörte. Auch die Pressekonferenz brauchte nicht aufgenommen zu werden. Vielleicht hatte man den Rätselschreiber gefasst, der ihn bedrohte. Marlowe fühlte sich auf seiner treibenden Eisscholle gar nicht wohl. Vor ihm lag die Hölle – und die Ungewissheit.

Ungeduldig hörte er die Ansage: »Wir übertragen jetzt live aus Long Island die Pressekonferenz wegen der Yachtclubmorde. Den Raum betreten jetzt …« Marlowes Gedanken gehorchten ihm nicht mehr. *Sie sind alle da!* »… und Lieutenant Mullins von der Mordkommission Suffolk.« Die Konferenz nahm ihren Lauf.

Marlowe war am Boden zerstört.

Zwei Zeugen!

Stumm und starr saß er auf seiner Eisscholle, die am Rand der Hölle trieb.

Es war kaum noch Eis übrig.

Der Direktor schloss seine Tür ab, um die Außenwelt auszusperren. Dann überlegte er, was er getan hatte. Er wünschte sich, er könnte seine Lügen noch rückgängig machen und einfach erklären, dass es ein harmloser Besuch bei einer Geliebten war. Damit hätte er den politischen Sturm überstehen können. Der Präsident, mit dem er befreundet war, hätte sich vor ihn gestellt. Mit der Lüge hatte er an dem Ast gesägt, auf dem er saß.

Zwei Zeugen!

Wie war das möglich? Zwei Zeugen so spät nachts?

Marlowe verschwendete keinen Gedanken an seine ehemaligen Partner und an Colarossi, ihn interessierte nur sein eigenes Überleben. Sie sind tot – wen kümmert es?

Als Mitarbeiter an seine Bürotür klopften, um sich zu erkundigen, ob er die Nachrichten gesehen hätte, öffnete er nicht. Er blieb bis 22.00 Uhr in seinem Büro und fuhr dann nach Hause, voller Angst vor dem nächsten Tag. Als er in die Auffahrt zu seinem Haus einbog, wartete der Stabschef des Präsidenten vor dem Haus auf ihn.

Am nächsten Tag richtete Direktor Edward Marlowe von der CIA sein Rücktrittsschreiben an den Präsidenten der Vereinigten Staaten.

56

Sobald Mitchell zu Hause war, gab er die neuesten Entwicklungen der Yachtclubsache in den Computer ein. Die Geschichte war zu Ende – ein abgeschlossener Fall. Die Polizei hatte Renatas Mörder gefasst. Der Rätselschreiber war tot, die Mordfälle aufgeklärt. Das Töten hatte ein Ende.

Beim Vervollständigen und Durchsehen der Aufzeichnungen dachte er zurück und stellte sich das Ergebnis als Schlachtfeld vor, das mit Toten und Verwundeten übersät war.

- Die Toten: Renata Tredanari – erstochen.
- Arthur Dryden – von einem Studenten aufgefischt, der mit einem Magneten angelte.
- Alvin Dean Horatio – am Strand von Block Island gefunden.
- Kommandant Douglas Deever – seine Leiche hing in der Bucht von Huntington unter einer Fahrwassertonne.
- Mario Colarossi – mit zwei Schüssen getötet und vor den Bermudas gefunden.
- Die Verwundeten: Edward Marlowe – öffentlich für alle Zeiten beschädigt.
- Valerie Dryden – hat eine langjährige Freiheitsstrafe zu erwarten, vermutlich lebenslang ohne Aussicht auf vorzeitige Entlassung.
- In Mitleidenschaft gezogen: der Eastern-Shore-Yachtclub.
- Der Präsident und die Regierung.
- Die Central Intelligence Agency.
- Die vielen Familienmitglieder, Angestellten und Geschäftspartner der Toten und Verwundeten.

Die Aufzeichnungen wurden immer umfangreicher. Morgen und übermorgen würde er sich die Zeit nehmen, das Ganze sachlich und chronologisch zu ordnen und die Notizen über die Gespräche nach seiner Erinnerung so gut wie möglich zu vervollständigen. Als der

Abend zu Ende ging, war er mit seiner vorläufigen Stoffsammlung zufrieden.

Professor Josh Trimble hatte ihn um Hilfe gebeten. Er hatte einem Freund in der Not geholfen.

Was war dabei herausgekommen? Ein großer Mordprozess und für Mitchell die persönliche und berufliche Befriedigung, Mullins bei der Aufklärung der Taten unterstützt zu haben.

Es musste ein Buch daraus werden – das Josh schreiben sollte. Jetzt, nachdem Mitchell an der Aufklärung des Falles mitgewirkt hatte, bekam er Geschmack an einem solchen Buch, einem Buch, das bald geschrieben werden musste, solange das Interesse noch stark war. Das spornte ihn zusätzlich an, seine Recherchen für Josh zu vervollständigen und zu aktualisieren.

* * *

Titus stellte seine Helfer wieder ein.

Die Bundesbeamten Charlie Messina und Kelvin Jackson wurden in Washington wegen ihrer Mitwirkung bei den Ermittlungen zur Beförderung vorgeschlagen.

Die MARIO-NETTE sollte zur Reparatur in eine Bootswerft geschleppt werden. Eine Überführungsmannschaft würde sie dann in den Heimathafen zurückbringen.

Lieutenant Mullins wurde ebenso zum Liebling der Medien wie die prominenten Clubmitglieder.

Josh war froh, dass das Polizeiboot und die Streifenwagen abgezogen worden waren und im Club wieder Normalität einkehrte, sodass er den Sommer in Ruhe genießen konnte. Er wollte nur noch zurück in seine kleine private Welt, heraus aus dem Rampenlicht der Öffentlichkeit. Er würde sich mit Helene und Mitchell treffen, um über einen Buchvertrag zu verhandeln, denn während der Ferien hatte er Zeit zum Schreiben. Mitchell wollte er bitten, ihn als Mitverfasser angeben zu dürfen. Immerhin hatte Mitchell sehr viel Vorarbeit geleistet. Er ließ sich aber nicht dazu überreden.

Adam Farmer bekam eine Bonuszahlung, und die landesweit beachtete Berichterstattung über die Yachtclubmorde festigte seinen journalistischen Ruf als Beschaffer von Exklusivinformationen.

Durch seine groß aufgemachten Artikel wurden auch die Fernseh-Talkshows auf ihn aufmerksam. Die NBC-Sendung *Dateline* wollte etwas über ihn bringen.

* * *

Auch Mullins' Erklärung, dass Mitchell zur Lösung beigetragen habe, interessierte die Medien. Am nächsten Tag gingen viele Anrufe in Helenes Büro ein. Einige Sender wollten Helene und Mitchell interviewen, weil beide beteiligt gewesen waren. Helene antwortete, sie würde zurückrufen. Mitchells Verleger teilte mit, dass er die neue Berühmtheit seines Autors für eine Werbekampagne nutzen wolle, um Neuauflagen von Mitchells Büchern zu vermarkten, auch als Sammelausgaben.

Der Verleger fragte Helene, ob Mitchell ein Buch über die Yachtclubmorde plane. Sie verneinte, aber Professor Josh Trimble würde es mit Mitchells Unterstützung schreiben. Am Montag würde sie vorbeikommen, um über einen Vorschuss für Trimble zu verhandeln. Der Vorschuss würde aber viel höher ausfallen, wenn der Name Mitchell als Koautor auf dem Buchdeckel stünde, sagte der Verleger. Viel höher? Viel höher! Darüber könnte man reden, fügte Helene hinzu, glaubte aber nicht recht daran, dass Mitchell zustimmen würde.

Die nächsten beiden Tage beschäftigte Mitchell sich mit seinen Aufzeichnungen. Er war nicht daran interessiert, sich als Mitverfasser in den Vordergrund zu spielen. Er wollte lieber ein Vorwort schreiben und die Werbung für das Buch nach besten Kräften unterstützen, auch im Fernsehen. Der Verlag sollte in der Werbung gern Mitchell Pappas als Verfasser des Vorworts erwähnen, wenn das nötig war, um den Absatz zu fördern. Seinem guten Freund würde er auf jede erdenkliche Weise helfen. Der Yachtclub war Joshs Welt, und nur er konnte aus erster Hand über die Ereignisse schreiben.

Nachdem Mitchell am Sonntagabend alle Notizen in den Computer getippt und geordnet hatte, druckte er die vielen Seiten zur Durchsicht aus. Danach machte er es sich im Wohnzimmer in seinem Lesesessel bequem und begann mit dem Durchlesen. Vor dem Schreiben des Konzepts musste er feststellen, wo der Stoff seine Stärken und Schwächen hatte.

Irgendetwas las sich nicht gut, gefiel ihm nicht so recht. Seine Analyse war noch nicht hieb- und stichfest. Es gab Schwachpunkte, die überprüft werden mussten – Punkte, die Verdacht erregten, weil irgendwelche Kleinigkeiten nicht stimmten, Schwachstellen, die Fragen aufwarfen – bis hin zu der Frage, ob Professor Josh Trimble der »zweite Mann« war, der Renata vergewaltigt und getötet hatte. Diese schwerwiegenden Fragen stellten sich wie von selbst. Er musste ihnen einfach nachgehen. Beunruhigt, dass die Aufzeichnungen ihn in eine bestimmte Richtung führten, legte er sie beiseite. Aber die Schwachstellen ließen sich nicht leugnen. Er nahm einen Schreibblock, begann von Neuem mit der ersten Seite und notierte die problematischen Theorien. An bestimmten Stellen brauchte er einfach mehr Informationen, um seine Aufzeichnungen abzurunden.

Die ursprünglichen Notizen gaben die Ereignisse von Anfang bis Ende wieder, allerdings unterschiedlich, je nachdem, unter welchen Gesichtspunkten man sie las. Er setzte die Sichtung fort, aber je tiefer er einstieg, desto wirrer erschienen ihm seine Hypothesen.

Statt als reiner Tatsachenbericht zu dienen, führten die Notizen ihn zu neuen Theorien und Gedankengängen.

Mitchell ging im Zimmer umher, dann in der ganzen Wohnung – seine Art, das Denken zu beschleunigen. Helene wusste, dass sie ihn dann in Ruhe lassen musste.

Mehr und mehr gewann er die Überzeugung, dass er der neuen Spur nachgehen musste, auch wenn sie fiktiv war. Er brauchte Fakten. Seine bisherigen Überlegungen waren falsch. Hatte er sich durch die Informationsflut und die endlosen Aufzeichnungen geistig überbeansprucht? Ja, daran musste es liegen. Nach einer Pause machte er weiter. Aber nach einer Stunde kam er zu demselben Ergebnis.

Der Schlüssel war Kommandant Deever – und die Coast Guard.

Er musste zur Küstenwachstation in Eaton's Neck.

Es konnte nicht wahr sein!

Der Rätselschreiber lebte!

57

Ende der Vorstellung. Auf der Bühne brannte nur noch die Sparbeleuchtung. Der Vorhang war gefallen, und das Publikum verließ den Saal.

Warten Sie doch! Wohin wollen Sie schon? Das Stück ist noch nicht zu Ende! Die Schlussarie ist noch nicht gesungen!

Höchste Anspannung und angestrengtes Grübeln raubten Mitchell den dringend benötigten Schlaf. Er vibrierte vor Leben und Energie, der Geist hielt den Körper – seine Energiequelle – für den neuen Tag wach. Mitchell hatte Blut geleckt.

Das war für ihn keine neue Erfahrung. Schon oft hatte er voller Begeisterung oder Spannung die Nacht durchgearbeitet und einfach nicht schlafen können. Körper und Geist schalteten dann erst am Abend des nächsten Tages ab.

Mitchell musste vor allem Mullins sprechen.

Außerdem musste er noch mehr über Titus Banks und Matthew DiBiasi erfahren, auch über ihr Vorleben.

Über das Wochenende hatte das allgemeine Interesse an den Yachtclubmorden nachgelassen. Öffentlichkeit und Medien würden sich bald mit anderen Dingen beschäftigen. Fasziniert von den Lebenskrisen und tragischen Erlebnissen ihrer Mitmenschen würden die Leute wie gebannt vor der Glotze sitzen und dem Ausgang eines Gerichtsverfahrens oder eines politischen Skandals entgegenfiebern. Mullins hatte es einmal so ausgedrückt: Die Luft war raus, die Spannung vorbei. Wir sind ein Volk sensationslüsterner Kolosseumsbesucher geworden, die sich an Blut und Gräueln berauschen. Lass die Löwen nur fressen – solange andere die Opfer sind. Wir weiden uns am Leid der Mitmenschen!

Mitchell war ein Römer der Neuzeit, sein Kolosseum war der Fernseher, der ihm die Tragödien und Konflikte der Welt frei Haus lieferte. Vor dem Bildschirm wartete er neugierig darauf, zu sehen, wie moderne Waffen Tod und Verderben bringen. Verdammt gutes

Fernsehen! *Ich werde langsam verrückt.* Er war jetzt völlig überdreht und aufgekratzt. *Ich muss schlafen! Warum verfluche ich die ganze Welt?*

Mitchell nahm eine heiße Dusche, die ihn beruhigen und zum normalen Denken ohne Gewaltfantasien zurückführen sollte.

Am Morgen, nach einer schlaflosen Nacht, wusste Mitchell, was er zu tun hatte. Die Phase des Prüfens und Abwägens war zu Ende. Jetzt brauchte er nur noch die getroffenen Entscheidungen umzusetzen – nichts leichter als das. Was war zuerst zu tun?

Ich muss Mullins anrufen.

Ein normales Frühstück genügte nicht, um ihn tagsüber auf den Beinen zu halten. Er brauchte etwas Kräftiges, eine Kalorienbombe. Deshalb briet er sich ein gewaltiges Steak und Eier und trank türkischen Kaffee mit Honig. Danach hätte er Bäume ausreißen können.

Um 9.00 Uhr rief Mitchell im 2. Revier an und fragte nach Mullins. Man sagte ihm, dass Mullins nicht mehr dort arbeite, sondern jetzt, nachdem der Fall gelöst war, wieder zur Mordkommission in Yaphank zurückgekehrt sei.

Am Telefon sagte Mullins: »Sie sind der Erste, der es erfährt: Ich habe seit Jahren zum ersten Mal durchgeschlafen.«

»Dann können wir tauschen. Sie haben mich mit Ihrer Krankheit angesteckt. Ich habe nämlich zum ersten Mal seit Jahren nicht durchgeschlafen. Wann haben Sie zum letzten Mal Steak und Eier gefrühstückt?«

»Noch nie. Und jetzt? Wollen Sie mittags Cornflakes essen?«, lachte ein entspannter Mullins. »Wie ist es Ihnen ergangen? Ich wette, Sie sind jetzt noch beliebter.«

»Aber nicht bei meiner Frau.«

»Was kann ich für Sie tun? Sagen Sie es einfach. Schließlich bin ich mit Ihrer Hilfe ganz groß herausgekommen.«

»Ich habe meine Aufzeichnungen und Dateien über den Fall durchgesehen, und mir fehlen noch Informationen. Ich hatte gehofft, Sie könnten mir weiterhelfen.«

»Aufzeichnungen? Heißt das, dass Sie das Buch schreiben wollen? Und was meinen Sie, wer mich spielt, wenn es verfilmt wird?«

Mitchell lachte. Mullins war locker, nicht mehr so angespannt, denn jetzt ging es nicht mehr bei jeder seiner Entscheidungen um Leben und Tod. – Ein Zustand, den Mitchell ihm von Herzen gönnte.

»Jack Nicholson wäre angemessen, und wenn die Zeit reif ist, machen wir ein Interview.«

»Meinen Sie das ernst? Er wäre der richtige Mann. Vielleicht kann ich mit ihm zusammen zur Oscar-Verleihung fahren. Aber Spaß beiseite. Wie kann ich Ihnen helfen?«

»Ich brauche Angaben über das Vorleben von Titus Banks und von Matthew DiBiasi, der das Wochenende mit Colarossi verbracht hat. Ich weiß, dass Titus bei der Marine gedient hat und dass DiBiasi Kapitalanleger ist. Auch über Gina Ferrara, seine Verlobte, muss ich etwas erfahren.«

»Ich werde mich bei der Marine nach Banks erkundigen. Das dürfte ein paar Tage dauern, aber ich schreibe mit Eilvermerk. Die anderen beiden kenne ich. Eins vorweg – sie haben Alibis. Zur Tatzeit waren sie in Montauk, deshalb kann ich ihnen die Sache mit Colarossi nicht zur Last legen. Wir wissen, dass DiBiasi und Colarossi im Club und anderswo oft zusammen waren. Wir glauben auch, dass er einer von Colarossis New Yorker Organisationen angehört. Gina Ferrara arbeitet als Strafverteidigerin. Die Kanzlei, der sie angehört, hat ein paar gedungene Schläger vertreten, gegen die wir ermittelt hatten. Gegen einige von ihnen wurde Anklage erhoben, gegen andere nicht.«

»Können Sie genauer sagen, in was für Geschäfte DiBiasi investiert?«

»Das dürfte schwierig werden, aber ich werde mich erkundigen. Noch etwas?«

»Ich brauche die Erlaubnis, Deevers Büro aufzusuchen, und benötige Auskünfte der Küstenwache über bestimmte nicht geheime Dinge.«

»Darf ich fragen, wofür? Deever lebt nicht mehr, und auch sein Mörder ist tot.«

»Nur als Hintergrundinformation. Wenn ich auf irgendetwas stoße, das in Ihre Akten gehört, rufe ich Sie an.«

»Für Sie als Schriftsteller sind ja die Nachwirkungen einer solchen Sache wichtig. Für mich ist der Fall jedoch beendet. Bis jetzt kein ungelöster Fall in diesem Jahr. Es ist Zeit, sich um andere Dinge zu kümmern. Bleiben Sie dran, ich rufe die Küstenwache vom anderen Apparat aus an.«

Mullins ließ Mitchell am Telefon warten. Es wäre verfrüht, Mullins ohne alle Beweise die neue Theorie mitzuteilen, denn ein Fehlalarm würde ihm überhaupt nicht passen. Dann war Mullins wieder in der Leitung.

»Wann wollen Sie hinfahren? Es geht. Sagen Sie mir Datum und Uhrzeit.«

»Gleich heute, gegen 13.00 Uhr. Und sagen Sie mir, wie man von der Schnellstraße aus hinkommt.«

»Bleiben Sie noch dran.«

Nach wenigen Sekunden sagte Mullins: »Es geht in Ordnung. Fragen Sie nach Captain Kowalski. Ich habe erzählt, dass Sie die Ermittlungen für mich fortsetzen. Schreiben Sie jetzt mit, wie Sie dort hinkommen.«

Mitchell fuhr um 11.00 Uhr in New York ab, um rechtzeitig anzukommen. Nach der Wegbeschreibung, die Mullins ihm durchgegeben hatte, fuhr er nordwärts durch die Stadt Northport. Dort fiel ihm ein, dass auf Mullins Liste bei den Namen Colarossi und Titus Banks als Wohnort Northport gestanden hatte. Nach einer Zickzackfahrt durch den Ort in Richtung Norden erreichte er die Asharoken Avenue und schließlich die an beherrschender Stelle auf der hohen Steilküste errichtete Küstenwachstation.

Nachdem er seinen Wagen auf dem Besucherparkplatz abgestellt hatte, nahm er sich zunächst die Zeit, den weiten Blick auf den Sund und die Küste von Connecticut zu genießen, der von Westchester County im Westen bis zum östlichen Horizont reichte. Schon während der Fahrt mit Josh und Titus beim freiwilligen Küstenwachdienst hatte Mitchell sich darauf gefreut, die Coast-Guard-Station zu besuchen, und auf ein Treffen mit Kommandant Deever gehofft.

Mitchell wurde schon erwartet. Er bat darum, bestimmte Unterlagen im Büro von Kommandant Deever einsehen zu dürfen, was ihm großzügig gestattet wurde.

Mitchell fand genau das, wonach er gesucht hatte.

58

Mitchell verließ die Küstenwachstation von Eaton's Neck und fuhr zurück nach Süden, wobei er der Wegbeschreibung in umgekehrter Richtung folgte. Zwar wusste er jetzt, was er wissen wollte, brauchte aber noch Zeit, bis er die Informationen verwenden konnte. Nachdem er Northport hinter sich gelassen hatte, bog er nach rechts zum Eastern-Shore-Yachtclub ab.

Dort mied er den Nordsteg und parkte beim Clubhaus, weil er zuerst mit Titus Banks sprechen wollte. Der Club besaß jetzt drei Bootsstege, von denen der dritte erst vor einer Woche fertig geworden war. Die neuen Liegeplätze waren schon fast alle belegt. Die Polizei war nicht mehr vor Ort. Das Clubgelände war jetzt wieder ein ruhiges Ufergrundstück, zu dem nicht jeder Zutritt hatte. Die Häuser am Hang wirkten nicht mehr bedrohlich.

Mitchell bemerkte, dass die Kajüttüren auf dem Achterschiff der COYOTE geschlossen waren. Entweder war Josh nicht an Bord, oder die Klimaanlage lief. Auch sein Wagen war nicht da. Ein Hafenhelfer sagte, dass Titus in der Schlosserei neben dem Schwimmbad sei. Dort verschweißte er gerade zwei Bojenketten. Um ihn nicht zu stören, wartete Mitchell. Als Titus fertig war, drehte er die blaue Flamme aus, klappte den Schweißerhelm hoch und bemerkte Mitchell, der am offenen Eingang, einer Art Garagentor, stand.

Titus lächelte. »Na, Mitchell, wie geht's? Wenn Sie Josh suchen, der ist zum Einkaufen bei Tanger's Outlet in Riverhead.«

»Ja, ich habe seinen Wagen nicht gesehen. Ich muss mit Ihnen sprechen.«

»Schon wieder Fragen? Ich dachte, damit ist jetzt Schluss.« Er trat aus der Werkstatt heraus, nahm den Schutzhelm ab und stellte ihn an die Wand.

»Nur ein paar Einzelheiten, die in meinen Aufzeichnungen noch fehlen, Titus.«

»Schreiben Sie ein Buch?«

»Josh vielleicht. Ich führe für ihn nur ein Tagebuch der Ereignisse.«

»Werde ich in dem Buch vorkommen?«

»Natürlich, Sie haben entscheidend zur Aufklärung des Falles Renata beigetragen.«

Das schien Titus zu gefallen. »Dann freue ich mich schon darauf, das Buch zu lesen. Wie kann ich Ihnen helfen? Fragen Sie, was Sie wollen.« Titus machte einen unbefangenen Eindruck. Die Gefahren für seinen Ruf und sein Leben hatten sich verflüchtigt.

»Wann wurden Sie Mitglied der Freiwilligen Küstenwache?«

»Vor drei Jahren oder so.«

»Sind Sie von sich aus eingetreten?«

»Nein, man hat mich darum gebeten.«

»Wer hat Sie angeworben?«

»Kommandant Deever.«

»Warum?«

»Er hatte gehört, dass ich bei der Marine gewesen war, und ließ nicht locker. Er brauchte erfahrene Leute, nicht solche ›Wochenendkrieger‹ aus dem Club.«

»Hat Matt DiBiasi irgendwann bei der Freiwilligen Küstenwache mitgemacht?«

»Glaube ich nicht. Matt hat sich nie freiwillig für irgendetwas gemeldet. Hatte keine Zeit.«

»In der Nacht, als Sie Marlowe, Colarossi und Valerie gesehen haben, haben Sie da auch Matt DiBiasi gesehen? Irgendwann?«

»Nein, aber ich weiß, dass er auf seinem Boot übernachtet hat.«

»Haben Sie Josh gesehen?«

»Nein. Als Josh Marlowe gesehen hat, saß er im Schatten, und die Stegbeleuchtung reicht nicht weit.«

»Ich frage nur, weil Sie Mullins erst nach längerer Zeit von Valerie erzählt haben. Ihnen muss man doch immer alles aus der Nase ziehen. Als Sie bei der Marine waren, sind Sie da irgendwann einmal vorübergehend zur Küstenwache abkommandiert worden?«

»Nein, nie.«

»Sie haben Kommandant Deever erst kennengelernt, als er die Station in Eaton's Neck übernahm?«

»Richtig. Das ist aber eine eigenartige Frage.«

»Nur zur Hintergrundinformation, Titus. Bei Ihnen kann man ja nie vor Überraschungen sicher sein. Habe einfach mal drauflos gefragt. Wenn ich wirres Zeug rede, liegt das daran, dass ich nicht ausgeschlafen bin. Sie sprachen davon, dass Sie einmal angezeigt und beschuldigt wurden. Soll das in dem Buch erwähnt werden?«

»Nein, das ist Schnee von gestern. Schwamm drüber.«

»Abgemacht. Und wie läuft es hier?«

»Wieder ganz normal. Am Wochenende war viel Betrieb. Selbst das Geräusch dieser verdammten Tennisschläger stört mich nicht mehr. Die CHAMPAGNE LADY ist nach Florida gegangen, sodass hier nichts mehr an Renata erinnert. Josh und ich wollen morgen zu ihrem Grab, um ihr die Ehre zu erweisen. Davon abgesehen, geht das Leben weiter, für manche besser, für manche schlechter.«

»Das ist ein feiner Zug, wenn ihr Renata zusammen besucht. Es ist gut, an verstorbene Freunde zu denken, deren Familien weit weg sind. Das gehört sich für gute Freunde auch. Sagen Sie Josh, dass ich hier war und dass ich ihn morgen anrufe. Aber, bevor ich gehe – noch etwas.«

»Schießen Sie los.«

»Was können Sie mir über Matthew DiBiasi als Clubmitglied erzählen?«

»Er macht im Club nicht so viel wie die meisten anderen. Wie ich schon sagte, hat er nie Aufgaben oder Ämter im Club übernommen. Er hatte geselligen Umgang mit Mario. Auch mit Renata war er befreundet. Ich weiß, dass Matt vor einiger Zeit ihr Grab besucht hat.«

»Matt war an Renatas Grab?«, fragte Mitchell erstaunt.

»Ja, er hat es mir selbst erzählt. Ich weiß aber nicht, wann er dort war. Wahrscheinlich kurz nach ihrem Tod, denn an ihrer Beerdigung konnte er nicht teilnehmen, da war er irgendwo an der Westküste, glaube ich. Am Tag, nachdem man Renatas Leiche gefunden hatte, war er abgereist.«

Weil er die Neuigkeiten erst einmal richtig einordnen musste, antwortete Mitchell nicht sofort, sondern nickte nur. »Danke, Titus, wir unterhalten uns bald weiter. Ich bin wirklich froh, dass wir heute miteinander gesprochen haben. Diesmal waren Sie eine sprudelnde Informationsquelle.«

Titus ging wieder an die Arbeit und schweißte noch ein Kettenglied. Mitchell ging. Die Müdigkeit hatte ihn wieder eingeholt – zum Glück war Josh nicht da. Mit dem, was Titus berichtet hatte, war er zufrieden. Das Gespräch half ihm bei der Entscheidung, was zu tun war.

Auf dem Weg zur Schnellstraße beschloss Mitchell, an einem Buchladen in Huntington Village zu halten und ein Buch über die Werke von Alfred Lord Tennyson zu kaufen – für seine Recherchen und zur Vervollständigung seiner Bibliothek.

Als er wieder im Auto saß, rief er Adam Farmer an. Adam freute sich, von ihm zu hören. Die beiden plauderten über den Fall. Adam war dankbar, weil Mitchell ihm die Exklusivartikel ermöglicht hatte. Mitchell sagte, er bräuchte Hintergrundinformationen zur Ergänzung seiner Stoffsammlung.

»Mir fehlen Angaben über den Mann, der das Wochenende mit Colarossi in Montauk verbracht hat, ein gewisser Matthew DiBiasi. Tun Sie mir den Gefallen, und suchen Sie in Ihrem Archiv alles über ihn und alle Querverweise zu seinem Nachnamen heraus.« Mitchell gab ihm seine Handynummer. »In etwa einer Stunde bin ich zu Hause.«

Schon nach einer halben Stunde, als Mitchell noch unterwegs war, rief Adam aufgeregt an.

»Sie werden es nicht glauben. Sie müssen Hellseher sein. Während der Strahlenmüllaffäre sind zwei von Colarossis Leuten ertrunken, was damals Verdacht erregte. Einer der beiden, ein Kapitän, hieß Sylvio DiBiasi. Aus den Todesanzeigen habe ich entnommen, dass er einen Bruder namens Matthew hatte.« Mitchell lächelte über diesen unheimlichen Glücksfall. Dabei erinnerte er sich daran, was Colarossi gesagt hatte, als er und Josh mit ihm beim Abendessen saßen: »Die beste Rache kommt spät und unerwartet.« Außerdem dachte er an eine Unterhaltung mit Helene ganz zu Beginn seiner Recherchen: Er würde einige Mülltonnen öffnen und sich den Inhalt ansehen. Jetzt, in letzter Minute, ging es auch um den Inhalt von DiBiasis Mülltonne.

»Mr Pappas, glauben Sie, dass DiBiasi Colarossi umgebracht hat, um seinen Bruder zu rächen? Und was ist mit Deever? Deever hatte den Bericht der Küstenwache verfasst. Vielleicht ist nicht Colarossi, sondern DiBiasi der Rätselschreiber. Das ergibt einen Sinn. Mullins und die Ermittlungsbehörden könnten voreilig geurteilt haben.«

»Sie sind ein kluger Kopf, Adam. Aber meine persönliche Meinung allein bringt diese Leute nicht hinter Gitter. Mullins hat erklärt, dass DiBiasi ein Alibi für die Zeit hat, als Colarossi erledigt wurde. Da ich jetzt von Ihnen weiß, dass Sylvio sein Bruder war, komme ich auf ganz neue Gedanken. Als ich in den Akten von Kommandant Deever einen Hinweis auf Sylvio DiBiasi fand, dachte ich mir schon, dass Sylvio und Matthew Geschwister oder jedenfalls verwandt sind. Wenn Sie das nächste Mal über dieses Thema schreiben, sollten Sie auch diese Neuigkeiten über DiBiasi erwähnen. Erwecken Sie bei den Lesern ruhig den Eindruck, dass er als Täter infrage kommt. Ganz falsch werden Sie damit nicht liegen. Das wird vielleicht nicht der einzige Artikel bleiben, den Sie über ihn schreiben. Über DiBiasi werden Sie sich vielleicht noch wundern. Was ich über ihn herausfinde, werde ich an Sie weitergeben. Vielen Dank für die Info, Adam. Ich werde für Sie schnüffeln, damit Sie den Pulitzerpreis gewinnen.« Dann beendete er das Gespräch.

Als er die Triboro-Brücke erreichte, war er völlig ausgelaugt und konnte ein Gähnen nicht unterdrücken. Deshalb stellte er die Klimaanlage kälter und sang ein Lied, um sich wach zu halten.

Er hatte heute viel erfahren.

Von der Küstenwache hatte er alles erfahren, was er brauchte.

Erfahren hatte er auch, was er über Matthew DiBiasi wissen musste.

Und von Titus hatte er erfahren, was er von ihm hören wollte, eine wichtige Information.

Der Fußweg von der Garage ins Haus vertrieb seine Müdigkeit. Zu Hause sichtete und prüfte er erneut seine Notizen, auch wenn noch offen war, was Mullins über DiBiasi und Titus zu berichten hatte. Vor dem letzten Schritt brauchte er völlige Gewissheit. Als er noch einmal über alles nachdachte, war er sich sicher, genug zu wissen. Aber der nächste Schritt musste bis morgen warten. Seine Müdigkeit wurde übermächtig. Er kämpfte gegen den Schlaf an. Dann las er Tennyson, bis sein Kopf auf das aufgeschlagene Buch sank.

59

Als Mitchell morgens um 5.00 Uhr in seinem Bett aufwachte, hatte er keine Ahnung, wie er dorthin gekommen war und weshalb er allein im Bett lag. Am Abend hatte Helene ihn mit Mühe halb wach bekommen und ihm geholfen, ins Bett zu fallen. Danach lag er fast quer im Bett. Da Helene ihn nur schwer bewegen konnte, hatte sie sich einfach auf dem Sofa schlafen gelegt.

Nach ein wenig halbherziger Gymnastik fühlte Mitchell sich wieder frisch und nahm sich erneut Tennyson vor. Bevor er wegfuhr, musste er im Buch die passende Stelle finden, um seinen Aufzeichnungen das letzte Kapitel hinzuzufügen.

Mullins hatte abends nicht angerufen. Während Mitchell unter einem grauen Himmel nach Long Island fuhr, rief er Mullins an.

Der sagte: »Ich habe die Informationen über Titus Banks und Matthew DiBiasi noch nicht. Vielleicht bekomme ich sie heute.«

»Das eilt nicht. Was ich jetzt brauche, habe ich schon. Ich rufe auch nicht deswegen an. Was steht für heute in Ihrem Terminkalender?«

»Ich werde wohl den ganzen Tag hier sein. Bis jetzt sind keine neuen Tötungsdelikte gemeldet. Ich versuche, gegen den endlosen Papierkram anzukommen. Warum? Was haben Sie vor?«

»Das erfahren Sie, wenn ich wieder anrufe. Falls Sie auswärts zu tun haben, sagen Sie bitte in Ihrem Büro Bescheid, wo ich Sie erreichen kann. Wir müssen uns heute noch treffen. Es ist wichtig.«

»Worum geht es denn? Hat es mit Ihrem Buch zu tun?«

»Das erzähle ich Ihnen dann. Das soll keine Geheimniskrämerei sein, aber im Augenblick geht es nicht anders.« Mitchell wollte Mullins erst in letzter Minute eröffnen, dass er Colarossi zu Unrecht für den Rätselschreiber halte. Dann beendete er das Telefonat mit dem neugierigen Kriminalbeamten und überholte einen orangefarbenen Möbelwagen. Am Ziel seiner Fahrt parkte er und las die *Newsday* und die *New York Times*. Als es an der Zeit war, rief er Mullins an. Nach dem Gespräch blieb er im Auto sitzen und versuchte sich an den Kreuzworträtseln.

* * *

Der Tag blieb trist und grau. Dunkle Wolken wirbelten durcheinander, und im warmen Südwind raschelte trockenes Laub. Eigentlich hätte es regnen müssen – alles deutete darauf hin. Nach der Vorhersage sollte es im Laufe des Tages strichweise regnen.

* * *

Wieder war der Rächer zum Friedhof gekommen, um mit Renata allein zu sein. Diesmal stand er nicht wie eine geknickte Blume am Grab.

Heute war er ihr näher, er war ihr tapferer Ritter. Stolz und aufrecht stand er vor ihr. Nur einen Dienst musste er ihr noch erweisen, um sein Versprechen zu erfüllen.

Diesmal hatte er einen Klappstuhl mitgebracht, um am Grab zu sitzen und mit Renata zu sprechen. Auch ihren Lieblingschampagner, zwei Gläser und – noch wichtiger – zwei Dutzend rote Rosen hatte er dabei. Die Flasche stellte er ungeöffnet hinter die metallene Grabplatte, verteilte die Rosen rund um die Flasche und stellte die Sektgläser auf die Platte, um mit Renata anzustoßen. Er wollte eine Weile bleiben und war überzeugt, dass die Regenwolken vorüberziehen würden. Sollte es doch noch regnen, würde er sich in den Wagen setzen und warten, bis es aufhörte. Heute trug er weder die Mütze noch die Sonnenbrille. Es war ihm egal, ob man ihn erkannte. Da die Yachtclubmorde aufgeklärt waren, hatte er Erfolg gehabt. Er konnte Renata jetzt frei und ungehindert besuchen. Rache und Freiheit passten gut zusammen und verschafften ihm Befriedigung.

Er saß vor dem Grab und hatte der Straße, der Welt und allem Lebendigen den Rücken gekehrt. Er befand sich in einer Welt, die Renata und ihm allein gehörte, versenkte sich in Erinnerungen, um sie wieder zum Leben zu erwecken, um kostbare Augenblicke noch einmal gemeinsam zu durchleben. Dabei lehnte er sich im Klappstuhl einige Minuten mit geschlossenen Augen zurück und ließ Bilder von Renata zufrieden vor seinem inneren Auge vorüberziehen.

Seine Träumerei endete abrupt, und seine Augen öffneten sich plötzlich, als er einen Störenfried bemerkte. Aber sein Körper entspannte sich gleich wieder.

Von hinten hatte eine bekannte Stimme ihn aus seiner ganz privaten Traumwelt gerissen.

Enttäuscht fand er sich mit der Störung ab. Er blieb regungslos sitzen, ohne sich umzudrehen, denn die Stimme sprach genau die Worte aus, die seinem Rachefeldzug für Renata ein Ende setzten.

Mit diesen Worten musste es einfach enden, denn sie sagten die Wahrheit und wurden so gefühlvoll gesprochen, wie Englands Dichterfürst sie vor über 100 Jahren niedergeschrieben hatte.

»Niemand lasse sich träumen, dass ich dich nicht mehr liebe.« Gleich darauf wurde mit Nachdruck wiederholt: »Niemand lasse sich träumen, dass ich dich nicht mehr liebe – Alfred Lord Tennyson.«

Renatas Ritter wiegte zustimmend den Oberkörper und fügte hinzu: »Nur eine einz'ge Maid zu lieben und sie zu ehren mit gold'nen Taten über Jahre – auch von Tennyson.« Noch immer blickte der Rächer auf die Grabplatte, denn er hatte nicht das Bedürfnis, das Gesicht zu sehen, das zu der Stimme gehörte. Der Störenfried kam näher, ging um den Stuhl herum und stellte sich dem Rächer gegenüber hinter die mit Rosen umkränzte Champagnerflasche, um ihn anzusehen. Auf ein Bein gekniet, um dieselbe Augenhöhe zu haben, sagte er: »Nun, Professor Josh Trimble, da sind wir also – der Rätselschreiber und ich.«

Josh hörte sich Mitchells Schlussfolgerungen gelassen, ja schicksalsergeben an. Dann sagte er: »Ich habe sie mit goldenen Taten gerächt, denn ich liebte sie. Dieser Ausgang war vorherbestimmt, nicht wahr? Ich hatte gehofft, dass es nicht so ausgehen würde. Wie bist du darauf gekommen?«

»Du hast ein paar Kleinigkeiten übersehen, dadurch sind Ungereimtheiten entstanden.«

»Ach ja, immer diese Ungereimtheiten und deine ewige Suche danach.«

»Als ich die Aufzeichnungen noch einmal durchsah, fielen mir gewisse Dinge auf, die eine genauere Untersuchung erforderten, und Fragen, zu deren Lösung ich weiteres Tatsachenmaterial brauchte. In bestimmten Handlungen von dir erkannte ich einen roten Faden.

Sobald ich begonnen hatte, diese Handlungen gesondert aufzulisten, musste ich unbedingt mehr herausfinden.«

»Ich war nicht der Meinung, nachweisbare Widersprüche verursacht zu haben. Ich dachte, ich hätte präzise gearbeitet.«

»Aber im Gegensatz zu mir warst du nicht objektiv.«

»Und was musstest du noch herausfinden, bis es hier zu dieser ungeplanten Begegnung kam? Du kanntest das Ende der Geschichte doch schon. Für alle anderen war Mario Colarossi der Rätselschreiber.«

»Für mich zunächst auch. Nachdem wir über das Horatio-Rätsel Bescheid wussten, haben wir gemeinsam überlegt, ob wir Deever vorwarnen sollten. Ich glaube, du hast damals gesagt, das eile nicht, denn der Mörder würde jede Tat mit einem Rätsel ankündigen. Das überzeugte mich. Nach den vorangegangenen Rätseln war das nur logisch.«

»Dann hast du am Sonntag, dem 23. Juni, während des freiwilligen Küstenwachdienstes mit Titus bei Deevers Dienststelle angerufen, weil wir ihn besuchen wollten. Das Telefongespräch hast du allein geführt. Gestern habe ich erfahren, dass Deever sonntags nie Dienst hatte. Ich weiß inzwischen, dass dir das bekannt war.«

Josh blieb ruhig sitzen, seine Hände umklammerten die Armlehnen, sein Kinn lag auf der Brust. Dann erwiderte er: »Einspruch! Das sind Zeugenaussagen vom Hörensagen, die nicht verwertbar sind.«

Mitchell fuhr ungerührt fort. »Und eine Sache brachte die Wahrheit endgültig ans Licht, die Wahrheit, die ich nicht finden wollte, von der ich hoffte, sie nicht zu finden. Am Freitag, dem 28. Juni, hatte Lieutenant Mullins mich angerufen, dass das Kipling-Rätsel Deever gelte. Danach rief ich dich an. Du wolltest Deever auf der anderen Leitung anrufen und ihn warnen. Als ich dich wieder in der Leitung hatte, sagtest du, Deever sei nicht da, du hättest aber eine Nachricht hinterlassen, dass er mich zu Hause oder dich an Bord anrufen sollte. Außerdem sei seine Frau verreist.«

»Stimmt, das habe ich alles gesagt.«

»Gestern habe ich in der Küstenwachstation überprüft, wer bei Deever angerufen hat. Ein Anruf von dir an jenem Tag war nicht verzeichnet. Das bedeutet, du hast ihn nicht angerufen, weil du ihn schon umgebracht und an die Fahrwassertonne gebunden hattest.

Bei Deever gab es die größten Ungereimtheiten, Professor. Du hast ihn in Northport abgeholt. Er hatte dienstfrei und war nicht in Uniform. Da konntest du sicher sein, dass dir in jener Nacht keine Gefahr drohte.«

»Wir sind zum Abendessen nach Norwalk gefahren, und bei der anschließenden Nachtfahrt bot sich die Gelegenheit, ihn zu eliminieren. Ich wollte eigentlich nicht, dass es so schnell ging. Ich hätte es lieber gesehen, wenn er noch tagelang in Todesangst gelebt hätte. Aber der Zeitpunkt war einfach ideal. Immerhin war er eine halbe Stunde lang gefesselt, sodass ich seinen Todeskampf genießen konnte. Dann habe ich ihm eine Schlinge um den Hals gelegt und ihn mit der Leine an der Tonne festgemacht.«

»Wie hast du ihn zu der gemeinsamen Bootsfahrt überredet?«

»Bei Horatios Beerdigung hatte er mir erzählt, dass seine Frau verreist sei. Da habe ich ihn zu dem Ausflug eingeladen, weil er allein war. Über Marlowe hatte ich ihm nichts gesagt. Der Zeitpunkt war ideal, und er freute sich auf die Fahrt. Solche Törns hatten wir schon öfter unternommen.«

»Wie hast du ihn und die anderen Opfer in Schach gehalten?«

»Ich habe ja das Gewehr. Willst du für deine Aufzeichnungen Einzelheiten wissen – über ihre letzten Minuten, wie sie gebettelt und gefleht haben? Wer am meisten gewinselt hat? Was ich zu ihnen gesagt habe?«

»Nein, diesmal nicht. Ich kann mir schon vorstellen, wie du sie verhöhnt hast. Ich nehme auch nicht an, dass sie sich vor der Mündung eines Schnellfeuergewehrs deinen Befehlen widersetzt haben. Jedenfalls hast du ihnen die Hände gefesselt und sie dann über Bord geworfen.«

»Ich habe ihnen auch den Mund zugeklebt, damit sie nicht um Hilfe schreien konnten, bevor sie über Bord gingen.«

»Wenn man zurückblickt, hat es deine Glaubwürdigkeit sehr beeinträchtigt, dass du so spät ausgesagt hast – erst, als du gemerkt hast, dass deine Rache bei Marlowe nicht gelingen würde. Er wurde ständig bewacht und war die meiste Zeit in Washington. Du hast Mullins das Marlowe-Rätsel geschickt, um ihn auf Marlowe aufmerksam zu machen. Erst danach hast du gegen ihn ausgesagt. Das war geschickt eingefädelt. Auch Titus wolltest du opfern. Dazu hast du mir erzählt, dass er über Renata die Unwahrheit sage. Zum Glück hat Titus deine Geschichte bestätigt, als Colarossi tot war. Als Marlowe in Ungnade fiel, war dein Rachefeldzug fast vollendet.«

»Das war nur ein Zwischenschritt. Ich wollte ihn zum Rücktritt zwingen, damit er den staatlichen Schutz verlor. Er war als Nächster an der Reihe – meine letzte gute Tat für Renata.«

»Nein, Professor – als letztes Opfer deiner *Besessenheit*. Du hast Colarossi von Marlowe erzählt, um dich dann hinter Colarossi zu verstecken und es so aussehen zu lassen, als sei er der Rätselschreiber. Du wusstest genau, dass er Verbindungen zur Mafia hatte, und du hast Mafiamethoden benutzt, um deine Opfer hinzurichten, auch wenn du eigentlich nicht wolltest, dass die Leichen entdeckt würden. Als man Dryden und Horatio erst einmal gefunden hatte, kam es nicht mehr darauf an, ob auch Deevers Leiche gefunden würde.«

Josh änderte seine Sitzhaltung ein wenig und ließ die Armlehnen los. »Das Problem war, dass ich keine passendere und doch einfach auffindbare Literaturstelle finden konnte als das Kipling-Zitat, dass Danny Deever gehängt wird. Ich musste Douglas Deever hängen, damit es zu dem Rätsel passte. Dryden und Horatio hatten bereitwillig meine Einladung zu einer Fahrt nach Norwalk zum Abendessen angenommen. Mit ihren Booten hatten wir schon früher solche Ausflüge unternommen. In beiden Fällen habe ich darauf bestanden, dass wir mit meinem Schiff fahren. Wegen der verschärften Sicherheitsmaßnahmen im Club konnte ich nicht riskieren, Deever dort an Bord zu nehmen. Es war sicherer, ihn in Northport einsteigen zu lassen.«

»Da wir gerade von Northport reden – sollte der Poststempel aus Northport den Verdacht noch stärker auf Colarossi lenken? Oder auf Titus?«

»Auf Mario. Es musste alles zusammenpassen.«

»Das Marlowe-Rätsel und die Lösung kamen per Eilbrief aus Hicksville und aus Long Island City. Du wolltest die Aufmerksamkeit auf Marlowe lenken, während er am 4.-Juli-Wochenende den Club besuchte. Und weshalb warst du einverstanden, nach dem Wochenende auszusagen, und hast es so lange hinausgeschoben? Eigentlich wolltest du schon am Sonnabend aussagen. Der Plan, nach Sag Harbor zu fahren, war nur ein Trick. Als Grund für den

Törn hast du deine Abscheu vor Marlowes verstärktem Personenschutz vorgeschoben.

Du warst ja darauf angewiesen, dass die Briefe rechtzeitig eintrafen, nicht wie das Deever-Rätsel, das vier Tage brauchte. Als du mir zum ersten Mal von den Morden erzähltest, hörte sich alles glaubwürdig an. Du hast mich benutzt, genau, wie du die anderen benutzt hast. Du hast mich benutzt, um Mullins davon zu überzeugen, dass Marlowe und Colarossi die Mörder seien. Du hast auf meine Freundschaft zu Mullins gesetzt. Ich war für dich die Deckung, hinter der du deine Rache betrieben hast. Dass du mich ausgenutzt, ja missbraucht hast, war aber nebensächlich. Im Vordergrund stand, dass du von Renata besessen warst. Anfangs habe ich es dir übel genommen, wie du mich benutzt hast, aber jetzt kann ich damit leben.«

»Bitte verzeih mir, Mitchell. Ich habe dich und Helene viel zu gern, um euch wehzutun. Ich dachte, es sei mir gelungen, Colarossi als Schuldigen hinzustellen. Es hätte auch beinahe geklappt, oder? Wenn du nicht nachgebohrt hättest, hätten wir glücklich bis ans Ende unserer Tage leben können. Mullins hatte den Fall schon abgeschlossen. Es hätte kein Rätsel mehr für Marlowe gegeben, weil der Rätselschreiber tot war. Und irgendwann hätte ich Marlowe doch noch zur Strecke gebracht. Sind deine Aufzeichnungen jetzt vollständig?«

»Ich suche noch Hintergrundinformationen über Titus und DiBiasi. Ich glaube, DiBiasi hat Colarossi getötet. DiBiasis Bruder war Schiffsführer auf einer von Colarossis Schuten gewesen und ist ertrunken – umgebracht, wie man vermutet. Auch der Mord an Colarossi war ein Racheakt – so viel Rache in der kleinen, überschaubaren Welt eines einzigen Yachtclubs, so viel besessene Liebe und abgründiger Hass.«

Weil Mitchells Beine sich verkrampft hatten, stand er mit knackenden Gelenken auf, rieb sich die Knie und strich den Schmutz von den Hosenbeinen. Ein paar hartnäckige Erdflecken blieben aber zurück.

»Ich wollte nicht, dass man die Leichen von Dryden und Horatio findet«, sagte Josh zu diesem eigentlich schon beendeten Thema. Dabei verharrte er in derselben Sitzhaltung. »Sie haben für Marlowe gelogen. Deshalb haben sie keine ehrenhafte Bestattung verdient. Ich habe sie gehasst, weil sie ihn gedeckt haben, und bereue meine Taten nicht. Die beiden waren Lügner und Betrüger.« Mitchell ergänzte rasch: »Und weil beide mit Renata schliefen. Sie schenkte ihnen also etwas, was sie dir verwehrte. Das muss als Motiv hinzugekommen sein.«

»Diese Gedanken haben mich von innen zerfressen wie Piranhas. Ich hasste und beneidete ihre Bettgenossen. Wäre ich mit Renata zusammen gewesen, hätte ich sie von ganzem Herzen geliebt, ihr all meine Gefühle geschenkt und ihre Liebe genossen. Hast du Helene davon erzählt? Weiß sie es?«

»Außer uns beiden kennt niemand die ganze Geschichte.« Dabei begann Mitchell auf und ab zu gehen, um seine Beine zu lockern.

»Du musst jetzt das Buch schreiben, nachdem du die Lösung gefunden hast«, sagte Josh, während er Mitchell beim Umhergehen zusah. »Du brauchst überhaupt nichts hinzuzudichten. Die Liebe kann einen Menschen dazu bringen, seltsame Dinge zu tun, nicht wahr? So, wie ich es über Mario Colarossi sagte – seine Liebe konnte ihn dazu bringen, für Renata zu morden, aber nicht dazu, sie zu ermorden. Mich hat die Liebe zur Rache gebracht. Keine Liebe konnte größer sein als meine Liebe zu Renata. Als ich Marlowe für ihren Mörder hielt, hat die Polizei es abgelehnt, ihn zu verfolgen. Ich brauchte dich, um Marlowe zu erledigen oder Mario als Täter meiner Racheakte hinzustellen. Und so kam es auch. Valerie Drydens Tat war ein Schocker, nicht wahr?«

»Genau wie du jetzt.«

Josh nickte wortlos. »Nun, wenn Marlowe von Anfang an die Wahrheit gesagt hätte, hätte es keinen Grund zur Rache gegeben – keinen Grund, Deever, Horatio und Dryden zu ertränken. Valerie hat meinen Rachefeldzug beeinträchtigt, oder?«

»Sie war genauso besessen wie du. Das hattet ihr ebenso gemeinsam wie die Lehrtätigkeit.«

»Und was jetzt?«, fragte Josh tief atmend. »Jage ich dich jetzt auf dem Friedhof herum, und wir wälzen uns kämpfend am Boden, bis ich dich erledigt habe und niemand etwas erfährt?« Dabei lächelte er gequält.

»Willst du das denn?« Mitchell ging noch immer auf und ab.

»Das weißt du selbst besser.«

»Ja, das dachte ich mir. Was ist mit Titus? Gestern sagte er, ihr würdet heute beide herkommen.«

»Ja, das erzählte er, als ich aus Riverhead zurück war. Aber ich habe es ihm ausgeredet mitzukommen, denn ich wollte mit Renata allein sein. Ich konnte es nicht mehr ertragen, ihren verwaisten Bootsliegeplatz zu sehen. Tu mir einen Gefallen, und hör mit dem Herumlaufen auf. Du bist zu nervös.«

Mitchell beendete seine Wanderung, stellte sich vor Josh hin und sagte: »Gestern habe ich eine Liste der Tragödien aufgestellt, eine Aufzählung der Toten und Verwundeten. Um alles in die richtige Perspektive zu setzen, habe ich mit Renata begonnen. Helene und ich werden die Liste jetzt um unsere Namen ergänzen. Hinzu kommen Melanie, du und dein zukünftiger Schwiegersohn – insgesamt fünf weitere Opfer. Dein Rachefeldzug hat eine Schneise der Verwüstung hinterlassen.«

»Schon wieder so eine bildhafte Redewendung. Marlowe wurde von Lügnern gedeckt, aber die Polizei hat nichts unternommen. Deshalb musste ich etwas tun.« Aus Joshs Augen sprach Resignation. »Ich musste«, wiederholte er zu seiner Verteidigung, während er Renatas Grabplatte ansah. Dann blickte er wieder auf. »Bevor ich Melanie treffe, musst du sie bitten, mir zu vergeben. Ich frage noch einmal: Was jetzt? Sollen wir das ganze Gespräch vergessen? Jetzt, nachdem du das fehlende Puzzleteil gefunden hast?«

»Das geht nicht, Professor.«

»Ja, leider, das war mir schon klar.«

»Für einen Film wäre das ein schlechter Schluss – keine Verfolgungsjagd und auch sonst nichts Aufregendes, aber da hinten wartet Lieutenant Mullins in seinem Wagen auf uns. Wir werden das Gespräch dort weiterführen.«

Als Josh sich umdrehte, sah er Mullins knapp 80 Meter entfernt auf einer Querstraße. Er stand an der Stoßstange seines Wagens, dahinter ein Streifenwagen mit zwei Beamten. Sie warteten auf ein Zeichen von Mitchell.

»Eine Verfolgungsjagd mit Booten wäre kein schlechter Schluss«, lächelte Josh. »Ich entkomme in stürmischer See und verbringe den Rest meiner Tage in der Karibik oder der Südsee mit meinen Erinnerungen an Renata. Du rufst jetzt besser Mullins und reichst ihm das letzte Puzzleteil auf einem Silbertablett. Einen Gefallen musst du mir aber noch tun. Geh auf die COYOTE und bring mir die Fotos von Renata, wenn wir uns das nächste Mal treffen. Der Bootsschlüssel liegt im Handschuhfach des Autos. Bring bitte auch Renatas Eignerflagge mit, die ich aufbewahrt habe, die Flagge mit dem stilisierten Champagnerglas.«

»Das mache ich. Wir reden bald wieder«, sagte Mitchell etwas leiser.

Allmählich wurden die Aufzeichnungen vollständig.

Die letzten Seiten wurden umgeblättert. Josh beugte sich vor, stand langsam auf und klappte den Stuhl zusammen. Schweigend standen sich die beiden Freunde gegenüber, und Mitchell zögerte, Mullins das Zeichen zu geben.

Er hielt seine aufgewühlten Gefühle mühsam im Zaum, trat an Josh heran und streckte ihm freundschaftlich die rechte Hand entgegen. Josh ergriff sie – eine Geste der Zuneigung und Unterwerfung.

Mitchell umarmte Josh und hielt ihn einige Sekunden fest. Er hatte Tränen in den Augen. Die Worte blieben ihm im Hals stecken.

»Du hast mich zerstört, Professor. Du hast mich getötet. Du hast uns beide getötet.«

60

Mitchell stand mit Mullins zusammen bei dessen Auto und sah dem Streifenwagen auf seinem Weg zur Friedhofsausfahrt nach.

Mullins war von Mitchell angerufen worden und hatte auf dem Parkplatz des Pinelawn-Friedhofs gewartet. Mitchell hatte noch keine Einzelheiten erwähnt. Das sollte nach Mullins' Eintreffen geschehen. Mullins hatte zunächst am Bahnhof Pinelawn geparkt, Mitchell hatte ihm dort per Handy die Einzelheiten erläutert, und Mullins hatte sich mit dem Plan einverstanden erklärt. Wäre Josh nicht zum Friedhof gekommen, dann wäre man zum Yachtclub gefahren, und die Unterredung unter vier Augen hätte auf der COYOTE stattgefunden. Wegen des Wetters war es Mitchell heute lieber gewesen, Josh auf dem Friedhof zur Rede zu stellen. Bei Joshs Ankunft an der Friedhofseinfahrt hatte Mitchell Mullins angerufen und wurde von ihm im Wagen zu der Straße mitgenommen, die zur Grabstelle führte.

»Ende gut, alles gut ... und doch nicht gut«, zitierte Mullins frei nach Shakespeare.

»Tut mir leid, Mitchell. Ich weiß, dass er für Sie ein guter Freund war und wie schwer es Ihnen gefallen ist. Ich werde dafür sorgen, dass sein Wagen zum Club zurückgefahren wird.«

»Es freut mich, dass Sie verstehen, warum ich ihm allein gegenübertreten musste. Das musste einfach sein. Jetzt ist es vorbei.«

»Das ist das Wichtigste«, seufzte Mullins. »Ich weiß nicht, wann ich Sie einmal wiedersehe, aber ich möchte etwas sagen, auch wenn jetzt vielleicht nicht der richtige Augenblick dafür ist: Es ist eine Belohnung ausgesetzt. Sie steht Ihnen zu – Ihnen und Titus Banks.«

Mitchell zuckte mit den Schultern. »Wenn das so ist, schenke ich meinen Anteil Joshs Tochter Melanie und erzähle ihr, dass ich damit ein Darlehen zurückzahle oder so. Ich glaube, ich bin bei ihr unten durch, weil ich ihren Vater und meinen guten Freund in den Knast gebracht habe.«

Mullins klopfte Mitchell auf den Rücken. »Sie haben der Mordserie ein Ende gesetzt. Es ist zwar kein Trost, aber dadurch sind Sie zum Helden geworden und bleiben es auch.«

Jetzt versuchte Mullins Mitchell, dem die Situation sehr nahe ging, abzulenken und aufzumuntern: »Wie ich schon sagte, ich wusste, dass Sie den Mörder für mich finden würden. Und wissen Sie, wozu ich dadurch werde?«

Mitchell blickte ihn fragend an.

»Zum Genie, zum absoluten Genie!« Mitchell versuchte ein Lächeln, aber es gelang ihm kaum. Er blickte zurück auf Renatas Grab, auf die ungeöffnete Champagnerflasche, die Gläser und die Rosen, die ein romantischer Liebhaber ihr dargebracht hatte, ein glühender Verehrer, der sie aus der Ferne anbetete.

Mitchell, dem noch viel von Tennyson im Kopf herumging, musste an die berühmten Tennyson-Zeilen denken, die der Professor zitiert haben könnte, um den Ausgang der Geschichte und seine endgültige Trennung von Renata zu beschreiben und um sein Fühlen und Handeln zu rechtfertigen: »Besser ist's geliebt und verloren zu haben, als nie geliebt zu haben.«

Endlich fiel der Regen, der tagelang drohend in den Wolken gehangen hatte. Die Tropfen trieben Mullins und Mitchell ins Auto, und der Kriminalbeamte fuhr den Schriftsteller zu dessen Wagen auf dem Parkplatz.

Dann folgte Mitchells lange Fahrt nach Hause, wo er Helene alles erzählen würde.

Noch heftiger klatschte der Regen auf die Windschutzscheibe. Es war ein passender Tag zum Trauern – und für Friedhofsbesuche.

Die Fastnet-Katastrophe

Nick Ward / Sinéad O'Brien
Allein mit dem Tod
Eine verschwiegene Tragödie
vom Fastnet Race 1979
288 Seiten
ISBN 978-3-7688-2548-1

Schlimm ist es, in einen Sturm zu geraten. Schlimmer, das Bewusstsein zu verlieren. Am schlimmsten aber, aufzuwachen und die Mitsegler sind weg. Nick Ward - Teilnehmer des dramatischen Fastnet Race 1979 - bricht nach einem Vierteljahrhundert sein Schweigen. Minutiös berichtet er, wie die Tragödie ihren Lauf nahm: Vom Beginn bei bestem Segelwetter, dem sich schnell aufbauenden Orkan mit haushohem Seegang, der Durchkenterung der GRIMALKIN und den bangen Stunden bis zu seiner Rettung.

DELIUS KLASING